行走文丛

大地文章

陈世旭 著

上海三联书店

卷首语

陈世旭是大地的歌者。他的散文倾注了满腔热情描述河流、草原、森林、湖泊、山岳、峡谷、海洋、原野、城市及其历史人文。这些描述不仅仅只是情感的抒发，而是对人与自然关系的探索，表现出独特的自然观。作为著作颇丰的小说家，他对自然有更多形象化和人格化的感悟，他描述的一切在他淋漓尽致的渲染下有着激动人心的持久感染力。他将景观与人生的思索合二为一，集宁静的哲思与纵情的讴歌为一体。这让他的散文瑰丽、雄浑而又灵动。

审美生活是自由自在的、沉思的、美的、艺术的、罗曼蒂克的。物质文明高速发展，社会问题日益凸显，面对现代文明的浮躁，作者选择了坚守自己的信念。用内心的纯净、对自然的回归来表露其价值取向。将传统散文写法与全新的生活内容结合，无论是表现的格局和视野，还是行文的气势和唯美，都呈现出特异的光彩。他的鲜明的个性，对世事沧桑的感叹和社会人生的感悟，他的大气磅礴的文字带给当代散文的全新气象，他的自然美学和散文美学，都不无启发性意义。

目录

解读黄河

黄河是一条河。

走向黄河，是一种战栗的敬畏。

世界上再没有一条河如此壮阔。以五千四百多公里的长度，四千八百三十米的落差，集四十多条主要支流和千余条溪川，千回百折，横贯一国之西东。流经九省区，跨越二十三个经度，集水面积七十五万多平方公里。流域内人口过亿，耕地三亿亩。以平均年径五百八十亿立方米的流量承担全国百分之十五的耕地、百分之十二的人口和数十座大中城市供水。

世界上再没有一条河如此重浊。“号为一石而六斗泥”，每年流域每平方公里有四千吨土壤被侵蚀，一年破坏耕地五百五十万亩，却又每年给河口输送泥沙十亿吨，净造国土几十平方公里。年均泥沙筑成宽一米、高一米的墙体，长度是地球与月球距离的一倍，是赤道的二十七倍。

世界上再没有一条河如此桀骜不驯。河道任意摆动，宽窄差异几十里；河床或层层掀起，深揭数丈，或无限淤高，悬于城市半空；洪水决口泛滥，纵横凡几十万平方公里，使百万黎庶化为鱼虫，只在昼夜之间。

黄河之于中国，是终年的哭泣流成的河。

佛陀端坐祈祷。珠穆朗玛白发飒飒飘拂，泪水和表情泥沙俱下。白天和黑夜咆哮而去,青春的光阴遥远消逝。被风沙填满皱纹的汉子无言如石，被灶火熏黑额头的婆姨喃喃自语。赶着牲口背着粮草，拖儿带女扶老携幼，鞭子驱赶沉重的马车，杏花打湿空虚的村落。迎风铺开斑斓平原，无数灾难、无数忍耐、无数期冀、无数挫败，无数莫名的暴躁，无数难以诉说的痛苦与忧烦、惊悸与困惑，在命运柳堷花明的大道生息漫游。掀开阴云密布的眉睫，仰望一次次卷土重来的怒吼。北斗斟满了雷声，绿草和黄金在梦里汹涌。

大漠孤烟，长河落日，西岳峥嵘何壮哉，黄河如丝天际来，西来决昆仑，咆吼触龙门，落天走东海，九曲万里沙。派出昆仑五色流，一支黄浊贯中川。欲渡黄河冰塞川，将登太行雪满山。穷秋旷野行人绝，马首东来知是谁?

浩浩荡荡轰轰烈烈的河，风风火火欢欢喜喜的河，吹吹打打哭哭啼啼的河，摇摇晃晃跌跌撞撞的河，携来沉沉浮浮的代代子民。编钟响彻天宇，每一个音符都惊心动魄。季节的景色在浊浪中轮回。多少王朝倾覆，多少宫殿掩埋，多少王公贵族落魄，多少能臣骁将饮恨，多少迁客骚人哀号，多少佳人美姬消殒。

河东河西河南河北，头顶火盆跪拜神圣的源头。当石头碎为粉末，当骨头朽成泥土，当高粱淌成鲜血，当眼泪凝成麦穗，手执铜壶烫暖一河热泪，黄河，你还是受尽了磨难的子民最想唱的歌！

黄河是一条河。
走向黄河，是一种惊世的悲壮。

豪饮北风，伫立在高岸。倾听大漠荒原，倾听古战场铁马金戈的长啸，倾听五千年祸福相生从不静息的声威。苍凉夕阳抚摩傲岸峡谷，抚摩黄河子民青铜质地的肤色。

黄河百折不回，黄河不废万古流。

空中的寒星，是谁的眼睛？水面浮动神秘的灯影，地平线撤退到时间与意识的外围，万种声音在segment原的深处悄无声息。黄河钩沉，流星划过。点亮第一张面孔，燃起第一个梦幻。河水击响节拍，一种不可违背的预约。温柔与雄浑弯曲成一个民族不屈的灵魂。

谁主持了秋天的全部收获？谁把千秋的史话传诵无穷的后世？黄皮肤的古老民族，站在迸溅喧嚣的激流上，站在粗粝野蛮的船歌里，站在烈烈烽火锻造的旋律中。能割舍一切，不能割舍黄河的品格。那是生命的赞歌，生命的光辉。

三门峡！禹王马蹄长青苔，中流砥柱依旧在。

禹门口！鲤鱼跳过成龙。劈开万仞山，黄河如同破竹。气吞山河，浊浪排空，问鼎中原。

壶口！黄河直立。舞者从云端跳落大地，跳落硕大的牛皮鼓。舞者不是凡夫，舞者腹有诗书。解了青衫，赤身露体，声色不动，只闪着猛烈的光芒。黄土地划出长长的弧线，坚岩劈出狰狞的裂痕。步步踩着鼓点，陡然急切，忽又沉雄；或寒泉注涧，或雨打梧桐，越舞越酣然。

壶口瀑布，是黄河的最强音。

看过无数瀑布。无数的飞流直下三千尺，也许有更大的高度、更婀娜的姿态，却没有如此的气势和爆发力。

苍黄的牛皮鼓起了白烟，黄河唤起威风，鼓声直击心头。鱼龙跳峡，兵甲交锋，狂涛扑岸，霹雳腾空。旅人肃然发痴，屏了呼吸，凝了眼神。穿叶蝶倏尔消失，紫槐花纷纷洒落，灿烂白日绕过千年古树，峭石上投下苍鹰的黑影。沉默弥漫大地。

一路洪流奔泻的河，一路开山劈道的河，在此完成绝世之举。断崖骤然陡落，无与伦比的浩瀚磅礴震撼了世界。悬崖上义无反顾地纵身一跃，完成波澜壮阔的一生绝唱。瀑布溅起的水雾成为漫天细雨，一大片无声的汹涌澎湃的云烟，令旷野禁不住莫名的悚然。

这是大自然多个侧面的凝聚点，这是大自然同时的微笑和恐惧。在它内心充满如生命宇宙脱缰的野性的愤怒，同时又饱含着愤怒平息后的纯情。英雄绝唱的最强音，留给人类的震撼和启示永远也不会消失：

没有比大自然更久远的历史，没有比大自然更辉煌的创造，没有比大自然更伟大的生命力。

心灵的甬道，奔腾激越的行板。一代代黄河人，把血脉喷涌成黄河的血脉，把骨肉凝结成黄河的骨肉。不由分说地狂飙，翻卷出无尽的悲歌。就只为多年以后，儿女们能够如此美丽地在大地行走：纺织棉花，种植水稻，收割麦子，拉网打鱼，早晨读唐诗，黄昏背宋词，宣纸上泼墨，瓷器上绘画，在江南的雨巷徘徊，在塞北的草原纵马，用醇酒招待客人，用香茶浸泡温情，和美好的男子、女子相爱。有一天老死，就埋在河岸随便哪一座山峦。

一片片向海上漫泛的土地，那么年轻，来不及生成礁石。一种平静是如此明净，醉归的舟子凝神谛听天籁。隐隐约约黎明的钟声，悠远地传来，轻轻拂落淡淡的疏星。而越海而来的朝霞，如潮涌。

东营三角洲！最湿润最年轻的风，抚摩坚硬的手掌，抚摩风干的梦想，抚摩深夜的凝思，抚摩朝日的喷薄。一代代黄皮肤的男孩在田野嬉闹，一代代黄皮肤的女孩成为母亲，一代代黄皮肤的男人和女人承接黄河的宿命走向大海。黄土地留下的热血与汗水，岁月无法冲刷，也无法更改。

黄河是一条河。
走向黄河，是一种庄重的礼拜。

“中国川源以百数，莫著于四渎，而黄河为宗。”

青海玛曲上游约古宗列曲，数十“黄河源”石碑矗立，但黄河源头其实不必确认。广袤疆域蜿蜒的巨龙，乃是华夏独一无二的图腾。

黄河引导了华夏文明的走向，黄河决定了华夏民族的性格。

当北京猿人出现在周口店时，这条从世界屋脊出发的河，已经走过千里万里，奔流到海不复回。女娲泥绳、先民石器、炎帝百草、黄帝内经、秦汉长城、唐宋诗文……滚滚的波涛圣迹起伏，先哲的薪火源远流长。

西侯度猿人，在一百五十万年前开启文明的一线曙光；半坡母系祖先，在温暖多雨的繁茂植被中度过文明的金色童年；燧人氏钻木、神农氏燃火，拉开文明的演进序幕。龙马负图跃出黄河，神龟呈书浮于洛水，伏羲得演八卦，大禹而能治水，火药、指南针、造纸、印刷术……黄河古文明登峰造极。

把西部高原到东部丘陵的无数河流连接起来的伟大生命黄河，黄了天黄了地黄了子民肌肤的伟大圣河黄河，一路吟唱一路滋润一路养育的伟大母亲黄河！

千百年无数人竭尽才情地奉献给它以诗文、舞乐、绘画、雕塑、建筑：奉献给它惊心动魄的急流和宽广安详的波涛，它的凶猛无忌的冲击和漫泛，它的世界最雄伟的弯道和峡谷，它的两岸峻拔而多姿多彩的群山，堆积成山的黄土无边无际的高原，以及同这一切相联系着的爱情和仇怨、生育与死亡、耕耘与荒芜、荣华与枯凋、收获与灾害、和平与战伐、兴盛与衰败、理想与绝望、福祉与苦难、创造与毁灭的颂歌和叹息。所有那些肯定将永世不朽的艺术无论多么辉煌，同它比较起来，也只能是一片苍白。

黄河是一个民族的象征，黄河是一个民族的史诗，黄河就是一个民族自身。世界上没有哪一条河，它的生存、成长、繁衍、变迁，它的命运、性格、特征、精神品质，能像黄河一样同一个民族的生存、成长、繁衍、变迁，一个民族的命运、性格、特征、精神品质连接得如此紧密，互为一体。无论是密西西比河之于北美，无论是亚马逊河之于南美，无论是多瑙河之于西欧，无论是尼罗河之于北非。

不懂一条河，就是不懂一个民族！就是不懂自己！这条河是黄河。

亵渎一条河，就是亵渎一个民族！就是亵渎自己！这条河是黄河。

祝福一条河，就是祝福一个民族！就是祝福自己！这条河是黄河。

苍天般的阿拉善

阿拉善，五彩斑斓之地，贺兰山下的广袤漠野。

我骑着追风的马匹，刹那就是千里。千年的云雾、千年的明月，千年的瀚海与绿洲。一座座烽燧与寺庙、一行行大路与树木、一声声琴弦和谣曲，在我身后退去。我越过时光和历史、书籍和建筑，去赴美丽阿拉善的约会。

阿拉善，苍天般的阿拉善！苍天有多么遥远，阿拉善就有多么遥远。

沙漠、戈壁、山峦、丘陵、湖盆、滩地，起起伏伏。贺兰、合黎、龙首、马鬃，山山连绵。雅布赖把阿拉善分为两半，黄河流过乌索图和巴彦木仁苏木。巴丹吉林峻峭的金字塔，是我国最高的沙山；腾格里和乌兰布和的沙丘链，新月一样流动。戈壁与山脉相间，湖泊和草滩分布。贺兰山削弱了来自西北的寒流，古老的居延海绿草如茵。

阿拉善，苍天般的阿拉善！苍天有多么多彩，阿拉善就有多么多彩。

阿拉善有金有银有水晶，阿拉善的煤是黑宝石；阿拉善的骆驼最多，白骆驼世界罕见；阿拉善的梭梭是沙漠人参，世上的种子没有谁比它发芽快；阿拉善的光、热、风贮满一年四季，永远用不完。一望无垠的大沙漠，是全世界唯一的沙漠地质公园。

阿拉善，苍天般的阿拉善！苍天有多么古老，阿拉善就有多么古老。

额济纳河畔一万年前就住着人类。古居延连接了东西方石器文化，历代北方民族在贺兰山、曼德拉山、龙首山留下岩画数以万计。

秦扫六合，阿拉善设郡；汉戍边屯田，居延、休奢置县；唐迁安北都护府，于额济纳旗境内。安史之乱，河西走廊中断，居延成为长安与西域的“草原丝绸北道”。清康熙正式设旗编佐，阿拉善再没有离开华夏的版图。

黄河岸边、兰山要塞，史前遗存、商周遗址、古郡重镇、长城关隘、屯田炼场、汉元墓葬、黑城文书、岩画汉简、亲王府邸和黄教寺庙，铺就了阿拉善的灿烂画卷。

苏泊淖尔，古弱水的尾闾。天上神母动了恻隐，让祁连的积雪流成银色的额济纳。于是“弱水绝流沙南至南海”（《淮南子·地形篇》），于是有了碧海云天、树木葱茏的居延泽，有了天鹅漫天飞舞的天池，有了土尔扈特人蓬勃生长的摇篮。

你好啊，甘洌、清明的居延海！从诞生之日，就带着圣者的智慧和从不屈服的灵魂。历经亿万斯年，太多的兴衰层层叠叠。

骑着青牛的老子是在这里没入流沙的吗？梦为蝴蝶的庄子是在这里幻化成仙的吗？青海湖神秘失踪的情圣是归宿在你深深的怀抱吗？

而流水记得微风。

记得朔风吹不开的冰封。“争禁十九年”的苏武，颤巍巍拄着汉廷的符节，节上的牦牛尾毛全部脱尽，终不肯稍稍低下高贵的头颅。长河落日，大漠孤烟。一头纷乱的华发，在疲惫的羊群里时隐时现。锐利目光越过无边的戈壁，褴褛的衣衫里，藏着不可屈辱的使命，举手若电，从翻滚的乌云里，抓住一节超然。豪气在刹那间逼近，照亮了史册。

记得李陵的五千步卒遭遇十万敌骑，铁血迸溅，英雄饮恨，留下千古的悲歌。源头飞来的洁白天鹅，为谁作别？烟波荒忽，音信渺茫。弱水汤汤，三千缠绵；弱水荡荡，催人肝肠。流淌壮士的伤痛，扰乱了月的心绪。愿居延海每一滴水每一粒沙给他温暖；愿色彩、音韵、云雾以及树林一起，投入海的怀抱，涉过怀念的波涛，把酒和祝福向烈士奉献。

阿拉善，苍天般的阿拉善！苍天有多么执着，阿拉善就有多么执着。

1771年才开始几天，被严寒冻僵的伏尔加河陡然惊起。那个凛冽的早晨，渥巴锡的号令震动了世界。冰雪燃起了熊熊烈焰，十七万土尔扈特人同时拔营，烧毁了木殿，诀别客居在异国草原。他们发誓除了佛不畏惧任何势力，不再臣服于任何帝国。

哪怕“早晨醒来的时候，几百个围在火堆旁的男人、女人和儿童已经全部冻僵而死去”！哪怕白刃格斗，成千上万战士横尸遍野！哪怕几乎丧失了所有的牲畜，“其幼孩有无一丝寸缕者”！（英·德昆赛《鞑靼人的反叛》）

整个部落的暴动，劫持了日月的光辉。让帝国的守护神鹰，蒙受了永不磨灭的耻辱。一个悲情丛生的时刻，矫健的马群奔腾而去。跨越亚洲无垠的原野，百折不挠。盖世的坚韧与勇气，轰轰烈烈。即使流尽最后一滴血，倒下最后一个勇士，不能选择生死不离，不能放弃一线生机！血的河流流向祖先生活的远方，那片土地生长的是善良，那片土地繁荣的是祥和。群山翠绿，河流清澈，天空蔚蓝如新，是我们共同的母亲。记住我们是兄弟，没有人能把我们分开！

河边的秋草又开始泛黄。酒喝干了再斟满，任琴声忧伤。看着你远去，守着你飞来，我寻觅一首歌的意境。鸿雁已不见踪影，古歌停泊在记忆的岸边。超越时空的翅膀，依旧在云端盘旋。“一”字和“人”字，是列队的伟大艺术。死心塌地的土尔扈特人，把信念写在天上。在高瞻远瞩的空间，山重水复就像翼下的羽毛。倾听远方的呼唤，才知道什么是真正的吸引。

雾让山退隐，云像沧海横流，一杯酒饮尽猎猎风尘。背负了沉重的期望，执意去远方承受苦难。幸福纵被放逐，绝不会无家可归。一轮圆月普照永恒的时空，拖着大漠的飙风，挂着伏尔加河的波浪。秋天、秋水、秋月，哪一样不曾印上我们的热血！踏破千顷荒沙万里雪，东归的途程绵延不绝！风中的野火长明不灭，有多凶险的关隘，就有多无畏的行列。马蹄留下踏残的落花，歌手留下破碎的酒碗。动荡的灵魂谁也不能窒息，游牧的勇士永远属于远行。每一个夜晚都为着明天，只要能看到故乡就欣喜若狂。

风云未息，铁蹄犹响，壮美的河山孕育壮美的华章。横天的雁阵无可阻挡，执着的儿女谁能奴役！传奇的壮举早已成为古典，土尔扈特人的名字，依旧在风中呼唤。

我在苍茫中望断你的背影，色彩与意象在契合中链接。从此我的世界，永远有一片憧憬的天空，和你飞翔的幻影。

阿拉善，苍天般的阿拉善！苍天有多么长久，阿拉善就有多么长久。

历史的滚滚风沙，填不满文明的遗痕。一个古老民族的意志，将沧桑定格在摩崖。粗粝坚硬的线条，刻满铁色的石壁。比甲骨文更古老的文字，是远古人们凝视的眼睛。曼德拉山上的岩画，是石头上的史诗。穿越时空隧道，传递上古文明的密码。蓬勃生命的景致，从容浮现：日月星辰、飞禽走兽、交媾生殖、狩猎乘骑、放牧舞蹈、征战祭祀、图腾禁忌、幻想神灵、魔法符号，历经几千年的文本，展示着先人的纯真。质朴、奇崛、笨拙，毫无规则，却画尽了生死万象。不懂得金钱与权势，遵循的只是心灵的指示。神圣与世俗、强悍与柔弱、狂欢与苦难，在岩石上尽兴挥洒。人是永远的主角，赤裸裸的性征和性爱，分泌出朦胧的主宰意识。崇拜自然、崇拜神灵、崇拜生殖，神祇被幻化成血性的太阳，天人合一。

懵懂未开的混沌，蕴含着生命的旺盛与不竭。童稚般的原始表达，让黑色的玄武岩熠熠生辉。

一个简单的过程，一种无敌的形式。每年，每月，每天，无声息的戗戮及孕育，和岩石对视，完成一次涅槃。点石成金，走完平凡到非凡的过程。岩画使曼德拉山永远活着。屏息聆听，原始的石器或铁器的敲击仍在山中回应。先民面壁祈祷，顶礼膜拜。石头给予他们灵感，他们赋予石头生命。

海市蜃楼时起even灭，额济纳金红的胡杨宣示大漠的坚贞。烽火般燃烧的层林，演绎着不朽的情怀。为着与梦想和永恒相守，在高高低低血一样的姿姿中如火如荼。凄美苍古的容颜，在朝霞与落日中矗立千年。

无边的瀚海滚动着死亡的峰谷，只凭本能生根长叶。仰面阳光辽阔的瀑布，与蓝天白云为伍。粗糙残酷的风和冰雪，可以让你赤裸龟裂，却无法阻止向天空的张扬。三千年的黄沙，伏在脚下；三千年的狂风，吹不死新芽。肌肤伤痕累累，年轮却清晰无瑕。虬曲嶙峋的枝杈，诉说着曾经枝繁叶茂的辉煌。

生就生个绚丽多彩，死也死个傲然挺拔，就是倒下，也是铁骨铮铮。挺立宁折不弯的脊梁，高举生命不死的旗帜。

站在戈壁，听胡杨如倾如诉，思绪被血一样的颜色锁住。心灵默默对话，渐渐读懂大漠精灵的气度。拥抱你，我的胡杨！你的坚韧和挺拔，是思想的崇高和神圣。为着对贫瘠与寂寞的承诺，忍耐无尽剥蚀的摧残。无视自然的变迁，意念像磐石固守；无视岁月的轮回，扎根在世人的精神世界。接受漫天的赞礼吧，且看漫天落英缤纷飞舞。

悠悠的驼铃，响在丝绸古道。谁在西风落日中跋涉，寻找梦里的绿洲清泉？谁在干枯的红柳边，寻找吹羌笛的戍客？谁在驿站的废墟，寻找汉使的车仗？树林中闪过高僧的经筒，敖包边飘摇胡姬的舞衣。戍边的兵士埋骨黄沙，留下风干的遗骸。戍楼的石垛老了，空旷的箭眼和挂过号角的铁钉，抹上岁月的锈迹斑斑。

哪里是黄河万里涛？哪里是杨柳花开的中原？沉默的鼙鼓，记录了曾经的哀叹。

天高云淡。繁茂的骆驼草是一蓬蓬饥渴的祈盼，壁立的钻天杨摇曳着喜怒哀乐。夏季的野草疯长，掩埋了古时的路标，里程望不到终点。

有袅袅炊烟升起，远远飘在大漠深处。稠乎乎的乳汁，流淌着温度。少妇柔情的手，摇响深井的水声。最牵动旅人眼睛的，是毡房黄昏时的马灯。灯下会有篝火唱歌，灯下会有烧酒羊肉，灯下会有英雄系马，灯下会有壮士磨剑。心里藏着密密的小径，宛若岩壁爬满了青藤。沙尘中演绎着风花雪月，浪漫书写于草叶。

这是一次豪迈的旅行，谁会沉溺于如铁般的感伤。马上男人淡定的眼神，穿越人世的天际线。荒芜是古老的梦呓，倔强的脊背，背起岁月谆谆的嘱咐。

驼队行走的路，希望就是指南。哪里有驼队，哪里就有希望。无论风沙如何弥漫，都能把目的地找到。穿过沙漠，越过冰川，面对如血的天宇，即便站成一块化石，也要给后来者留下风景的华丽无瑕。

驼背上驮着青绿的枝条，千枝万枝要把春天插遍沙漠。荒野的气息充满内心，从不在任何一种花朵前流连。远古的祖先，曾在这里繁衍生息。铁器撞击岩石，钻木取火的声音直击大地的胸膛。毁灭与死亡，不能阻止拓荒的脚步。陡峭的悬崖，有日头浑圆的光辉。驼铃在风中讴歌，跟着理想一定能把春天追着。

驼队到来之前，百鸟已经站定，在戈壁披挂疾风，和种子一同守望。驼队全部的命运，都与沙漠有关。青春在烈日下暴晒，风华在沙漠里流失。额头秃了，成了沙漠的荒丘；皱纹密了，成了沙漠的弧线。

而阿拉善是如此年青！

遍地有了河流，河边有了森林，森林里鸟兽和鸣；一条条道路纵横，一座座城市耸起，城市里灯红酒绿。

阿拉善，苍天般的阿拉善！贺兰山下的广袤漠野阿拉善，五彩斑斓之地阿拉善！我在苍茫中望断你的背影，色彩与意象在契合中链接。从此我的世界，永远有一片憧憬的广袤空间和你悠远坚毅的幻影。

北国原野

我从酷热的南方，来至遥远的北国边境。逶迤的江河，伸出修长粗壮的胳膊；北国的原野，敞开无比宽广的胸膛；那些高飞的鸟，是好客的主人，融入云里的样子楚楚动人。

季节瞬间更替。燃烧的夏天消失得无影无踪。明亮的七月，静谧而严肃。铁质和石质的高速路，因为蜿蜒和起伏而柔若无骨。原野上的路是对生命的沉思。原野的路的形成，也就是生命的形成，是让人欣喜和热爱的生命完美的迹象。那些在时间中消逝的人们为我们踏出了生命之路。我们将记住他们的步履，让他们永远存留在我们心上，以免让心灵之路荒芜。

我是如此地喜爱北国的原野。它有着天生的阳刚的禀赋。广袤和辽阔，本身就是一种美学的高度。

逃逸出雾霾掩没的城市，这里的空气干净得奢侈。波澜壮阔的绿色，一直向比天边还要遥远的远处汹涌。曾经血泪斑斑的战场，被深深地埋葬。坚硬而爽利的风，无边地鼓动生长的欲望。与春天不断地交合后的原野，仿佛从来就没有过忧郁的冬天：荒芜的坡地，颓废的花影，风霜如利剑切割，大树们悲伤的手指上缠满了凛冽的冰雪。沧桑，是一段需要唤醒的记忆。

美人松的集群，笔直地站在坡地的背脊，高扬着男性的头颅。白桦林自信而散漫，闪着诱惑的光。蓝皮和红皮的屋顶，在树丛中跳动。裸露的村头，棕色的马匹安详一如既往，偶尔扬起发亮的黑色长尾。

蓝天和绿野之间，云悬浮飘动。阳光一会在它前面，照出凹凸的曲线，一会在它后面，勾出金色的边缘。而它，兀自经营着明暗和色彩，酝酿暴雨。雨一旦降落，便是直立的柱体，顶天立地，气势磅礴地在原野上移动。它刚刚离开的地方，立刻就被阳光充满。野花落英缤纷，希望托付给种子，返回原野，接受季节的所有邀请，在春天来临之前，弥漫成又一度响彻云霄的灿烂。

一坡坡怀孕的玉米，凝聚在耀眼的阳光下面，傍晚的雷声隆隆滚过，在即将来临的诱惑之夜，陷入夏天的感情陷阱。流水一样的狗尾草，摇落细致的露珠。摒弃了多余的杂质，成为大地上一种蓬勃的力量。

将会有镀金的巨型收割机，把秋天装上。夕阳让老人们眯缝眼睛，细数着一颗豆荚、一棒玉米、一穗高粱走过的漫长路程，以及自己一生的收获，很多年前，他们曾经肩着傍维，匍匐在原野的路上。

世界此时格外安详。大野肃穆，彩虹丈量着原野的两极。一只大手，抚摸着我们，如唤醒孩提懵懂的话语。我想我应该放弃词不达意的表达，蜷缩在那只手掌的温情里，一边看风景，一边咀嚼岁月的苦涩与芳香。

风一阵一阵地拉扯我的衣衫，我漫无目的地走在原野上，听任绿色进入我的身体，以及庄稼的芬芳渗入我的思考。

空间与时间无限扩大与延长。

四十六亿年的演化，地球馈赠给人类无数的珍宝。

第四纪。新生代最新的一个纪。其下限年代距今二百六十万年。那时，灵长目完成了从猿到人的进化，生物界进化到现代面貌。

一声巨响，无数巨岩伴着灰黑色的浓烟，翻卷着冲天而起，各个火山口，时而轮流喷发，时而静止，时而同时发作，绚烂无比的礼花在空中怒放。大地在颤抖，整个天穹被照得通亮，岩浆肆意奔流，为一个不可克制的欲望鼓舞，在烈焰迸溅的一瞬间，领会到生命的开端和终结的全部欢乐和痛苦。北起大兴安岭北部的鄂伦春诺敏河火山群，经阿尔山——柴河、锡林浩特——阿巴嘎火山群，南抵察右后旗乌兰哈达火山群，断续延伸一千公里，三百九十多座形态各异的火山，构成了内蒙东部壮观的第四纪火山喷发带。

一座座拔地而起的火山锥，千姿百态。喷发年代由史前的两百多万年到近代的两百八十多年前，是世界顶级资源。这里拥有保存着世界上最完整、分布最集中、品类最齐全、状貌最典型的新老期火山地质地貌。最新期火山岩浆填塞了浩瀚的远古凹陷盆地，一个个湖泊串起欧亚大陆桥上璀璨的明珠。

人类无法洞穿地壳，但地壳自身百孔千疮。火山遍布全球。有的孕育和爆发的条件伴随着整个造山运动；有的孕育和爆发的过程伴随着整个山体的坍塌；有的形成上下翻滚的火湖，熔岩从火湖的边沿流出，形成恐怖的熔岩瀑布，熔岩河流，熔岩喷泉。炽烈的岩浆汹涌，烧毁了森林，淹没了耕地，埋葬了整座城市。

火山是一种残酷无情的美丽：向上飞扬是一种毁灭，向下伸延也是一种毁灭。如同早逝的耶夫诺夫的诗：我不是活着，是在燃烧。

但北国原野上的火山，却写出了另样的诗篇，寻找到又一度烂漫的生命。

谁能想象沉寂了千万年的火山，会有如此的芳草萋萋，林木葳蕤。葱绿充盈的树叶和草叶，在黑色的熔铸金属上铺展。积雪融化、树木泛青之前，初春的达子香早已含苞欲放。原始石塘上粉色的云团，浩浩渺渺，香气远远地飘浮。关于烈火迸溅的记忆，早已在梦中消失；火山为自己狂热经历的辩解，早已坠落在深深的草莽。

踏着枯枝、落叶、青苔，走进谷地深深的树林。这里是满族、鄂伦春族、达斡尔族、鄂温克族的故乡。一个多情的季节，早已开始。顺着被年深月久的腐烂落叶弄得软绵绵的路走着，鱼鳞松、油松、杉松、柞树，色树、洋槐、刺槐、青桐、榛材棵子，满山遍坡都是。所有的树都被灌木丛紧紧地包围。在茂密的灌木棵子里，熙熙攘攘地挤满了霸王鞭、野丁香、狗尾花、山芍药、野玫瑰、扫帚梅。穿过茂密的、散发着浓郁的树脂和草莓香味的树林，衣服被弄得湿漉漉的，带给人一种清凉的、甜丝丝的快感。一个个被野火烧过的土墩子上，长满了草莓子。这儿的浆果和草莓子，都熟透了，发黑了，甜得要命。

风在沙沙地响，杜鹃、沙斑鸡和不甘寂寞的蝉在合唱。在这样的树林里走路，就像在彩色的，水声悦耳的溪水里游来游去的鱼。这是沉思默想的最好时刻。你会不由自主地回忆起遥远的已经忘却的童年，脑子里充满了种种孩提的甜蜜和喜悦。头上树桠上，这儿那儿站着野百灵、沙斑鸡、鹪鹩和山鸡。它们大大方方、满不在乎地站着。即使被你惊动，也不过稍稍地、懒洋洋地一跳。有时候，铁雀和斑鸠会落到你很近的地方，然后又扑扑地飞起，它们拨起的风，直朝你脸上吹过来。长尾巴的松鼠在明明灭灭的树枝上无忧无虑地跳来跳去，毫不在意树林里出现的不速之客。如果是夜晚，从林子里跑出的狍子会傻傻地站在路中间，对迎面而来的灯光视而不见。

北方无垠的原野，是美与善的象征。一切浮躁都被洗净，仿佛远离尘世，心灵恢复了本来面目，所有的恶念在与原野接触时消失。弥漫在原野上的沉寂与神秘，滋润着诗心，成为艺术深沉、宁静的心理背景。

自然是灵性和拯救的源泉，赋予人们改变境遇的能力。让所有的人都体验到与万物一体和人类存在的意义！

时间在不知不觉中推移，岁月像水一样流逝。而山川依旧。

北国原野是怎样的一个所在？仅仅是清新、古老与富饶吗？抑或只是遥远？

原野上有两种声音：

一个欢快，吟唱着尘世的演变。对生命充满感激。

人类的生息和繁衍；朝代的兴衰和更迭；全球化与城市化：雾凇和冰雕，古禅寺和旅游岛，滑雪场和度假村，火山温泉和森林浴，啤酒节和音乐会，俄罗斯风情舞和庄稼院二人转，人参、鹿茸和杀猪菜，红肠、列巴和苏波汤……

一个严肃，沉思着神性的里程，对生命有更深沉的敬畏。

北国原野，远离繁华激荡的中心，在世纪的神经末梢舞蹈。略带伤感的节拍流露出舒缓和飘逸。原野上的心灵只渴望飞翔。诗人们以草原、寂寞、候鸟、江水和波涛命名。饮下整夜的黑，一条河流的疼痛和曲折，像母亲一样的味道纠结成盐，抵达诗人们的内心并且变得深刻。上升，或下沉，周而复始。岸边簇生的芦苇，细长的苇叶剪碎了天空的深蓝，新月是刚出鞘的银刀。江河，是诗人们的黑美人，在诗歌的怀中静静酣睡。

北方的文字是刚性的文字，在北方原野的泥土、水和空气里、在众生云集真情裸露的地方成长起来，质朴而博大，像北国原野一样大气。精神探求者们足踏在哲人向往的自由而新鲜的土地，在北国原野守望着心灵的高地。

离别北国原野的那个早晨，我在江边徘徊。

迷蒙的亮光缓缓地从地平线生起，渐渐点燃了丝丝缕缕的柔软的云，投向淡紫色的江面。笼罩在紫丁香般晨曦中的江水，带着无言的欢欣，奔流在静谧中。

大江用千里长线，携带着广袤北国的豪放和夏天的纯净，追逐地平线。地平线不断呈露出一处处闪耀在灰蓝色远方的诱人的、神秘的天地。

随意而潇洒，风无声地掠过大地，像琴弦低声细语的倾诉。江水应着风的节拍，为无形的精灵所牵制着驾驭着呼唤着。风，是江河自由的侣伴。

这样的静谧让我觉得什么地方有一个人像我一样，在聚精会神地倾听我所听不见的一些声音。他凝神屏息，睁大眼睛。有一种东西在激动他，让他马上就要打开自己的胸怀，对着一种巨大的、无边无际的、我所看不见的东西。他倾听着七月的黎明的音响，吮吸正在消失的夏夜的气息。沉默使他感到沉重。在这样的早晨不应该沉默，在这样的早晨要唱歌！这冲动不仅仅是来自歌喉，而是来自一种心的深处发出的东西，一种最能唤起别人同样的激情，最能使人吐露最隐秘的心曲的东西。

那个人不是别人，就是我自己。

我喜欢在这样的早晨眺望原野。独自一人，面对着一片无声的闪亮的流水，一片无声的闪亮的绿色，听着一个想象中动听的声音讲述一个温柔的故事。在水凝滞在宁静的沉思中的地方，一切都像天空一样灿然。

朝霞燃烧起来，远处最高的山峰最先射出金色的光芒，一只不知名的鸟像个圆点悬在空中，仿佛一颗心脏似的颤动不已。一阵细雨般的，馥郁而温馨的花粉，不知从什么地方袭来，悄悄飘扬。凭这股香味可以闻到有无数的花在忽然之间盛开。一切都极其真实，就像朋友陪伴在我身边。我想象着我已经蜕变，像蝴蝶脱掉丑陋的衣衫，轻盈穿过原野，为漫长的河流吹起绸缎的涟漪，为所有热恋的人弹起竖琴。

不必费心地杜撰任何神话。再没有什么能比一会儿以温情，一会儿以力量，一会儿以安静，一会儿以快乐来触动人的心弦的北方原野更庄严神圣的了。在这个宁静的北方原野上的早晨，我比任何时候都清晰地感到一种依恋—— 一种对人生、对大地、对世界的依恋，并且许诺，要努力地领会和创造其中的意义。

兴安岭森林

在整个世界，除了水，我最喜欢的就是森林。

繁衍自强的森林是生之意趣，收容了一幕又一幕悲喜剧。

弥漫在森林间的沉寂与神秘，为艺术提供了深沉、宁静的心理背景。多少个世纪以来，森林始终滋润着人们的乡愁与诗心，这就是为什么索尔·贝娄会说“艺术从森林开始”。

森林多么好。森林有花有草，森林有云有雾，森林有风有雨，森林有泉有湖……

森林有诗。

要摆脱无名的羁绊，我最想走向森林；要拯救疲惫的灵魂，我最想走向森林；要吟唱隐秘的心曲，我最想走向森林。

花与树的缠绵，云与雾的交融，风与雨的相伴，泉与湖的交响，无处不是诗的流淌。云聚云散是诗，花谢花开是诗，草飞草长是诗，月圆月缺是诗。森林是诗的宠儿。

走向森林，常常是我的梦想、我的渴望。

在森林任何一个无人知晓的角落，都会有风吹落潮湿的种子。季节更替，在森林到处荡漾的，是人的自由意志。倾听森林的语言，你将成熟、聪明、坦荡、洞悉真理……生活的困惑与感伤随风而逝。走在森林，你会发现你是快乐的，森林无声的呼唤，充实了你原本空洞的灵魂。

因为惰性和缺乏勇气，我任从自己常年被囚禁在嘈杂的城市。城市也是森林。楼群像树林，只是没有枝叶、没有花朵、没有果实，没有令人眷恋的仅仅是狗尾巴草的清香。孩子们长大了，不会唱《采蘑菇的小姑娘》。楼群的颜色顽固，隐去了季节的界限；窗口在夜晚筛下星星，挤窄了无边际的想象；钢筋水泥傲然挺立，带来了坚硬工具的压抑。这是化工森林。在这里，躺着的心事结成青苔，站立的思想竞争阳光，人们掩起私下里表情丰富的脸庞，让善意和温情在陌生中蛰伏窥望。

只有森林才会有真正的歌唱。森林的歌，嘹亮、清逸、深远。森林里最多的是树，每棵树都是歌手。

走进森林，走进歌声，走进激动的曲调和流畅的节奏。带着幻变的梦境、灵感和鸟语花香，离开城市的喧嚣，演奏自己的乐章。让漫天的音乐的羽毛，化作无边的新绿与嫩黄，等待心灵的撞击，等待灵魂的再生。

我见识过世界的不只一处森林。每次我都会力图进入森林的深处。穿过茂密的、散发着浓郁的树脂和草莓香味的松树林，心里泛起一种甜丝丝的快感。林中的湖泊像美人的镜子，波光粼粼地闪烁在无边森林的怀抱，映照着蓝天的纤尘不染和青山的雄浑与妩媚。

那些树林是没有猎人也没有伐木者的，那里的鸟是不害怕被人惊扰的。头上树丫上，这儿那儿站着不知名的鸟。它们大大方方、满不在乎地站着，不时懒洋洋地一跳。有时候落到离你很近的地方，然后又扑扑地飞起，它们拨起的风，直朝你脸上吹过来。柔顺的、毛茸茸的松鼠就在附近无忧无虑地跳来跳去。有时候会突然停下来，蹲在离你最近的树枝上和灌木丛中，睁大眼睛滴溜溜地打量你。所有的生灵都充分享受着作为这片树林天然主人的特权。

森林无疑有一种凝重的隐喻性质，暗示出生活最为深沉的一面。森林是生命的典范，告诉人们生命的原始法则。

潮湿的凉意从四面八方袭来。鸟悄悄地离开被太阳晒得温暖的树梢，振起翅膀，依恋地、默默地飞进森林深处。雾在林中飘荡。雾是半透明的，并不妨碍仰望树缝中的天空，被树枝分割的天空特别明亮。让我想起南方家乡闪烁的星光，被星光照亮的丰沛的河流、绿树中的城市和织锦般的田地。让我想起世上我经历过的所有美好事物。莱蒙托夫说得不错："当我们远离尘世而跟大森林接近时，大家都不由得变成孩子了，心灵摆脱了种种负担，恢复了本来面目。"契诃夫是那般动情："不可思议的森林啊，你永远放射着光辉，美丽而又超然，你，我们把你称作母亲，你本身包括了生与死，既赋予生命，又主宰灭亡。"托尔斯泰则给森林赋予了道德意义："置身于这令人神往的大森林之中，人心中难道能留得住敌对感情、复仇心理或者嗜杀同类的欲望吗？人心中的恶念应该在与作为美与善象征的大自然接触时消失。"当艺术家用圆舞曲为森林染上一片圣洁，"手风琴也打不破的宁静"的抒情节拍展现着快乐与忧伤，有多少人已经如梦如幻，走进博大与深邃。如果有一天，你坐在森林之外的地方，梦想曾经的家园，你便会知道，失去绿荫，灵魂就失去了庇护。混浊的噪声从耳边掠过，你将嫉妒并且哀怨，谁曾拥有过那片森林？

我多么愿意住在这样的树林：在森林幽静的小径徘徊，鼻翼里全是青涩的气味，看或枯或荣的草在夕阳下泛着柔柔的光，像长发飘逸；在绿叶沙沙的伴奏下唱歌，唱消失的爱情和不可知的未来，听或深或浅的水在林子的深处汩汩流动，像精灵呢喃。等有一天终于唱不出声音的时候，就安静面对树叶的私语。风拂过思绪拨动迷离的眼神。卷起的红松皮被阳光照耀，摘它一片，发现东风沉醉于此的秘密：暗香诱着彩蝶，在树木之间传递着甜蜜。绿肥红瘦都被遗忘，而你将保留森林中的这一缕暗香；等有一天终于不能呼吸的时候，就溶入树下的泥土，无声地悠悠地去到森林的旋涡深处，肃穆、庄严、神秘，而心，战栗。然后在返青的季节，同蚂蚁、蚯蚓和飞虫，同所有卑微的生命一起，用柔软的头颅叩开泥土的门，迎接春天的来临。一声鸟鸣，心便永不寂寞。

克什克腾草原

你从哪里来？要到哪里去？你的眉头像未解的结，你的脚步疲惫而蹒跚。

我把喧嚣的城市留在身后，我把拥挤的人群留在身后，我把所有的躁动和冲撞留在身后。

把自己交给苍茫。

你失落了什么？你要寻找什么？你想得到什么？

我问蓝天，我问大地，我问草原。

草原，向我张开博大的襟怀。从两边涌到路上来的、被露水淋得透湿的花枝和草棵子殷勤地拂着我的裤腿，像默默的爱抚。

古老而烂漫的克什克腾草原，埋藏无数卜骨、陶土、断简、残碑的土地，站立长城、寺庙、黯淡的宫阁和石荒芜废墟的土地，横亘叱咤风云、如狼似虎的壮士演习杀戮的古御道的土地。

王朝的连营埋进深草，将军的鹿角没入沼泽。大会碑如断锷。水泡子是饮恨苍天的眼睛。从刀光火石到金戈铁马，从血流飘杵到冠盖如云，皆杳然如苍狼呜咽。帝王的霸业连同古战场一起退出历史，一个鞍马部族的史诗在季节河道声息断裂。

而草原依旧。

高耸的大陆板块空旷恒大，弓起球面的脊线。草原把最广阔的空间留给七彩泛滥。芳草年年绿，碧色直铺天涯。千万种花如潮水，汹涌漫卷草原。乳汁洗出的天空，云舒云卷如峨峨高髻、荡荡裙裾。苍鹰盘旋，大道似瀑布。

真静啊。天地间是一片亘古的肃穆。远远的什么地方，好像有人在动情地唱歌。那是幻觉。只有风，只有白桦林，只有不甘寂寞的杜鹃、野百灵和蜜蜂在私语。

思想就像徘徊在迷离草莽的孤马，你会一再地想起那些似乎遥远的、已经忘却的过去，心里无端地涌起一种莫名的、淡淡的却是幽深的甜蜜或忧伤。你会感到好像早就有过这种体验，要不就是做过一个和眼前的情景极为相似的梦。但是究竟是在什么地方，是在一生中的哪个幸或不幸的时刻，你怎么也记不起来了。生活就像流水一样，淙淙地从你身边流过，你失落了很多，却不知道那是些什么。

最远的地方，热浪蒸腾的高坡，号角悄然耸起。最初是一对，然后是一簇，然后是一片。然后，草原生命交响的高潮赫然君临。

万种天风骤然狂作。骏马雄壮的肌群，突起为跳跃的峰峦。马群纵姿跋扈，从远方或更远的远方潮涌而出。

大宛汗血天马从西极承灵威、涉流沙而来，从黄河负图而来。与犁铧一起耕耘生民的艰辛，与刀斧一起划破凝滞的血海，与香车一起装点贵胄的荣华。你为文明所依赖，你也为文明所驾驭；你为文明所恩宠，你也为文明所束缚。

什么时候，文明放逐了你，文明解放了你！

于是你重又成为草原的王者至尊，自由与奔放重又成为你的特权，铺张扬厉的野性重又回到你的身上。天风滚滚，海山苍苍，真力弥满，万象在旁啊，你重又行神如空，行气如虹，走云连风，吞吐大荒。

狂舞的铁蹄在我的血管里奔腾，惊心动魄的轰响是冰河破裂一泻千里。我忽然明白了我的沉重，我忽然知道了我的寻找；在地震般的战栗和闪电般的快乐的瞬间，我忽然领悟了生命的开端和终结的全部欢乐和痛苦的奥秘：挣脱欲望的缰索，卸下诱惑的鞍辔，去呼应草原生命大气磅礴的抒情，一种另样的、博大的爱情——爱生活、爱生命、爱大地，直到永远！

夜要来了，多情的落日在吐力根河对岸向草原告别。暮色像紫丁香，有一个骑手在火红的天边向远方顶礼。

草原像人的心灵——当心灵纯净而充满幻想，它就变得无比深邃——深邃得能容纳整个世界。

我走在七月黄昏的草原，草原的路通向一切道路。远处是辽阔明亮的地平线，身后是觉醒的脚印。

这一天多么好！整个世界像在童话里变了样子。这样的日子一生也许只能遇见一次，这样的日子一生只要遇见一次。

感谢你，草原！感谢你金灿灿的光、蓝湛湛的水、甜丝丝的风和轰轰烈烈的生命。

在怒放的花丛中尽情流连吧，在熊熊的篝火前尽情跳跃吧，在生命的潮水里尽情徜徉吧。火在战栗，酒在燃烧，舞在踢踏，灵魂在响着黄钟大吕的律动。当黎明再来，金子般的朝霞又会喷薄而出，我又将远行，让圣洁的大光明永照朝觐生命的虔诚。

第一大湖

鄱阳湖，上吞众水而下哺巨流，大气磅礴以波动日月。湖泊是“大地的眼睛”，看透了千年的沧桑。在湖泊操练的兵甲曾令天下四分五裂，在湖泊厮杀的豪强曾立江山于大一统，在湖泊汹涌的鲜血、浮沉的尸骨和萦绕不去的悲歌曾使历史瞠目结舌，在湖泊驻足和歌吟过的有中国最优秀的诗人和文章家。湖泊是云的故乡，水的故乡，生命的故乡，神话、英雄和诗歌的故乡。

湖上的无数岛屿，是乡土社会的史书库，漂浮在蓝天一样明亮和广阔的湖面，正是我常常莫名向往的岛屿，拥有着美丽、成熟、淳朴以及大自然超常宠爱的岛屿。立于楼头，四面是粼粼发亮的茫茫湖水，点缀着鹭鸟翻飞的岛子和机船上冒出的袅袅轻烟；楼下，夹在老屋和新墙之间的幽深村巷里，响着当地盲艺人的古老弦子和渔鼓。如果说我曾在城市的生活中一度觉得亲切却陌生、虚荣，但似乎不真实，那么现在的情形正好相反，这里的人群陌生却亲切，也许缺少虚荣，但真实可信。它远不止是地理意义上的梦境，还同时是文学意义上的梦境，它就存在于现实中，还将存在于无数人的想象中。

湖泊是我永远的精神故乡。我的青春——人生最宝贵的年华，是属于它的。我在湖泊播种希望，流了汗，还有血。生活，用巨大的，甚至是可怖的风暴和洪水，同时也用暖人的阳光和鼓动帆的风，粗暴而又温柔、无情而又宽厚地铸造了我的生命之舟。在那之后，我的关于欢乐与痛苦的最深切的经验，我的最热烈与最阴沉的情感，乃至我创作灵感的源泉、我的审美理想以及艺术追求的激情和情致，都是同它联系在一起的。

清晨，风在水上滑行，湖边的泊船轻轻地摇动，偶尔撞出亲昵的响声。一只水鸟在桅杆顶上打了个趔趄，翅膀散开来，拍了几下，终于站稳。然后就神气活现地站在那里，不时勾下头，啄一啄羽毛。

大白天，天和水在很远的地方连接起来。天上一丝云也没有，水被天照出一片白亮，刺得眼睛生疼。不时有冒着浓烟的拖船拽着驳船和缀满了补丁的绛红色或土黄色的帆从那白亮上划过。

薄暮时分，最远的天边，横着条状的金色云霓。巨大浑圆的太阳在那条云霓上面若有所思地注视着将要进入黑夜的世界。一行雁笔直地向上扬着，在它面前缓缓移过。一片帆长久地在太阳的圆心处停着，凝然不动。淡淡的紫色暮霭弥漫过来，把湖罩在一片柔和明亮的光晕里。

到了夜晚，雾气一团一团在黑暗深处浮起。湖上的航标灯飘忽不定、时隐时现。然后，远处越来越清晰地现出一些起伏不定的轮廓，那是对岸的山峦。渐渐地，山峦上的光亮越来越广大，似乎有个人高挑着一盏雪亮的灯，正从容不迫地在山的那一面攀上来。那盏灯终于一点一点地从山脊露出，漫无边际地照亮了幽蓝的夜空。这是月亮。所有的星星都隐没了，而在默然里涌流的湖粼粼地闪起光来。湖边的蓼草静静地摆动，偶尔响起鱼跃的声音。

几只水鸟被惊起，拍着翅膀从草尖上掠过，又消失在另一片草丛中间。

数也数不清的湖汊，汊汊有人家。到夜晚，远远近近、大大小小的村落，纷纷亮起灯火，跟满天的星斗互相照应，让你明明白白地入了梦境，分不清是星斗落在了湖里，还是灯火点在了天上。

湖上诸岛，家家开门临水，村民淳朴，古风犹存。浮于荡荡碧水、藏于森森古樟中的渔村，时有若雨若烟、似有或无的弦索之响，丝丝缕缕的水韵芳馨，令人疑在一个遥遥旧梦里。

湖泊的一切生灵皆被视为神物。生灵有知,也把湖泊当作了天国。夏候鸟白鹭是湖泊的王者。白鹭飞时，两脚向后伸直，远远超过尾巴，两扇宽大的翅膀缓缓鼓动，从容不迫，气度非凡。白鹭是韵在骨子里的诗，是朴素和高洁的形象化。丽日之下有白鹭翩飞，蓝天便有了心跳的动静；细雨来时水田里站了一两只白鹭，水田便成了一幅玻璃的画框；山岩上有白鹭群立，山岩便登时有了蓬勃的生气；夕阳里有成行白鹭低飞，更是乡间日子的一种恩惠。而冬候鸟白鹤则更为壮观。一个又一个从云端钻出的鹤群,长羽临风，翩跹而来；长喙含云，吟哦而来；长跖踏浪，高蹈而来。漫天是惊心动魄的鹤舞和鹤鸣。辽阔明亮的湖面，跃动着千姿百态的鹤影，仙子一样尊贵，处女一样纯洁，士大夫一样优雅。

雾气在被云霞照得斑斓的湖面悠长悠长地漂浮。远山是一抹淡淡的烟痕。风吹着唿哨,在苇丛上掀起涟漪。隔年的枯草里,素净的白蒿、翠绿的笼帚菜、肥硕的铁扫帚、柔韧的马鞭草和纤细的碎米花一堆堆地汹涌绽放。生命萌动的气息四处弥漫。湖滩上的鹭或鹤，对人视若不见，或埋头在水里寻食，或专心啄羽毛，或昂首阔步高视徜徉。壮硕的水牛卧在草丛，与那些轻盈的鸟默契着，憨憨地眨着滚圆的眼睛。

哦——嗬嗬嗬嗬嗬嗬——

湖心有船起了呼号。船夫怡然，橹似摇非摇，手指指点点。

湖泊远离尘嚣，澄澈透明，在一个环境日渐使人忧虑的世界，或许是最后的一泓清水，最后的水上香格里拉。

自然界的生态变迁相对于人类文明史来说极缓慢。在以千年为度量的时间段里，华夏的农耕文明与“季节性湿地”所构成的“生态元”结伴而行。早年《诗经》就描绘过“淇则有岸，隰则有泮”的生态景观。

湖泊是古老人类留下的清晰脚印。

走进湖泊，就是走进梦幻。那不仅是一片景观，也是一种意境，是一种可以让人们超越现实、无止境地追求美的梦。

梦是无声的，湖泊亦无言。

再多再华丽的词藻也不过是浮云，在蓝天下呼吸到的空气才是真实的。

走进泊湖深处，湖水是凝然不动的一缸浓酒，与原始的植物一起，芳香扑鼻。轻柔的风迷醉地吹着，醉了湖边的树木，朦胧地摇曳，又软软地垂下。林中不知名的鸟，长吟声黏稠，是酒醉的呢喃。

分明的只有色彩：天蓝、云白、水绿，一个单纯到不容掺杂一丝浑浊的世界，让你不得不放慢了脚步，不敢惊醒那份恒久的宁静！即便有再大的喧哗、再大的冲动、再大的浮躁不安，在这里也会被转瞬吞没，消失得杳无踪迹。

你会禁不住发呆，想象自己误入了神仙的居所、上帝主宰的伊甸园，走进它，谁还会在乎蛇与苹果？

湖泊之吸引旅人，在于其为人与自然的亲密接触架起了桥梁。湖边步道必是远足者的最爱，可以沿路一直走进超现实的画卷，觉得一切变得不真实起来。疏漏的阳光在起伏的树林间跳跃，自由的风穿过茂密的枝叶追赶不同季节的颜色。时光仿佛就在这一片天地间停留。石头上的苔痕是时光的印记。一步阶梯，就是一片光阴。

湖泊是遥远的，遥远得像一个远古的故事；湖泊是亲近的，亲近得像触手可及的怀抱。

湖泊宜于沉思，宜于低语，宜于默读，宜于静静地听山、树、水的呼吸，宜于用被洗去了尘埃的明澈的眼看一草一木的悠然，用卸下了世俗重负的空灵的心装一湖一天的悠远。在现代文明中，寻觅生命最初的本质。纷乱的思绪，散落在湖中，被一层层绿叶过滤后荡漾开去，直至还原一个最初的自我。

百年前的哲学诗人已然预感到人类必将重返故里，重返童贞。作为一个哲学命题，还乡就是返回人诗意地栖居的处所。人的内心，永远存在着一个“故乡情结”。那是一种温暖的情感的凝聚，是无尽的梦幻和永久的魅惑。整个人生就是一次精神之旅，每一步都在寻找最终的故乡，所有朝圣者的疲惫，都会被故乡的烟火抹去。

湖泊的光芒穿透了生命的意义，湖泊是精神生命的原点。湖泊是云、水、阳光孕育的骄子，而我愿是鱼，是鸟，是水柳，是爬满岛屿的白蒿、马鞭草和碎米花。我将为水的灵魂所吸引，依靠着帆在风云间行走，从路途到心灵，从喧闹到安静，张开双臂，去拥抱自然，去与乡亲交谈，去聆听最质朴也最灵动的语言，去享受最真实的美。

是的，如果我们改变不了生命的长度，那么我们何妨改变生命的宽度。

走马太行秋

九月，我从平顺上太行。

太行南端，上党边缘，晋、冀、豫三省环绕中。大地上满是山峦，山峦上满是石头，石头上满是树木。树木里藏着战国城墙、汉寨、唐堡、明寺、清宅，藏着石阶、石桥、石巷、石磨、石碾、石凳、石屋，藏着小米、高粱、苞谷、花椒、核桃、柿子、苹果、黄梨、山楂、山桃、石榴、软枣，藏着浊漳河，藏着红旗渠源头。

恍若与世隔绝，纯净一如荒远。

生民亘古的渴望和不竭的追求：在最贫瘠的地方创造蓬勃，在最绝望的地方开拓希望，在最峥嵘的地方插满幸福的旗幡！

云薄秋容，与造物者游。风如刀锋，墨凝秋露。有足音远去："悲哉秋之为气也，萧瑟兮草木摇落而变衰，憭栗兮若在远行，登山临水兮送将归。""秋风起兮白云飞，草木黄落兮雁南归。""北上太行山，艰哉何巍巍！"

诗意地看三晋明月，风景苍茫在古诗词，思想穿越时空。

谁曾立马雄视？谁曾拔剑四顾？谁曾梦里乘舟过日边？空阔的山谷传播回声。神龙和异鸟飞走，从房檐上带走喑哑的铃铛。荒草斑斑，石碑残缺，文字早已磨损。

秋天的日子，我来看山，看果实的样子。满山金色的诗歌元素，快意恩仇，一泻千里。我期待的秋天，正是如此。

热衷于攀登的感觉，上升，然后俯视。说不准的远和把握不住的近。众鸟喧嚣，霞光四溅。悲秋客放弃了远方，诗篇便无从阅读，但日头，停不下健旺的脚步。日光的阴影对面，是无边的灿烂。

那是一部史诗的封面。

天空的诗集是云，太行山的诗集是岩石。石砌的桥，枯坐于潺湲溪流，冥思千年。树那么大，花那么艳，季节更换盛装。大色块的红叶，平添妩媚。石榴是秋天的眼睛，在枝头跳跃。白杨笑到了最后，落叶呢喃着别人听不懂的语言。野菊花每天都在盛开，如同每天都在凋谢。从盛开到盛开，从凋谢到凋谢，从漫山遍野到漫山遍野，从一代到又一代，是一个完美的历程。

太行山是一道千年未解的方程，可以注释的只有真正意义的生命。日月交替，炽烈与阴柔，舐砥青铜的躯体。翻开刀切的层次，阅读坚硬的沉思，谁也无法洞穿全部的细节。

天脊山，与天为党。连绵着脊梁，对峙成一派尊严。如此的正气凛然，最熟悉的人也会是冷冷陌路。赤裸裸的铮铮铁骨，永不弯曲，一道道垂直的日光，令人不寒而栗。寥廓苍天，涌动着千年不衰的血脉。连风的手势也那么强硬，把心放在登不上的峭壁，声音也站成不倒的姿势。

绝壁是一个悲壮的故事，拒绝了平庸，删去了伤感的情节。浅斟低唱的花草无法抵达，唯狂风暴雨稀释孤寂。铁索横卧，依崖飞峙，如绷紧的弦。生命的通道，在万丈深渊上面。最高的高处，是鹰隼的驿站。鹰从袒露的伤口飞出，给天空画出飞翔的符号。高过苍松的仰望，高过绝顶的云烟。

神龙湾。什么样的地裂山崩，把山剖为两列，石头与星星从天上滚落。一线天，互相倾倒的山壁触手可及，像秘而不宣的爱情，保持克制的距离。陡峭的激情，从百丈高崖纵身跳下，冲刷古老的传说。瞬间成烟。生命的成长需要亿万斯年，消失只在须臾。整个四季的秘密，嵌在绝壁的缝隙。峡谷的风，吹动巨石。杜鹃寂寞。千滴万滴血红倚着绝壁，从梦里洇出。从容地享受恬静，缄口不言一切痛楚，在磐石中扎根，用鸟雀的翅膀，飞往想到达的任何地方。

鱼鳞坑是太行山的图腾。以江南的姿色，同化不毛的岩石。苍翠的信念，漫漶着，提升春天的海拔。上天眷顾的峰峦一望无垠，起伏成一种朴素的豪迈。漫山遍野，石头发芽，汹涌出全新的季节。大树和花果，还有草药，渐次走成荒野的新娘。雁群飞过峭崖，鸣叫亲吻柔软的乳房。山地怀孕，并且丰满。太行山从此没有凋残的季节。

井底。公路挂在绝壁。血与肉，燃烧着执守。一个村庄的手掌，穿透绝壁的时令，在生命的绝地沟通生命。以时间不能觉察的进度，随时间一起，刻凿时间的痕迹。在云岳窗前，浩浩荡荡，敞开封闭，敞开全部荒凉，敞开千百年锈迹斑斑的忍耐和冰冷的微笑，成就旷世的奇迹。掌纹上的地理，沧桑和语法，石头上刻出的巨著，诠释了英雄的序言。带血的落日，裹开凝结的汗渍，音乐般的光芒，落满了全身。

一个被犁杖、刀柄磨砺得粗硬的族群，在绝壁上泰然自若。以一贯的姿势迎接光阴，以及风雨霜雪，获得直插云霄的自由。岁月从这头升起，从那头落下。日出喊山，月起磨刀。春天播种，秋天收割。四季在年轮里打转，却无法读懂寡言中的睿智与缜密。倘若写诗，则总是与土地一脉相承，沾满泥土以及草叶的清纯。以沧桑的情调放纵自己，伸手探日月，弯腰抱牛羊，种地种出庄稼也种出歌谣，走路走出山道也走出舞姿。所有的承诺与期冀，渗入岩石的肌髓，喂养田园的荣华。

远观群山，我听见残缺山刀的叩问，流星划过衰朽的头颅。石瓦石墙的屋子，一缕缕袅娜炊烟，用娇怯的心灵和岩石对话。谷酒香了，还没来得及飘散，生命已到了另一个起点。耕作的篝火燃起，山的呼吸像山一样沉着。

喇叭尖啸，火把时明时灭，谁在遥远的栈道断肠？拉长的女声，大地一样辽阔。声音的河流，抚摸高高的山梁，从低音攀援高音，攀援到月亮之上，带走我失落多年的倾听。

古道边的酒歌，催白露成霜。感谢上天所赐，让我在苍穹的制高点，褪下现实华丽的衣裳。庆幸高贵的洗礼，暂时忘掉内心的罪孽，听从白云苍狗虚渺的启示。

风透明，疏星暧昧，月光触摸到蒙尘的隐秘。琴弦开合之间，起了离愁。在夜晚聆听流淌的忧伤，一直走进幽深的情怀。被命运差遣得再远，心会永远住下。灶膛的灰烬，与沙漏的金沙，一起沉淀为记忆。

崖上庄严的钟声复归沉寂。如果要衡量一颗心的重量，如果在熙熙攘攘中迷失，那就背起行囊，追随沿着山梁上升的季节，触摸太行的高度，向无限致敬。请相信，即便在心的尽头，也一定会有种子生根。

壶关峡谷

波浪滔天的林海、刀削斧劈的悬崖、千姿百态的山石、如练似银的瀑布、碧波荡漾的深潭、神秘莫测的溶洞……娓娓叙述数万年前造山期的渊源。群山是固态的时光，无穷无尽的起伏，是地球生长的筋脉。曾经的亿万年的沧桑，如同树木的年轮。人类无法觉察镌刻的进度，只有漫长的岁月，显示难以置信的伟观。

谷底弥漫着水雾，草木摇曳诗意。或烈日如火，或风雨晦暝，或晨曦初上，或夕阳西下，峡谷是五色斑斓的调色板，变幻莫测，气象万千。流岚的绸带，宛转飘舞，缠绵着壮伟的大山。危崖亭亭玉立绝尘埃，飞瀑九天落下溅珠玉，奇石一似老僧闭目坐禅去，清泉忽如惊涛翻云覆雨来。水增添了山的灵气，山造就了水的隽永。林木的冠冕，奇异而瑰丽。用苍茫论证唯美，用迷乱展示秩序。寂寞无言的幽谷，有着天的挂牵。

龙潭、团山、妖洞、仙宫……仿佛早已熟悉这一切，它们有生命，有灵性，有修炼得道的意境。穿云可与鸟雀共舞，过雨可得神灵之露。夜里梦到地心，自己在另类时空漂浮。大峡谷是如此宽容，记录下人类所有的传说：关于神人弈棋、关于仙翁炼丹、关于道士面壁、关于众僧朝拜、关于狐狸成仙、关于乖龙嬉戏、关于群妖坐殿……同时俯瞰人类所有的浮浅。

大峡谷仿佛存在于另一个世界、另一个星球。

谷壁层层叠叠，像万卷史书。远处闪烁野兽的影子，夹着牧羊人的呼唤。绝壁上的古栈道、关塞边的仙人桥，跌宕着历史踉跄的步履。那么多的转折，每一个转折都能找到一个王朝艰难跋涉的身影。

山以高峻称雄，峡以幽深争胜，地以青史闻名。最可信的古史可以追溯到公元前 11 世纪。文王伐纣，黎侯为盟，在大峡谷撕开了千年战伐的铁血帷幕。紧随其后，是一长串帝王不可一世的车仗：中原雄风与西域血性，英才大略与风流倜傥，烛光斧影与温文尔雅，纵横捭阖与闻鸡起舞，神机妙算与纸上谈兵，智慧仁慈与凶暴残忍，忠诚与背叛，高尚与卑劣，豪迈与促狭，坦荡与阴谋，坚守与离弃，期待与遗忘，皆随风化的岁月，凝固在古老的庙宇、栈道、桥涵、关隘、寨堡、城墙、墓葬、戏楼。

逐鹿太行，问鼎中原，江山和权力永远是王者的主题。争夺天下的霸主谁会顾及巉岩狰狞，关隘险恶；谁会顾及血流漂杵，白骨成堆；谁会顾及多少壮士饮恨苍天，多少春闺梦断乡关。

时光如利斧，劈开顶天立地的身躯。两崖壁立千仞，夹持一线青天，划出阴阳两面，一面是恐怖的峻拔，一面是婉转的幽情：刚强与柔情相视，热血与冷酷相照，正直与曲折相搏，光明与阴暗相峙。

历史像峡谷一样诡谲，峡谷像历史一样变幻。

亿万年蛮荒，久远的崖道因古桥有了韵致，桥下静水深流。山崖肃立，听远古的风涛在峡谷中奔泻。狼烟滚滚，将士蜂拥，旌旗排云，金戈铁马厮杀遍野声震天狼。鼙鼓声歇，一抹斜阳残照。

血色黄昏时，风沙扬起，一川碎石大如斗。马蹄声远，所有的烟云落入尘埃。

孤鹰盘旋，空谷投影，挂印拜帅的将台　祭祀占卜的神殿，早已不见灰烬。纵然是摩崖石刻记录下文臣武将的豪情壮志，一部史书写尽了天下，无数的野心也已化石成痴，只能凝望流水行云。唯一的意义，是留给后世寻幽访胜的兴致。

千回百折，让最刚强的豪杰也不得不低头折腰；千姿百态，让最傲气的骚客也不得不顶礼膜拜。

不知是不是山水独钟情诗人，才使得诗人如此钟情山水。山水与诗人乃是天然的密友。世上有哪一处灵山秀水，没有凌空跃动的诗行？吟咏山水的千古绝唱，是人类灵智最瑰丽的篇章。

读懂山水，是智者。最懂山水，是诗人。最好的山水，总是拥有最多的诗人。

“北上太行山，艰哉何巍巍，羊肠坂诘屈，车轮为之摧。”（曹操《苦寒行》）

刀剑迸溅，烈马嘶鸣。一代枭雄，到此只剩下悲情；千古统帅，苦寒里尽是诗人的苍凉：北风哀号，摇动萧条的树木。前面盘踞巨熊，路旁咆哮虎豹。少有人烟的山谷，正下着大雪。伸长了脖子眺望，迷失了来时的道路。水上没有桥梁，天黑了还不知哪儿可以过夜。走了多少日子，人马皆空乏。拾柴生火，煮粥充饥，想起诗经《东山》写过的苦役，伤感绵绵不绝。将军白发征夫泪，战之厌倦，回荡于峡谷。

那时的天空注定黑暗。不在死亡中重生，便在死亡中消亡，一半躯体生长野草与树，另一半躯体腐烂成泥。从地壳拔出火焰之刀，峡谷凌厉转身，似刀客，挥断最后一抹哀伤。月光在岩石上种植露珠，星星点起篝火把峡谷照亮。深深的峡谷，流淌的诗行，至今未干的泪水，一半浸泡过去一半浸泡未来，峡谷中绵绵不绝的虫鸣，把曾经抛弃的古歌，串成咏叹。

曹操是壶关峡谷咏叹的领唱，无数的天才继起应和：

“北上何所苦？北上缘太行”（《北上行》），进取的路途，对李白永远是个问题；“千崖无人万壑静，三步回头五步坐”（《忆昔行》），民生的艰辛，总是让杜甫忧心如焚；“尝闻此中险，今我方独往”（《初入太行路》），白居易似乎颇有探险的闲情；“千骑俨欲前，群峰望如削”（《人行苦热行》），刘长卿的惊讶可以想象；“黄昏欲到壶关寨，匹马寒嘶野草中”（《壶关道中作》），韦庄的孤旅难免惆怅；“官柳青青匹马嘶，回风暮雨入铜鞮”（《送客之上党》），韩翊的心情不无沉重；“刚风被草木，真气入苕颖”（《紫团参》），苏东坡津津乐道的是养生的山珍；“太行有共谷，胜绝无出右”（《宝岩纪行》），元好问的赞美并无夸张；“过步每千虑，举步如蹒跚”（《十八盘》），徐卉的心惊胆战绘形绘影；“两鬓霜华千里客，马蹄又上太行山”（《上太行》），于谦的凛然浩歌气壮山河……

古诗全是原始的色彩，古意散落在群山，伸手可触。时光飘逸在风与风之间。风流倜傥的诗人们，并没有停留在遥远的往昔。他们走进今天，还将走进未来。厚重的古朴，铺成粗犷的路，与岁月相牵。快意的笑容，带着诗歌的锦绣，在朦胧中展示永恒的恢宏。

高耸的宁静、绿色的宁静、湿润的宁静，与悄然的步履同行。沿着山体攀援，享受山的连绵。登顶以观日出日落，临涧以听涛缓涛急。云朵般的依恋，一次次深情回眸，一回回醉心凝望。厚重的情怀浓烈似海。

走过万年的路，万年只在瞬间。泉水带着万年的深邃，缓缓涌出缕缕芳菲。明亮的色彩，自由自在；沁人的气息，从容而温暖，成为地面与空间的和弦，与生机勃勃的大地依伴。

峡谷有灵，可以舒纷乱，可以平浮躁，可以悉失落，可以远羁绊，可以处澄明，可以得超脱。循天人合一之道，享自然造物的馈赠。心神凝聚于清幽宁谧的和谐，便是天地山川风月的主人。

而弥漫在峡谷的浩渺旋律，是尾声，也是序曲。

黔之水

贵州，中国西南部高原山地。大娄斜贯北境，苗岭横亘中南，武陵蜿蜒入东北，乌蒙高耸西陲。重峦叠嶂，林木森森，披着庄重的黑色头巾；山高谷深，绵延纵横，隐藏了多少醉人风情。上天赐予了最好的季风气候、最瑰丽多姿的山脉、最繁荣昌盛的黄金水流。梵净山的圣洁直上云天，双乳峰敞开圣母的怀抱，斗篷山的原始古林长在岩石缝隙，高屯天生桥横空绝世。即便马岭河那道地球的疤痕，也是那样妖娆动人。

“惟尔贵州，远在要荒”。穿洞遗址，点亮亚洲文明之灯。牂牁国何去？夜郎国安在？左迁万里的诗人，风尘带霜寒，愁心寄与明月。廖贤河边的楼上古寨桥井街巷依旧，韵致犹在明清；天台山伍龙寺的城堡式古刹半军半教，古刹形城堡亦文亦武。

但我最钟情的，不是贵州的古老，是比古老更古老的贵州的水。

山与水的默契在这方土地上被演绎到极致，山自豪迈，无须称雄；水自灵秀，久已名世。无处不在的诗意，用钟灵毓秀演绎传奇，在天地间留下无边旖旎。

苗岭分开了中国两大流域，千山万壑处处川流不息，上者开阔，中者束放，下者如刀切。轰鸣的瀑布、湍急的江河与舒缓的溪流，穿透了一个水的膜拜者的心灵。

大美不言。满山松涛静止，花朵凝神。山水纡曲，泉石渐幽。空山无人，水流花开。前世今生的水流，从苍茫流向尘世，从神灵流向苍生。彩云在水波里开放，水流是神的歌吟，明媚的波光粼粼，绵绵无尽。草木葳蕤，封天蔽日，散发出盎然生意。漫天的芬芳一路扑卷，芬芳漫过我的衣衫。

贵州的水，滋润辽阔的大地，宽广温柔地流淌。养育了四十九个民族，三千四百万儿女；养育了鼓楼和风雨桥、吊脚楼和石头寨；养育了银饰花带、挑花蜡染、八音坐唱、大歌傩戏、芦笙铜鼓；养育了茂兰森林、赤水桫椤、威宁草海、天星桥石林和金鼎山云海；养育了中国最大的瀑布和最长的水溶洞。贵州的山、洞、林、石因而浑然一体。

花溪是一段碧色的玉，雍容地卧在城市的边缘，烂漫着女子的温婉。很难想象那样的澄澈幽蓝。水面划过流萤，交替着风信子的夏风，像是微笑。绿树成荫的岸边，颤抖的心在等待。星斗在寂寞中燃烧，每一道光线都透露出浪漫。黑斗篷出没在深林，百褶裙格外鲜艳。露水滴落，在心里掠过涟漪。目光顺流而下，爱情顺流而下，心数着时辰，溪流带来落叶，带来深情的叹息，抵达甜蜜的终点。一曲断肠的清歌，穿越了流转的华年。无忧无虑的素颜女子，在盛夏的狂花中采一枝碧荷，亭亭玉立。那一泓流泉，沁透了石头上的青苔。芦苇初生青青，白露凝结成霜。心上人在水的另一边，唯愿化作并蒂莲。

明月与清泉，草垛与汀岸，花的脸庞，等着你记住绽放的千娇百媚。阳光和风，相拥着闻声起舞。悄悄地，藏起含苞待放的铃兰。

织金洞与龙宫，是水的万神殿！深邃而又宏阔。我看见了水的沉思和寓言，以及关于水的华丽转身的奇迹。庙宇的钟声，反复敲着一个音调，顺着山脊，爬上更远的未知。在阳光照不进的缝隙，虚空和沉默，隐藏着生命的密码，无从破译。不知疲倦的蝙蝠，传递着冷寂和神秘。

新的天际启幕，繁星高悬在漆黑的穹窿。这里的月亮有自己的传说。沿着哺育我们的河流，我们回归巢穴。这些洞穴的后代，有了原始的逍遥和自由。我们在黑暗中流浪，寻找故园的痕迹，寻找那些消亡的洞穴生灵，寻找他们的火把，还有那些温暖的兽皮，寻找一种意境，一种超然脱凡的感觉。岁月弯曲，季节倒流，渡过青春之河。推开一重重森严的宫门，沿着众神的驿道，城堡升腾。臂下风生水起，史前的鱼群，从心悸的间隙游过。始祖鸟栖于莲花，在静默里谛听白垩纪的呼吸。洞穴是阴性的，雄性的钟乳石赫然昂扬。仿佛是午夜，我坠入沉睡不醒的梦境。最深的深处，响着远古的第一面锣声。馥郁的银铃花开了，迸裂的石笋处于感情史上的旋涡年代。夏季是爱情的季节，洞穴是情人的天堂。绕过缀满山花的温床，听见祖先的私语。他们围着昼夜不息的篝火，不知疲倦地持续着恋情。生命交织的快感连同血液成为化石。

流泉是难以置信的流动的诗。水之诗迤逦在幽谷中。非凡的想象力和美妙的音韵，优美而适于吟诵，千百年滔滔相传，终被四面八方的人们发现，大声惊呼。

如果说贵州的水是大自然的华彩乐章，那么，瀑布就是最宏伟的高潮。站立是河的梦想。瀑布是站立的河，沿峥嵘嶙峋的岩壁立起。黄果树和赤水河，流动雷霆，抛洒晶莹的雪。被大山拥着被大山弹奏，惊天动地的声响，震撼了整个河谷。

天空叩击大地。铺天盖地的万顷沸腾，挟带着旷野的风，令人胆寒的豪迈和不羁，一路咆哮。激昂的文字，挂在开天辟地的绝壁上面，荡气回肠。百尺断崖横在面前，没有犹豫，没有缠绵，也没有誓言，信守着忠贞的承诺，被一种简洁的词语推动，振臂一呼，挂出垂直的银河，跳落一潭惊叫，只为七彩的喜悦在阳光中闪耀，让岩石坚硬的历史，有了纵横的温柔。

惯见的是不会舞蹈的湖以及平铺直叙的河流，才这样惊异于力量、美和激情的狂欢。再深的峡谷、再孤独的山，从此不再寂静，巨大无比的交响让世人只能仰望。没有干不起的云霞，没有读不懂的落差，在不平衡之间追求永恒，在不同的海拔创造辉煌。气势、智慧、灵性、魂魄，动态变化不定，却又无比强悍。潇洒着绝壁的刚直，大山的巍峨！然后以谦逊的姿态，让山和峡谷，从自己的胸膛升起。

苍茫的浮云，消失于天际尽头。绵绵不绝的山岭，无数头颅似的峰峦，高瞻远瞩。广袤的贵州大地，有着无数的希望。

高速路远方，山上山下的寨子兀然。屋顶盖着青黑的烧瓦，阳光透过雕花的窗户。河上的碾房，用大石块垒造。睿智的长者，看着河边的花开和花落，看着生活的诞生和成长。在喧哗人世获得宁静，脸上隐忍着粗粝的皱纹。深深的渴望，滚动于内心。

贵州的水，在大地是财富，在血管是火焰。踏刀梯、跳火海的汉子怀抱着坚毅，靠在门庭。风拨动门环，像刀刮过面庞。日复一日地劳作，默默细数着流年，旱烟里氤氲着泥土的气味。用祖先赋予的执着和刚烈，逢山开路，遇崖成瀑，为了心中的大海，从不弯下骄傲的身腰。

水是认真的生活。在天空感情最脆弱的日子，让江河与小溪变得丰满，而两岸的果实挂满了最需要的地方。水中所有的语言都面带笑容，所有的美丽都与水有关。在水中走动的田野和村庄，万种花朵言说着秋天的消息。踏水而来的女子在水边歌唱丰收。稻香弥漫晴空。风吹过，夜晚张开怀抱。影子印在墙上，透过风和树梢，陶醉于蒲扇后面的遗梦。

在这个奇异而又美丽的世界，我曾一次次地走山访水，心中激起波澜。阳光用温暖的手，抹去大地白色的沉寂。大山心情开朗，大山情不自禁，以泉的方式，滔滔不绝。我伏下身子，聆听大山表述。清澈甘洌的质地，丝丝缕缕滑过，触及柔情，磅礴地冲动。

上善若水，天下莫能与之争。水富于思考，水构建思想。天下莫柔弱于水，而攻坚强者莫之能先，以天下之至柔，驰骋天下之至坚。水是哲人，有自己的意志和生存方式。不追逐暴利与虚荣，不攀附高贵与富有，在生命的世界里传宗接代，用身体与善良喂养生命，清明而安详。

水像母亲一样孕育民族和国家，水像诗一样有韵有形！黔水不是弱水，弱水在遥远的北边；黔水不是弱水，妩媚远不是三千。黔水汤汤，美人居之；黔水荡荡，美人出之；天地为琴，掬水成弦，各族儿女凌波而舞，踏着水的强音，以与生俱来的激越，舞出现代生活的精彩。

贵州的水，流出了地老天荒。即便沧海变成了桑田，也会以温暖而美好的姿态定格。

岁月织出的云锦，永不褪色。贵州的水，千回百转，始终在湿润的风景里萦回。

从跑马山到美人谷

跑马山

康定城的早上，最响亮的声音是折多河永不止息的奔腾的喧闹。有一条如此湍急的河穿城而过的城市，我是头一次见到。康定城建在折多河两岸陡峭的谷地上，沿岸的两条马路是市区的主要道路，汽车只能单行。路边的房屋也大都是单排，静静地依山而立，听任激流的穿过。

康定在藏语里称为“打折多”，即打曲河与折曲河的交汇处，是四川盆地西缘山地和青藏高原的过渡地带。大雪山中段的海子山、折多山，以及蜀山之王贡嘎山由北向南纵贯全境，将其分为东西两大部分，东部为高山峡谷，西部和西北部为丘状高原及高山深谷区。大渡河北流经东北部，纳康定河出境。境内多雪山、冰川、湖泊、温泉，盛产金银、熊猫、虫草之类。折多河谷充满了神秘感，让人觉得它的每一公里都是一部大书。这里艰险幽深的道路是最早的茶马古道，是古时的巴蜀乃至中原进入西藏的唯一官道。至今在它的小商店还能看到用金银装饰过的人的头盖骨，城里还保留着临时定做皮革藏靴的作坊。

但康定城最出名的是《康定情歌》。

儿时就听过这首歌了。不需要写出它的那些最质朴不过的歌词，凡是唱过的人，哪怕只唱过一遍两遍，也极少有人不能完整地唱完它。这首最多只有百年历史的情歌，早已传遍了国内外，成为世界十大情歌之一。康定也因此被称为情歌之乡。

《康定情歌》的作者无从考证。歌里说的跑马山，是县城边上一座普普通通的小山，普通得几乎让人失望。曾经有一对法国未婚夫妇不远万里地专程跑来，要在跑马山举行婚礼。在他们的想象中，跑马山是一大片可以纵情驰骋的草原，没想到只是一座陡峭小山上的一小块台地——跑马山的藏名叫“登托”，意思是“垫子”。两个浪漫的法兰西人竟抱头痛哭起来。

事实上这块山坪台地还是有些来历的，北宋时建的仙女寺香火很是兴旺，盛时有喇嘛七八百人。清时始，当地土司每年农历五月十三在“登托”祭拜山神，举行赛马会。康定城乡民众云集山坪。赛马者以先后到顶分别给赏不同分量的哈达、茶叶、花红，末尾者则众人戏洒糌粑面，表示驱逐晦气。此地由此名“跑马山”。可以想象那时候，蓝天高远，大地广袤，遍山飞跃着驰骋的骏马，追逐的鹰隼催动烈烈马蹄，生命的豪迈从马背上撒落，人们围住一个关于爱情的传说，跳起巨大的锅庄。情歌响彻了牧人的草地，长长的哈达缠绕溜溜的跑马山。

跑马山小，却拥有一样无边的天空，拥有一样无尽的云朵，云朵端端溜溜地照着一座城，照着城里的男子女子，照着男子女子的来来往往，于是有了人人向往、人人懂得、人人喜欢的千秋万代永永远远也讲不完的故事。

于是有了《康定情歌》。

《康定情歌》是端端溜溜地从云朵里孕育出来的，是端端溜溜地从阳光里播撒出来的，是端端溜溜地从圣洁的雪山激流里迸发出来的，作为情歌的形象被赋予的跑马山是一个幸运的象征：人类每一个人的心灵里，谁没有这样一座被温柔的云朵抚摸、被明亮的阳光照耀、被激越的马蹄撞击的跑马山——端端溜溜的爱的跑马山，端端溜溜的情的跑马山，端端溜溜的歌的跑马山？

跑马山是无可比拟的心灵的风景啊！如果有可能，我真想对那两位失望的法国朋友说。

塔公寺

从康定去塔公草原，中间要翻过折多山。位于大雪山中段的折多山是重要的地理分界线。折多山以东是山区，而折多山以西则是青藏高原的东部，真正的藏区。

出康定城不远，就远远地看见折多山了，闪闪发光的积雪的山峰，高踞在连绵的群山中间，像一个沉思的学者的头颅。

山口海拔四千多米的折多山由于受岷江、大渡河等水系的强烈切割，地形高差大，沟壑密布，山岭纵横，曾经是川藏公路上的天险，路极窄，常塌方，尤其在雨雪不断的季节，其艰险可想而知。而今翻越折多山的道路已是平整宽敞的坦途。一路林木茂密，藏民的帐篷掩在草里，油黑的牦牛立在坡上，七彩的经幡飘在蓝天下。啃青之后，牧民们将会转场，牧鞭划开风雪，还有老乌鸦和畜群一起迁徙。从马背到马背可以看到雪峰起伏的节奏，马昂起头，四蹄踏出新的牧道，以雪山一样的姿势重复着骁勇民族的传统。牛羊只钟情于肥美的水草，而天生自由的牧人，放牧牛羊也放牧自己。这是西部高原特有的田园风光。

而我们现在能见到的是折多山顶的终年积雪和垭口上的佛塔、经幡、马尼堆，以及山下不远的地方，原始和雄浑的藏族民居：粗粝褐色的石块，白色的房檐和门窗，赤红的窗棂。

然后就是塔公草原了。“塔公”的藏语意思是菩萨喜欢的地方。菩萨确实会喜欢这样一片美丽的草原，小河静静地在辽阔的草原怀抱蜿蜒，蓝得透明的天空上巨大的云朵格外洁白。绿草覆盖的漫山遍野，竞相绽放的野花绚丽多彩。炊烟袅袅地在帐篷上升起，空气中可以闻到隐隐的奶香和茶香。牛群散漫地走向草原的深处，牧歌婉转而悠扬。身体随着车子轻轻颠簸，心则像自由自在的风在无边的阳光里飞翔。

我想，这就是为什么，这里会有塔公寺的吧。

塔公寺是康巴藏区的小大昭寺，同样建于松赞干布时期，是萨迦派花教寺庙。寺庙以塔殿中“志托塔”命名，称之为“志托桑珠林”，意为“一见如意解脱寺”。寺左空地上的百余座佛塔形成一片塔林，气势宏大，庄严肃穆，蔚为壮观。寺后依次排列着三座丘草山，便是被称为藏传佛教密宗事部三怙主的三座神山。由嘛尼经幡组成的旗阵，遍山招展，让人倍觉神秘。围墙外照例是一长串金色的转经筒。

此前我几乎走过藏传佛教所有最著名的寺庙。见识过拉萨大昭寺和西宁塔尔寺的人潮如涌，访问过近在闹市边缘的日喀则扎什伦布寺和夏河拉卜楞寺。对塔公寺的安静不免纳闷。偌大的寺院和寺院外长长的街道悄然没有声息，我们来时搅起的动静很快就被吞没，即便正午的阳光，也是如此寂寞。山边上有两个年青的藏人正一步一步磕着长头，向塔公寺朝拜而来。他们不知这样走了多久，也不知来自哪里。在地老天荒的漫长日子里，也不知有多少信徒一个接一个地带着纯洁的信念匍匐在朝觐的路上。寂静无声的寺院，像是一桌不散的流水宴席，一些人走了，一些人又来。转经筒的穗子旋转，红色的藏袍发黑，山路小心翼翼地伏在他们盘桓的脚下，悲怆如初。到了夜晚，窗前灯影渐明，窗外漫起低沉悠远的诵经声，天边的雪山正风雪迷离，经幡猎猎作响，拂过寺院厚厚的高墙。有兀鹰在风的上空、河或海子的边缘，凭吊早已斑驳的断碣。然后，月隐退，黎明倏然而至。

两个老迈的喇嘛，坐在寺院外草坪的石头牙子上，像两只倒扣着的土红色的碗。他们在说着什么，你在几步外却什么也听不见，他们的声音仿佛是被遮住他们脸的方形的斗笠扩断了。我走近他们，他们忽然抬起头。我看见两张难忘的脸：一张像褐色的岩石，布满了岁月的刀痕；一张空洞而茫然，眼睛已经失明。我当时的感觉不是别的，就是震撼！这样的沉静与安详，令我觉得我看见的是远古生命的化石。一切恍若隔世。一帧泛黄的照片，一个古老的典故，一颗平静如莲的心，清澈而满足。

我走到两位老喇嘛中间，轻轻坐下。“褐色的岩石”立刻同时伸出两只手掌，一把握住了我。

这么宽厚的手掌，这么粗大的骨节，这么虬曲暴跳的血脉，坚硬却又温暖地，紧紧握住了我：

“从哪里来？”

“江南。”

我没有说得太具体，我想，对他来说，那无所谓。

“江南？”

他抓紧我的手用力一抖：

“青青的山？”

“是的。”

“绿绿的水？”

“是的。”

“很多很多大房子？”

“是的。”

“很多很多树和花？”

“是的。”

“香巴拉。”

那位一直低着头没有做声的失明喇嘛忽然咕哝了一声。

“我们没有去过。”

“褐色的岩石”微微仰脸，眯起眼睛看着远处：

“我们听说过。”

他的语气并没有遗憾，只是为我高兴，还有一点点得意。

“我很高兴你们说我的家乡是香巴拉。”

我大笑，但我心里知道，一个物质的“香巴拉”一切都是有限的，根本不可与他们信仰中的香巴拉同日而语。他们为了后者奉献出一生，他们静静地像倒扣的碗一样席地坐在川藏高原澄澈的阳光下，背后是寺院赤红的高墙、闪闪发光的金顶和满山彩色的经幡，他们应该早已解脱出尘世的苦恼，心灵面对的早已是他们的香巴拉。

那个香巴拉，不是我这样的俗人能够进入的啊。

美人谷

丹巴嘉绒藏区，据说是历史上神秘消亡的东女国，“嘉绒”即“女王的河谷”。这里依旧保留着许多女国文化遗风。比如，以女性为中心的婚姻形式和家庭组成，女子服饰传承的古典的“尚青”，至今还保存完好的女国时期古碉建筑及其作为女性生殖崇拜象征的碉房楼顶的“煨桑”塔，等等。

所有到过丹巴的人都会惊叹丹巴的“三绝”：甲居藏寨、碉楼群、美女。最让外部世界惊奇的是美女：一个只有七万人的县，竟有三千多女子在成都乃至京城从事歌舞演艺职业。多年来，学者们从神话、传说、民俗、历史、地理、生态、文化、现实各个方面进行了认真的探究，前提是：嘉绒是美人谷；结论是：嘉绒的确是美人谷。

嘉绒藏族自古至今信奉墨尔多神山，“墨”在藏语中一般指女性，也就是说，墨尔多是女神山，是女权崇拜的象征。东女国是由女人全面管理的国家。直到今天，每年五月，人们都会在古寨碉下，为年满十七岁的女孩举行盛大隆重的成人礼，全寨男女老幼献上哈达，载歌载舞。而男孩是没有这种待遇的。

从藏史《贤者喜宴》《西藏王臣记》《敦煌本吐蕃历史文书》可以查找到吐蕃以前子从母姓的历史记述。在西藏，喜马拉雅山诸峰全是女神，遍布藏区的大地之神十二丹玛也是女神。一首藏族民歌向春季女神发出了这样的请求：“春季的庄稼女神啊 / 请赐给我们土水风火吧 / 我这藏红花呀 / 正要扎下根啦。”人们拜倒在女神足下，透露出藏民族对史前母系时代的集体追忆。这也让人对逝去不见踪影的“东女国”浮想联翩。

传说，许多年前，一只凤凰飞到墨尔多山，化作万千迷人的美女，墨尔多神山下便成了美女如云的地方。

传说，东女国女王爱泡温泉，爱吃温泉香熏的高山香梨，因此天姿国色，民间女子皆仿效，由是美女遍国中，以致因美色亡国。

我们是在将近傍晚的时候来到大金川西岸上的甲居藏寨的，星罗棋布的藏房缀满了海拔两三千米的山坡。山脊上三面悬空的巨石上建着碉楼，整座藏寨都处在它的威仪之下。触摸着它粗糙的肌肤，仿佛触摸一个久远的符号。神灵已经在雪山上生活了几十个世纪，一个民族原始的思维构架倚山而立，暗示着时间的悠远。它们是生命和美丽的保佑者，这是一种执着的坚守，守望灵魂永恒的驿站。

仰慕已久的丹巴美女，花头帕、红长裙，古韵悠然，优雅端庄，一如从远古款款而来。风中飘动的鲜艳裙摆，如同对面绵延的山势此起彼伏；灿烂的微笑，像是被满山鲜嫩的黄栌和火爆的枫树所装饰。历史的流风遗韵与眼前的现实交织成迷幻的梦境。

埋藏得太久的美人谷，揭开羞涩的面纱，以娇艳的盛装，捧出撩人的风情，给世界一个惊艳的姿势。藏房的烟囱袅袅炊烟升起，寺庙苏醒的法号低沉而悠远，格桑花、羊角花烂漫开放，倾听背水女孩胸前清脆的铃铛。

美人谷，从昨日禁锢的古堡吹奏出世外的天音。

山脚下翻腾的河水，看上去异常平静，流淌在太阳、月亮、白云、雪山、土地、青稞、劳作、酒碗以及睡梦中，只有仔细谛听，才能得到时间深处的消息。美人谷不是来自想象，而是时间与空间的某种神异的结合。美人谷蛰伏于雪山深处，延续着古老的民俗，成为真正的世外桃源。叠翠的山峦、湍急的河流、黑色的碉楼、洁白的藏房，头帕与长袖，藏戏与锅庄，演绎着嘉绒儿女仙境般的生活。

那个傍晚最让我动容的是晚饭时见到的那个端酥油茶的卓玛。在那间斑斓的藏房里，她带着幽谷的清香缓缓从客人身边走过，给所有人上过酥油茶，便静静地把铜壶搁在窗台，然后倚窗而立。她的心一定在轻轻跳动，仿佛初恋的震颤从月色中传来，而情歌就在手上的铜壶里翻滚。

窗外，也寂静也灿烂也冷清也温暖，不知从哪里传来琴弦的拨动，弦韵为酥油茶的暖烟滋润。卓玛高高的鼻梁上的大大的眼睛迷离而潮湿，柔润的小手无端拂拭已经铮亮的铜壶，似乎在翻阅渐渐成长的情怀。轮回重复的安宁与恬淡的岁月，填满了希望的华年。一行行来自远古的歌谣，一阵阵行云流水般涌进鼓胀的心房。

直到今天，我觉得自己依然留在美人谷，沉猝在最初的花香泛滥的黄昏。我希望自己每天傍晚依然能够在那间斑斓的木屋里啜饮卓玛端来的酥油茶，然后看她在窗边默默地伫立，像飘在云朵上的一个遥远的花的剪影。

山水亦书

多年前到三清山的第一个夜晚，我是被月光惊醒的。

是一家野店。茅草棚屋结在爬满藤萝的岩石下面。应该是在半夜以后。挂在床头的铁丝扭的烛台，一小截烛头的微光不知什么时候已经熄灭。月光从四面八方倾泻进来，满屋子光影斑驳陆离。屋后岩下的流泉格外响亮，似乎是对月光的呼应。

竹片搭的睡床，乡下粗硬的土布被子，用米汁浆过，散发出阳光的气息，隔绝了山里深重的寒气，温暖而舒适。但是，这样的月夜，岂可安卧？

轻轻移开支撑在门后的树棍，我悄然走出。

下午徒步上山时，大山被烟雨吞没。而现在，晴空如洗。一轮满月，以一种生命本源的洁白与素净，盈盈地浮在山峦上深邃的天宇，带着九天风露，遍洒如海苍山。几乎感觉不到的夜风，在满山浓密的树林上滑过，树林似乎凝然不动，而峡谷却悠悠蒸腾起淡淡的雾岚，曼妙而轻柔的波动，给壁立万仞的连绵山岭带来如许轻灵。月色洗涤了山上的天空，也洗涤了地上的群峰。

千百斯年，咏月的诗人无以计其数，中国人之钟情于月亮，因其澄澈而不炫目、宁谧而不沉寂。秦风汉韵，唐诗宋词，都融在如练的月华中。古人咏月，让人看见的不是月亮，而是千年诗赋的烂漫华章。不知道是月亮让诗歌光芒万丈，还是诗歌让月亮直入魂魄。月亮温馨怡人的风致、飘逸脱尘的气韵、晶莹剔透的品质，慰藉了多少悲苦幽怨的心灵、孤寂飘零的生涯。月亮就是诗心，举头一望，便涌起强烈的归宿情怀。

峰巅之上，天离得很近，月离得很近，星离得很近，皆似举手可触。除我之外，再不见人影在地，与我仰见明月，顾而乐之，行歌相答。也无人叹息："月白风清，如此良夜何？"

月夜不只是诗人的世界，也是哲人的世界。

三清山地质变化凡十四亿年，乃是世界独一无二的花岗岩峰林。海拔近两千米的玉京、玉华、玉虚三山列坐群山之巅，俨然道家玉清、上清、太清三帝。最瑰奇的是女神峰：一个栩栩如生的美丽女性倚天而坐。其前不远的峡谷，一柱万丈巨石形同巨蟒，拔地而起，一如坚挺雄性。

在清冷的无边月色大气磅礴的笼罩中，惟妙惟肖的三清帝和女神，一派神圣安详。

自晋朝葛洪开山，三清山被历代道家视作圣境，素所谓"天下第一仙峰，世上无双福地"。古来置景缀点，摩崖刻石，皆按先天八卦布局，遂成道教人文之大观。现存的三清道观遗迹，巨石罗列，浑朴端庄，不难想见当年规模，不难想见有过多少虔信者终身盘桓于此，形体御风而独立，精神飘然而飞行，抛弃"物化"而融于自然。

道家之宗庄子在《逍遥游》中这样描绘了他哲学理想的最高境界："藐姑射之山，有神人居焉，肌肤若冰雪，绰约若处子。不食五谷，吸风饮露，乘云气，御飞龙，而游乎四海之外。其神凝，使物不疵疠而年谷熟。”

这与造化在三清山留下的杰作真是出奇惊人地契合。真不知是《庄子》图解了三清山女神峰，还是三清山女神峰预兆了《庄子》！

大鹏从“北溟”起飞，欲至“南溟”，亦即庄子学说的起点“无何有之乡”，其抵达的终点“南溟”，便是“藐姑射之山”。

姑射之山在何处？庄子说是“汾水之阳”，今山西境。而《山海经·东山经》说的是：“又南三百八十里，曰姑射之山，无草木，多水。又南水行三百里，流沙百里，曰北姑射之山，无草木，多石。”依此说，姑射山应该在东南一带。《山海经·海内北经》又说：“列姑射在海河州中。射姑国在海中，属列姑射。西南，山环之。”《黄帝篇》也说：“列姑射山在海河洲中。山上有神人焉，吸风饮露，不食五谷，心如渊泉，形如处女。不偎不爱，仙圣为之臣。”今人据此而推测“列姑射山”似在日本或菲律宾。

事实上，《庄子》，寓言而已，亦幻亦真，幻者其形，真者其神。以我观之，若将三清山万丈直立的蟒形巨岩作世俗欲望的联想，则三清山女神便无妨视作射姑山真人的化身！人之所谓修炼，便是在这两者之间徘徊。

射姑山真人，无所谓男女，不过是一个“绰约若处子”的精神载体。其腾云气，饮甘露，不食人间烟火，来无影，去无踪，入火出水。庄子以“至人”“神人”名之。世人自应作形而上理解：超越现实，在任何状况下都让自己不受任何羁绊，做真正的自己。这方是庄子主张的本来面目。

至人并非神仙。卸下神秘的外衣，至人其实是通晓万物本性、顺应自然变化的达道之人。所需的只是忘怀世俗利害得失荣辱毁誉，褒贬由人，俯仰随我。至人并不远离尘世，而是生活在人群当中，唯其精神游离于俗世，在高妙玄远的境界徜徉。内心恬淡，虚怀澄明，不但精神自由，处世也游刃有余，不为物役。任何人只要摆脱了功名利禄的束缚，超越一己的生死界限，胸怀自会变得宽广，心灵自会变得澄明，精神也自能获得超然物外、怡然自适的逍遥。

庄子的逍遥理论是一种伟大哲学的起点。作为一个睿智的东方哲人，他以走向逍遥超越人生的痛苦。当人超越了个体，将小我融入宇宙，当人从九万里的高度俯视人间，人生的苦难也就如尘埃消融在茫茫宇宙之中。

庄子的人生哲学源于对人生悲情的体验和由此而来的孤绝，这孤绝是其对精神尊严的固执。这使他无法与世俗妥协。

庄子，一个哀伤而高傲的精神贵族！承担着俗世的全部悲哀，独与天地精神往来。

庄子之所以一直能引起深广而持久的激动，就是因为他以独特的力量穿透现实的重重屏障，告诉人们在内心深处守护最后的尊严。

所有这些，便是我从三清山女神峰读到的全部意义。

可惜的是，即便欣赏庄子文采的人，也未必都理解庄子的痛苦。

三清山有升天石。游人多热衷其台阶的“连升三级”，以为摄取权力与财富的象征。殊不知“升天”的最大意义恰恰是世俗缧绁的解脱。

三清山又有仙人指路石，高耸在森然葳蕤的古木丛中：一位饱经沧桑的老人面对人生的忧患指点精神超越之路，在现实物质世界辟出一个大光明的精神领域。

三清山，堪称中国经典哲学的一本图文并茂、形神兼备的完美教科书。

三清山是坦荡的，没有半点浮华；三清山是明澈的，没有丝毫尘埃；三清山的明月和坚岩，透着人世本来的意义。总会有人懂得那淡淡的朦胧。朗月之清清，清我心。三清山那一片峰峦绵延如云，在起伏俯仰之间，送我到精神辉煌的顶点。

此夜为我而晴，此月为我而明。青黛色的天空下面，广阔与悠远，静美与神秘，深邃与博大，令心灵震颤。放眼极目，月下峰无数，没有绚丽斑斓的色彩，只有简约持重的线条。纷繁的思绪变得简单而清晰，封闭的心里所有的滞重烟消云散。时间就此停止，记忆从此封存。

这该是涤荡心灵的地方，是一生想停留的地方。啜饮三清月色，凝望三清奇峰，凡俗的心，交付在天地之间，一任逍遥，翩然飞扬，还我天真，恍如遁入另一方世界，冥冥中知“我”是谁？

一个渺小卑微的俗物，能为明月与高山一样的哲思所浸染，不至于在卑琐、庸俗的泥淖中挣扎而不能自拔，果真如此，何须奢求更多？我一无长物，能面对挚友般的三清山月色与峰影，已够满足——哪怕这是我唯一的财富。

夜气渐凛冽。风虽寒但尚不侵骨，人虽孤独并不萧瑟。在充满隐喻的三清山月色波动的夜晚，踏着月光的去路，便是踏上大自在的坦途。无须回首来路，无须强求遗忘，逝去的日子，无须再被忆起。三清山此夜的昭示，便该是我理解人生的唯一方式。

四顾寂寥。想象中有一羽化之士，飘然而过我，惊而视之，不见其所终。

“天地有大美而不言，四时有明法而不议，万物有成理而不说。”（庄子《知北游》）月不语，自有光辉；山不语，自有巍峨；天不语，自有高远；地不语，自有广博；人不语，自有境界。

清人张潮之《幽梦影》有言：善读书者，无之而非书。山水亦书也，棋酒亦书也，花月亦书也。

斯言不谬。

三清山，让我与庄周不期而遇，在苍茫的大千世界，获得一分清醒和超然。

自然之门

南澳，粤东重镇汕头的离岛，以一百六十海里的距离与台湾高雄隔海相望。

南澳桥，汕头母亲捻出的丝线，细细弯弯飘过二十里海面，蜿蜒在大海的万顷碧波上，牵起在海中嬉戏的南澳岛，抚摸丝绸一样柔软的波涛，把婉约的诗意悠悠注入温玉般的起起伏伏。

一头是现代的繁华，一头是古典的淳朴，从一首诗到另一首诗不是终点，每一片在我们眼前的闪光都是海的歌唱。如果长桥是一个梦，我想终点一定是天堂；如果梦是一双翅膀，我们正在飞越彩虹，听唐朝的诗人指点海天的星星：安得五彩虹，驾天作长桥。仙人如爱我，举手来相招。（李白《焦山望松寥山》）

南澳湾海滩上的“自然之门”，是北回归线的标志。穿过撒哈拉沙漠、阿拉伯沙漠、塔尔沙漠、墨西哥沙漠……北回归线，地球上北温带与热带的分界，从“回归沙漠带”来到林木繁茂的“回归绿带”。

“自然之门”上的球体，3.21 米的半径，对应春分 3 月 21 日；6.22 米的悬臂，对应夏至 6 月 22 日；12.22 米从底座到球体的高度，对应冬至 12 月 22 日；两边门柱倾斜的角度正好对应北纬 23.50。每年夏至正午，当太阳直射北回归线，日影将穿过圆球中心圆管，投射地台中央。

思想绕着时间的中轴，驶向北纬 23° 26′ 的纬线圈。在极亮的光谱中，建构起思维的支架，随风速均匀运动的钟摆昼夜循环。感觉焕然一新。想要立即起程，向明天漂流。沿着迤逦的道路和迤逦的河流，诠释回归的意义。被季节唤醒，在北回归途中，唱起儿时的歌谣，撑起弦月弧形的帆。让阳光拉长身影，让所有人听到快乐的抑或是感伤的歌。

铁锚，海边的标志物，铿锵的留存。铁锚收起铁链的绳索，停止了行走。腾空的意志寻找一座模具，黑色铁锚的雕塑，该是南澳的灵魂。海洋，接近天穹，带给星辰光焰。天庭下游移着雷霆和风暴。无法望见故乡，必须将命运交给驭手。巨浪掠过四季，激起一片片洁白的浪花，发出一阵阵铁链的喧哗。一个盼望出发，一个盼望到达，到达是为了下一次出发。谁能遗忘铁锚和缆绳？一种文化的符号，不会随时光流逝。

澳前村的三口宋井，各名龙、虎、马。龙虎随帝王和大臣埋没，唯士兵饮用的马井至今尤甜。回忆像井水，充满冰凉的寓意。海洋像雨水那样迁徙，历史却已成定局。宋末那场黑色的风暴烟消云散，云盖寺铳城早已无迹可寻，太子楼藏金只能是一个可笑的传说，暴露愚蠢的贪婪。末路王朝难以想象的薄暮，在井水里凝结。阴郁的岁月分崩离析，死亡使悲痛失去了浮华。如果还知道耻辱，一个暗淡的威权便只能让人沉思。甘泉是大自然的怜悯，与“潮书宋韵”无涉。

总兵府，老旧的重门掩息了金戈铁马、刀光剑影，凝噎了慷慨悲歌、觥筹交错，不见了怅然离别、黯然销魂。春去春来，花谢花开，水质的花朵原是易逝的光阴。昔日的森严府第，静默的花絮纷飞，点点打在脸上。

沿着时光的隧道穿越茫茫烟波,感叹一场场悲欢离合。商贾海上互市；盗贼劫船越货；戚继光灭海盗；郑成功夺台湾；大洋林立的樯桅，蔽日遮天；帐中肃穆的红烛，映照甲板的寒光。忽然间的呼喊，惊醒了酣梦。顷刻间四面乱箭如麻，熊熊的大火，吞没了鸣锣。云气浑浊的苍白中，溅起了一片血红。长矛刺破了谁的铠甲？弯刀割断了谁的咽喉？月亮被捆绑在树冠，战火燃尽了黑夜。太阳穿过重重黑云，不知道有多少人倒下。旌旗破碎，剑鞘残断，指尖滴血。海风呼啸哪可度，孤岛苍茫更何有？杀气一夜作阵云，相看白刃血纷纷。

曾经的海声动天、碧血丹心，曾经的侠骨柔、醉花眠，归于沉寂和平静。一场薄薄的夜雾，悄悄地来临，轻轻地散去，隐于永恒的虚无。至情至性的痴男怨女或壮怀激烈，或荡气回肠，或凄婉哀伤，或痛断肝肠，他们留下的一切，总在无边的大海翻卷不息的浪花；爱恨情仇的旖旎涟漪，总是在每一个不经意的时刻，扣人心弦；浪漫、多情与缠绵，雄浑、柔弱与忧郁，超越轰轰烈烈的现代风，总会有一种感动拂过颤抖的心灵。

滚滚波涛，将过去吞没。青澳的海角，埋藏了无数财富的秘密。海面捕鱼，船底会触到海中房屋的飞瓴。“南澳Ⅰ号”出水的瓷器满是明朝人绘画的麒麟、牡丹、仕女、书生与花草。海难是上帝写了一半的剧本，句号由沉船打捞者完成。打捞沉睡的文明，翻开阴影下厚厚的页面，检点祖传的遗产。

天空和海洋的广袤蔚蓝里，有多少未知，就有多少探索。

海是摇篮。鼓满的风帆，在梦中悬垂斜挂，还有蓝色的海葵和树林周围的波浪，还有鸟在空中避开一叶落花，鱼在水下绕过几丛水藻。摘下一个个透明的果实，等待鲸鱼喷出的花的藤蔓。

别了，南澳！我会再来，远不止是来看海、听涛、怀古、幽思，而是走进你宏阔的自然之门，以之为回归自然的象征，安顿我总是难以宁静的灵魂。

《陈风》解

宛丘，今淮阳县，古称陈、陈州。而原始的宛丘，在淮阳城东南的平粮台下面。《淮阳县志》载："俗呼粮冢，高二丈，大一顷，有四门，林木郁然。在城东八里。"

"平粮台"这个地名盖出于"陈州放粮"：北宋仁宗年间，陈州三年大灾，饿殍遍野。国舅安乐侯庞昱荼毒百姓，克扣赈粮。包公下陈州查赈，把庞昱请进了龙头铡。庞昱们先前在赈粮里掺的沙子堆成了这座"平粮台"。

然而相对于平粮台的历史，这个地名太浅了。

宋仁宗在位是公元 1023 年至 1063 年。而公元 1979 年平粮台下考古发掘的古城，距今至少在四千一百至四千三百年，比平粮台早了三千多年。

这是目前考古史上发现的时代最早、面积最大、保存最好的中国古城遗址。建于五米高的台地，占地五万多平方米，正方形，城墙残高三米，宽十米，夯层清晰。城门，内城高台，陶制排水管道，屋墙以及周边的灰坑、陶窑和墓葬，陶鼎、罐、瓮、甗、豆、盆、鬶、纺轮，石凿、铲、斧、锛、镞、纺轮和骨凿、镞、蚌刀、镰等，历历在目。

考古证明，此即宛丘，当年的陈国国都。那些陶片和筒瓦、板瓦及古城墙分土层，不容置疑地证明着陈城始筑于春秋之前。

淮阳史上三次建国、五次建都，历史长达六千五百年，是中华文明最早的发祥地。约公元前40世纪，太昊伏羲氏建都宛丘；约公元前30世纪，炎帝神农氏都于此，易名为陈。“陈为太昊之墟”“炎帝神农初都陈”，《诗经·陈风》《尔雅注疏》《晋书》有文字的证明；西周初，周武王封舜后妫满于陈，建陈国，筑陈城；楚顷襄三二十一年（前278），楚国迁都于陈，复筑陈城；秦王政二十四年（前223），秦灭楚，置陈县。

中国的历史，一千年看北京，三千年看西安，五千年看洛阳，六千年看淮阳。诚可信哉。

相对于此间的一片碎陶，国人引以为傲的秦砖汉瓦太年轻了。

穿过郁然的林木，我在平粮台遗址盘桓绕行，想象着陈国都城当年的繁荣，以及陈氏宗族跌宕的命运。所谓“陈姓遍天下，淮阳是老家”，这就是天下陈姓的发祥之地了。很多年前，父亲告诉我家族渊源在河南颍水，并嘱或可一行。这是我此行淮阳的缘由。

“陈”，金文作“敶”。诸侯国，国君妫姓。为上古原始姓氏之一，源于有虞氏，出自上古高辛氏后裔尧帝封地，以居邑为姓。得姓始祖舜。舜为黄帝曾孙颛顼的六世孙，继尧之后，登中原地区黄帝族系最大部落首领之位，跻五帝之列，成为华夏先祖之一。

尧将帝位传舜，舜迁妫水边，后代便以尧帝封邑居住的地名作为姓氏，故妫姓成为中华民族最为古老的八大始姓之一。舜之子为商均，大禹执政时被封于虞地（今河南虞城）。商均之后为虞思，虞思封于商（今陕西商县）。舜的另一支后裔虞遂定居虞乡（今山西永济），后受封于遂国。商灭夏时，又移封于陈地，即河南宛丘。

虞思的后裔遏父因为出色地继承了先祖制陶的手艺，担任了周族陶正之官。周文王姬昌后来还特意将长女太姬许配给了遏父的儿子妫满。

妫满生于前 1067 年十月十五日（商纣王帝辛九年），是帝舜三十二代孙，作为舜裔的嫡脉，受封于陈地，建立起又一个陈国，都城在宛丘，取代了虞遂所建的陈国。根据胙土命氏的规定，以国为氏，称陈氏，遂为陈侯。从此奉为正朔，延续虞舜的一脉香火。

妫满故，周王室封赐谥号曰胡公，故妫满又被称为胡公满、陈胡公满。公是爵位，胡为谥号。陈胡公妫满是陈姓的得姓始祖。

陈国辖黄河以南、颍水中游、河南开封以东至安徽亳县淮水以北，北邻夏的后裔杞和商的后裔宋，西南则有楚和徐。东周初期，西北方又有从西方迁来的郑。

陈之先太姬"妇人尊贵，好祭祀用巫，故俗好巫鬼"（《汉书·地理志》），"太姬者，其皇后母号也"（《资治通鉴》）。尊贵的陈国太姬是文化的领袖。国民传其遗风，遂成习俗，陈国由是巫风炽盛而四季巫舞不断，"击鼓于宛丘之上，婆娑于枌树之下"，而"男女亦亟聚会，声色生焉"（《汉书·地理志》）。

上古的祭祀日常常是狂欢日。腊日祈祷丰收，上巳祈求繁衍，"谷旦"祭祀生殖神。"玄鸟至，至之日，以大牢祠于高禖"（《礼记·月令·仲春之月》），神祇高禖主的是婚姻和生殖，"以其（女娲）载媒，是以后世有国，是祀为皋禖之神"（宋·罗泌《路史·后纪二》）。

"中春之月，令会男女。于是时也，奔者不禁。……司男女之无夫家者而会之"（《周礼·地官·媒氏》）。祭祀生殖神是狂欢的节日，保留着原始的择偶属性。

所有这些，皆直接反映在文学上。《诗经》中收入《陈风》十首，多半与爱与性有关。显著区别于其他风诗。《陈风》的时代已不是远古，但承续着“太姬歌舞遗风”（《汉书·地理志》）。

神思回到数千年之前，领略着那个情爱燃烧却又像日月经天江河行地一样自然的岁月：

宛丘之上，鼓缶声声。翎丝翯翯，春水一江轻漾。洵有情兮意飞扬，巫女舞狂放。从坡顶舞到坡下，从寒冬舞到炎夏。改变了时空，改变不了神采的飞扬、野性的奔放。（《宛丘》）

陈国的郊野宽又平，东门种白榆，宛丘种柞树。子仲家中好女儿，原野会情郎。会了一次又一次，越会心中越甜蜜。情郎看我美如“荍”，我送束“椒”表衷肠。“荍”，荆葵也，妖精起司也，专事滋生情欲；“椒”，花椒也，十三香之首也，其香摄魂夺魄。（《东门之枌》）

月上柳梢，情侣密会于城门下，一番耳鬓厮磨，又相抱到河边。流水做伴，极尽男欢女爱。吃鱼何必一定要黄河中的鲂鲤，娶妻又何必非齐姜、宋子？只要是两情相悦，谁人不可以共度美好韶光？（《衡门》）

欢歌笑语回荡在护城河上，漂洗苎麻的一群男女，嘻嘻哈哈地调情：“温柔美丽的姑娘，与你相会又唱歌；温柔美丽的姑娘，与你相会又密语；温柔美丽的姑娘，与你相会又谈情。”（《东门之池》）

黄昏将临，隐身在被风摇响的白杨树荫下，期盼约会情人的到来。东门的大白杨，叶儿正“牂牂”低唱：约好在黄昏会面，直等到明星东上；东门的大白杨，叶儿正“肺肺”嗟叹：约好在黄昏会面，直等到明星灿烂。（《东门之杨》）

当年的祭祀有庙祭和墓祭。庙祭在灵台、閟宫、上宫；墓祭在郊野旷原。颍川河边，“南方之原”，皆是狂欢的好地方。但《墓门》说的不是狂欢，乃是斥责。爱并不全等于性。没有性的爱固然虚伪，没有爱的性则绝对粗鄙，即使在那个遥远浪漫的时代，也会遭到断然的拒绝。

喜鹊在河堤做窝，紫云英长在坡地，瓦片铺在庙堂的中庭，绶草栽在小丘上，所有这些，皆属反常。如此美人可别被人蒙骗（侜）去了呀！爱情的折磨，微妙而又淋漓尽致。(《防有鹊巢》)

中国咏月的诗篇汗牛充栋，是谁第一个用含情脉脉的审美观照月亮？是写《月出》的诗人。

静谧的永夜，月下“佼人”独徘徊，一任夜风拂面，一任夕露沾衣，直让人“劳心悄兮”“劳心慅兮”“劳心惨兮”，愁肠纷乱如麻，怅恨柔婉缠绵。(《月出》)

滥觞于《月出》，后人对月怀人的迷离和伤感之作源源不绝。

皆拜《陈风·月出》之赐。

堤岸上的男人硕大、挺拔。水泽边的女子生命像蓬勃的花草。在陈国女子那里，爱是绝对的感性。男子的强壮与威风，就是最大的魅力。奈何不了思念辗转难眠，情迷神伤泪如雨下湿了枕头。(《泽陂》)

辚辚的车马驰向株林，为的是去会夏南。风华绝代的美姬，令君臣皆疯狂。(《株林》)

如果说春秋是历史的代指，那么上古陈国是比春秋更远的春秋。那是这个族群天真无邪的童年时代。陈国民间的爱情，自由而热烈，发之为诗歌，皆真挚而动人。诗意敞亮显豁，字面直截露骨，率性坦诚，不劳曲求。

没有严峻的律法，没有严格的教化，没有严厉的道德家；没有圣人批评“郑风淫”，没有理学家编织伦常密网笼罩社会伦理，没有去势者嫉恨的窥视和恶毒的诅咒，没有俗不可耐的庙堂气和让人避之唯恐不远的腐儒气。

上古陈国的人们是那么热爱生命。他们耽于情爱而蒙昧于政治，意识自由而纯朴。只遵循着季节的演变和血性的冲动，纵情地手之舞之足之蹈之，放任地醉也痴也颠也倒也。比之后来极力要树立比神圣更神圣、比礼教更礼教、比道学更道学的庄严道德形象的“陈门家风”，不知少了多少庸碌、多少世故、多少俗气、多少僵硬和酸腐。

族谱记录着一个远古的姓氏，那是我生命的源头。也许就因为上古先祖如此的生气勃勃，我在陈姓始祖陈胡公陵前恭恭敬敬地上了三炷高香。

江南古陶

一片江南常见的丘陵，茂密葱绿的树木漫山遍野，环绕着云烟浩渺的大湖；一条乡村常见的土路，雨水冲刷出浅浅的沟壑，车轮留下了深深的轨迹；一些散落得到处都是的陶片，弯下腰随时可以拾起。

如网的江河串连起珍珠般的湖泊，古时的城邑散落在沿岸，“山行水处，以舟代车，以楫为马，往若飘然……”，有商周遗址，分布于此。

商代已经是文学的“信史”时代。商代已经有了“玄鸟生商”的颂歌：“天命玄鸟，降而生商。”“商”是日神和河神女儿婚姻的结晶，是一个“人”，也是一个部族。太阳和河水是人类的父亲和母亲。

商汤革命成功，刻下盘铭：“苟日新，日日新，又日新。”

人类在文明的旅途上，总是不免顾盼流连、逡巡寻觅，瞩望那些最悠远最深邃的岁月，那些烟云过后早已宁静的角落，以便让烦躁的心灵端坐、守望和聆听，穿越时间的隧道，感悟历史的启示。

站立在斋山遗址这片寂寞的树林中间，想起《盘庚》的“若网在纲，有条不紊”，“若农服田力穑，乃亦有秋”，“若火之燎于原，不可向迩”，“若乘舟，汝弗济，臭厥载”，“人维求旧，器非求旧，维新”。

现代语言隐退。轻柔地抚摸陶片斑驳的身体，饕餮印纹是它默诵典雅的古歌。陶片越过千年古道微笑如霞，穿过风干已久的灵感，在灵魂的最深处成为一种芳香。想象着陶片在遥遥岁月中，怎样等待着一双知己的眼睛。想象当时的人们怎样在大湖岸边盘桓：晨曦初露，湖水被汲起，有残星在波纹上轻跳，叮叮咚咚的滴水绵绵不绝，细细密密的软泥从指缝渗出。泥土终于等来了一个凤凰涅槃的机遇。它被一双双坚硬或柔软的手抚摩、捏揉，缠绵而持久。在与水的磨合调和中，饱经风雨而日渐僵硬的身体，被温情的手掌注入暖流。然后，古树的柴火在古窑里风化激情。每一块泥土都等待过裂变的时候，却不是所有的泥土都有这样的幸运。于是，一个生命被创造。于是，苍老的舞蹈掠过荒凉和寂静。

一切远在天边，又近在咫尺。

注视陶片，重温着一段重生的历史。先知镌刻下的铭文咒符，寄宿着远古的灵魂，三千年的风沙掩埋，三千年的冰雪侵蚀，苍黑一如当初。长久沉浸在江南商代人日常的生息图景的触摸与想象之中。一定还有些什么，是时间无法流传的浪漫，斑驳的身躯，承纳了几千年的悲喜。幻梦和巫术，诡异的文字和迷惑人心的歌声，古老的咒语以及原始的图腾，成为陶器上的精美图案。

在岁月的流逝中，古陶深藏一种慑魄的力量、一种神秘的韵律，像一双双幽幽的眼睛与你对视，让你不由得怦然心动。

我们的祖先用手指与泥土交谈，将他们的灵魂经过烈火的催生熔铸成永远的生命。那一只只生灵闪着点点光焰，带着远古部落的印记、泥土的鲜腥，用充满生机的野性呐喊，传导出历史脚步的轰鸣，在烈火的洗礼中伴随着民族从远古走进现代文明。

找寻陶片，就是找寻自己的先辈、自己的故乡、自己的历史。

站在古老的土地，抚摸着一片片粗粝的古陶，每一片都是那么的不一样，每一片都蕴含了太多的故事，显现时间的质感，透露大地最初的气息，让人思考关于历史与生命的价值与虚无。古陶在大自然的风雨中，经受千年的沉寂，有了永恒的生命，成为永远的艺术。它们在这片大地上，在不同的年代，被一双双不同的手制作，而后又被一双双手所抚触，给人们带来思索，关于时间、道德与文明。

一切的一切，或许只是一个漫长或者短促的过程，所有在历史中曾经闪耀过的浮华，曾经有过的苦痛，都会回到它们的初始，然后等待着，被风吹散，被人寻找，被重估价值。

这几千年前的古陶，是童话，是艺术，是祖先灿烂创造绽放的花朵。祖先肯定有过无奈，有过满足，更有过不甘无奈和不安满足的心情。陶片就是明证。发明创造出从来没有过的东西，是了不起的大事，指南针是这样，火药是这样，纸张是这样，古陶更是这样。自古以来人类发明创造的系列中，古陶应排在首位。它的出现远早于其他发明创造，它为人类带来的实际效果和对后世的深远影响，都说明着它是所有现代技术的源头，可以说，如果人类至今还没有陶，那么，至今也不会有电子计算机。

几千年前的古陶，是生命，是音乐。那些灵动的流线的波纹，是祖先临摹石头、树叶、竹枝的指纹，是他们击打各种器物、男女欢唱的音韵的记录。于是，有了甲骨文、青铜器，有了诗经、楚辞、唐诗、宋词、元曲……

人类从凿石取火、茹毛饮血的时代，走向渔歌唱晚、耕作晨昏的时代，走向转瞬万变、信息如梦的时代，经过了多么漫长的岁月？尽管历史的脚步蹒跚踯躅，生命之旅布满荆棘泥泞，但时代不可逆转地行进，人类每时每刻都在与历史告别，把一切抛在身后。而精神是历史中悠长的风声，永恒而渺远。灰飞烟灭，生命凝固，青山沉寂，远古的先知在寂静的时光中独处，留下一个历史断层。后人们则裹挟二十四卷浩繁青史，冲荡皇天后土，吞吐八荒，开创自己的时代，以无愧于先人，无愧于这片曾经辉煌的土地！

已经是 21 世纪的五月下旬了。在斋山树林里，我被三千年前陶片的朴拙、厚重以及它的人间气息所吸引。人们对泥土抱有坚信和渴望，即便是破碎的古陶片也会获得浑圆。一定会有一个新的开始，它将带着伤疤与裂纹再入轮回，在现代人的创造中成为又一个传奇。

颇有意味的是，这些陶片埋藏的地方也是盛产珍珠的地方。现代人对珍珠的迷恋，使他们对远古的陶片也许不屑一顾。陶片与珍珠的对峙，在咫尺之间凝固着，数千年的时间也便弯曲在那些优美的弧度里。

长城青山关

车子沿着河谷缓缓而行，河水撞击着石头的浅底，曲曲弯弯，也环也绕，如歌如泣，给雄性的山增添了几分清新、几分温柔。蓦然抬头，青山上蜿蜒如龙的长城时隐时现。世界无限地展开，色彩不断变幻，时而明丽，时而黯淡，或青灰，或土黄，那是古道烽烟的反光。

关隘突兀，门楼牌匾上的字迹不清。紧贴着如梦的城垛，午时的阳光如箭，令一切明晰。

在人们的想象中，古时的关隘总是荒凉和冷漠。而事实上，任何一种想象，都有可能不尽真实。

万里长城，我去过最东端的山海关，那是天下第一关，老龙头烽火台直入波涛翻滚的海中。我也去过最西端的嘉峪关，那里的烽火台兀立峭壁之巅，瓮城城楼外，一川碎石大如斗，苍茫戈壁掩埋的无数亡灵留下深沉的叹息。

而今我站立的是明长城唯一保存完好的关城。处燕山支脉大青山腹地，外通塞北，内近京师，两侧高山对拱，峰峦叠嶂，万里长城从南腾空而来，由此蜿蜒西去，予其以长城战略中心的地位。

蓟镇总兵戚继光重修至今，墙垣除自然坍塌，少有人为破坏。漫步城堡，屋舍井然，近如街市。四百年前的旧梦，历历在目：把总署、议事厅令人肃然，兵营、校场似闻点兵，观音殿、关帝庙香火缭绕，茶馆、酒肆人声鼎沸，商行、旅栈贾客如流，草堂前的石碾石磨麦草留香，碎石路边的战车轮、古兵器血腥未消。古时驻守将士后裔，弯弓习射，躬耕垄亩，先祖遗风犹存。

长城自有长城的崇高和威严。万里长城的每一座堡垒、每一扇城门、每一处烽燧、每一孔垛口，一砖一石，一草一木，概莫能外。

长城是壮士驰骋的道路、男儿意气的舞台！舍我其谁的霸气、傲雪凌霜的忠诚、视死如归的勇气，与长城有关的一切都大气磅礴：狼烟如柱、旌旗蔽日、戈矛喋血、琵琶哀怨，喜悦如瀚海卷地的狂风，愤怒如冻裂金甲的严寒，柔情如胡笳羌笛的断肠。唯独没有恐惧，恐惧在这里意味死亡。

在长城的任何地方，你都会想引吭高歌，决不会寂寞。北国中原，长城内外，所有的英灵都会与你唱和。疆场的勇毅、营帐的忧伤，穹庐般辽阔，慷慨而悲壮。纵然眼前血流成河，仍镇定自若。

阳光耀眼，天空拥抱地面。雄关气宇轩昂，沉浸在酣畅的太息中。关下的村庄，亮晃晃如万朵莲花绽放。崖壁上错错落落的屋宇淹没在无边的艳阳里，一派微醺的祥和。思绪没有边界，带着泥土的气息和花朵开放的声音，点点滴滴，丝丝缕缕，在或清或浊的时空寻寻觅觅。

八面峰是冀东第一高峰。山体八棱八面，丹崖千仞，势险岩危，树木蔽日，阴时雾截山腰，晴日云缠峰头。

七十二券楼因七十二券拱得名，砖券和石券结合得浑然一体，在长城沿线独一无二。惊蛰之日，当第一缕阳光从箭窗射进，楼内顶会有字符出现，预示当年的雨水走势。

月亮楼高耸于海拔近千米的山脊，北临万丈深渊，绝崖如削，楼呈方形，厚重而坚实。一座严峻的敌楼，却拥有诗意的名字。夜深人静，一楼月色，满怀星辉。刚毅与剽悍下面，浪漫融化于青砖白石。

囚禁战俘的监狱楼，风雪冰霜，刀光剑影，造就了其森严姿态；更深漏残，虫鸣蛇行，疑似楼中幽魂哭泣。

太平松立于敌楼顶上，几乎没有土壤和水分，有的只是砖和石、风暴和霜雪，却站稳了脚跟，挺直了腰杆！

扳倒井，涝年不溢，旱年不涸，井水清凉甘甜。中国的“扳倒井”所在多有，大多与帝王有关。而这里的“扳倒井”则是对抗倭名将的颂扬。

城堡水门以山崖为基，像山腰的一弯弦月。四百余年的战火洗涤，风雨浸剥，地震摇撼，山洪奔泻，于其无伤。水门下常年溪水不断，清流辗转流入关内小河，直抵林中古庙。

万丈光芒燃烧着群山，所有华丽的颂词，黯然失色。群山隐忍了喧哗和呐喊。没有应制的诗赋，没有妙曼的霓裳，只有犀利的檄文、刚健的剑舞，贯穿万世而不绝，承载无数英雄的豪情，进入后人的胸襟。

想起高適的“借问梅花何处落，风吹一夜满关山”，想起王之涣的“羌笛何须怨杨柳，春风不度玉门关”，想起岑参的“中军置酒宴归客，胡琴琵琶与羌笛”，想起李益的“不知何处吹芦管，一夜征人尽望乡”，想起张孝祥是怎样地“长淮望断”，想起辛弃疾是怎样地“醉里挑灯看剑，梦回吹角连营”，想起“腹中有数万甲兵”的范仲淹是怎样地慨叹“将军白发征夫泪”……

谁正在暮色中，磨砺倚天长剑？远处柳梢低徊驼铃的悠远，穿越黄尘古道，走过风火边城，在经纬交叉点描绘律动的地平线。断壁残垣上回荡着琵琶的幽怨和夜光杯撞击的铿锵。饮马长城的将士，铠甲冰冷，寒光闪烁，荒草流淌着鲜血，刀锋亲吻着枯骨。绵延的城墙，生硬地割断了归途，天空飘落的雁翎，是解脱了的魂魄，挽住风的缰绳，在夜的沙场嘶鸣。而在关内遥远的乡村，轻拨灯捻的老母，正默然拈着针线，一串又一串烛泪，汩汩滚落。

有云横塞，无月倚楼，凝噎无语，却止不住一背冰冷一抱清凉。壮志难酬，饮恨苍天。风声陷落于沙尘，血色的字词板结着斑驳的铜绿和铁红。

狼烟不再，暖阳继续着血的炙热。关下潺潺的流水，漂浮着往日的记忆。是无言的呐喊，也是坦露的胸怀。一蓬蓬劲草，在猎猎的风中，摇曳苍凉的手势。一种古典的情怀，汹涌地穿凿，构成关城如虹的气度，洞悉天空和人生的深度。

四野一片寂静。我注目凝视的，是一双双睁开在历史中的眼睛。庄亘挺拔的烽燧旁，轻盈摇曳的野草中，青葱葳蕤的树林里，那一双双眼睛，水晶般闪烁。看不到年青的浮躁和放纵的激情，看到的是坚不可摧的信念和执着。锋利的剑戟，唤起群山刚健的歌吟。我听到坚岩深处灵魂的诉说，高亢中含着不尽的悲怆，壮歌从生命的最深处爆发，颤抖在呼啸的风中。

挥手别离雄关，回望的并不只是一段风景。雄关是历史亘起的一道门槛，它属于过去也属于现在。站在这道门槛，你既会有出门远行的豪迈，也会有漂泊归来的沧桑。

雄关是一座精神的圣殿：巍峨、冷峻、博大、凄美、坚强、挺拔。离天最近，离太阳最近。

雄关耸峙，站成柱石和脊梁，站成永恒的姿势，站成伟岸的人格。

青田石的生命

秋日午后热辣的阳光将葱郁的封门山照得明暗分明。我们跟随当地的石雕名匠一头钻进深深的“封门青”矿脉石洞，来与石头进行一次灵魂的对视。

“封门青”为青田石上品，其矿脉细，扭盘曲折于坚岩中，量奇少，色高雅，质温润，性中庸，是所有印石中最宜受刀者。其色彩天然，无人工可造，亦无他石能仿。青田石中，“封门青”“灯光冻”“兰花青”与田黄、鸡血石并称为三大佳石。田黄、鸡血石色浓质艳，品相富贵；“封门青”则清新素雅，有隐逸淡泊之风。故人视前者为“物”，后者为“灵”，世称“石中君子”。

不断的水滴，从洞顶悄无声息地滴落。山风不知从何处穿入，埙一般地，如泣如诉。我们似乎穿越时空，留下倏忽的足迹。大自然的千种奇妙平添了几分神秘，石洞应该是有语言的，之所以听不到它的腹语，是因为我们还没有真正相识。

润滑的石头，冰冷但有脉息。无声的生命，浓缩了多少轰鸣与喧嚣，在沉默与孤寂中孕育自我。千万年固守深山的凝聚，是为了更有力地释放。远古的梦幻，染上多姿多彩的纹理，等待着有一天用自己的方式来诠释生命。

走在深深的巷道，仿佛听到了磅礴而柔情的声响。

寻找生命的人群早已出现。他们不问寒暑，不问岁月，忘记山外的纷繁和荣华，用血肉之躯，胼手胝足于峭壁坚崖，用简陋的铁器，将山体挖空，沿着石壁寻找奇迹。然后，从街市的石板路到庙宇宫殿，从石磨石槽到石雕石碑，山石以另一种形态出现。当这些历史遗存今天依然闪烁美丽的时候，我们徜徉其间，所感受的正是他们在石头里绽放的心情。

石从深深的洞中走出，灿烂的阳光下，一条条奇异的花纹，放射着绚丽的光辉，写满了幻想。即便眼睛昏花如雾，这时也会晶莹明亮。

青田人带着青田石走出大山，走出中国，于是大山里的神话，传遍世界。

青田石是一部巨著，早已成为全人类的宝藏，拥有无数拜读者，各种肤色各种语言的人通过它了解青田、了解中国、了解东方文明、了解炎黄子孙跋涉的路程。拜读它，了解什么是历史的标志；熟识它，感悟什么是真正的永存。滔滔瓯江流经青田，两岸陡坡上，酒吧连成街市，飘散着浓浓的咖啡香气。青田半数以上的儿女，远涉并客居欧美，带去了古老灿烂的中华文明，也带回了流光溢彩的异国情调。

石文化是人类文化的开山之祖。石与人有不解之缘，石的“命”石的“性”与人类的文化共生共存。

石是星球上阅历最深者，无尽时空、世事万象皆如轻烟散尽，唯石汲日月精华，聚山川灵气。天工造物，无声而平实恬淡，凝固而悠远恒久。作为大自然的瑰宝，石经过宇宙震荡的洗礼，成为一种精神象征。女娲炼石补天、盘古骨骼化石造乾坤、精卫衔石填海、夏禹凿石治洪……人们在石头中寄托了情操、个性和理想。一方美石在手，可领略天地之精气、日月之光辉。

地球致密而坚硬的岩石圈，构成了作为陆地的稳定台地。造物以之撰写地球的历史，人类以之撰写自己的历史。石头是大地上丰厚的纸张，一个民族用它表达的内容，比它用诗歌、绘画、舞蹈和音乐语言加在一起还要多，还要深刻。历史上没有雕刻的民族一定是浅薄的，而且也一定是瘦弱的。从某种意义上说，一部浩如烟海的人类文明史，也就是一部漫长的由简单到复杂、由低级到高级的石文化史。

“最坚者石，最灵者人；何精诚之所感，忽变化而如神。”白居易的感慨完全适用于青田石雕。

那些巧夺天工的石雕强有力地震撼人的不仅是技巧，而是对呈现石头固有生命的追求。

石雕艺术就是呈现石之生命的艺术。独一无二的石料、巧夺天工的造型和精雕细凿的刀法，使每一块石头各自呈现出生命的形态。艺人们因石生情、因材命题、因色取巧、因形构思，保持原石天然的形状，依势造型，抓住对象的精髓，利用石头本身的纹理、颜色，精巧布局，精心雕刻，其详略、动静的结合达到天衣无缝的地步，逼真而传神，让人不忍触摸。作品把不能观察到的背后也揭示给了人们。让人们看到的不只是外部形式的魅力，更有内在的张力。那样的生气周流、气韵自足，静穆、坚实，充满芬芳的生机。生命独立于它所表现的物象，艺术符号的诞生自然天成。

生命的美在瞬间闪现，却经过了无数时间的磨炼。一石一世界，需要独具慧眼。用刀锋剔去层层石璞，其实是艺术家对世界的一个意味深长的叩问。

每一块石头都有自己的生命密码。用心与石对话，就能渐渐地听懂石的语言，就能透过繁复的色泽和纹理，发现每一块石头中蕴含的独特生命景象，就能充分利用石形、石色、石理，捕捉住细微的情感和多姿的情态，于一动一静中咀嚼人生的况味。因了独特的观察、独特的发现、独特的想象和独特的技艺，石的生命之花由之绽放，石便有了永远站立的生命意义。石头以灿烂的生命装饰了世界，在永恒的时间里，牵挂起一片风景。

面对青田石雕，就是面对漫长的历史，面对无数人用心血和生命、用天才的构想和创作完成的天人合一的境界。

艺术创造本身就是一种愉悦，是对生命品尝的快感。

雕凿石头，其实也在雕凿自我。

超拔的艺术之手，领受石的恩赐，报之以心血与智慧。对石头的情有独钟和自觉感知，使他们无视时间的更替和季节的变化，在先祖认定的这块群峰连绵、碧水苍苍、温润如玉的地方，任蛛网般的额纹和霜雪般的鬓发在时光里枯竭，安详沉着的同时将自己的灵魂铸入到石头的生命中。

他们的生命也便永久活在这有血有肉的石头里了。

凝固的青花

深秋，日光比所有的季节都要明亮。丘陵与河谷相间，平原舒缓坦荡。湛蓝的天空下，山脉延伸的隆起带，古木苍苍，云烟袅袅，瀑布隆隆翻滚漫卷，彩虹万丈。

城楼下的水静静流淌。千年的浮桥弹性地颤动，让历史与现实对话。

这里的渡口，泊过陶渊明的船；这里的杨柳，系过苏东坡的马；这里的石板路，留过杨万里飘然的脚步。诗人们徘徊城楼，俯临江流，凭垛堞远眺平野，“凛矣犹蔚矣，苍然且昂然”（陶渊明），“半间烟雨空尘土，一点风云毁诏毛”（杨万里）。一程程紫陌轻红，记不清来路多少驿亭。一声声角鸣，蓦然惊醒，残阳落在寒汀。他们不会想到，城门里的街市，有一天会变得如此繁华。巍峨的楼群，沿着芦苇摇曳的湖岸漫延。翰林和进士的宅第，是小桥流水人家的点缀。

那一年，江岸窖藏洞开，椭圆形窖穴，珍宝层层叠叠堆放，微笑着，静看一个瓦釜雷鸣的世界：卵白釉印花云雁纹大碗，为元朝中央枢府院所定制；釉里红彩斑堆塑螭纹高足杯，为国宝中的珍品……中国青花瓷刹那前推一个朝代，震惊了世界。有元一朝仅九十余年，青花瓷存世极少，漫长时期中，国中元青花片瓷难觅。元青花、釉里红瓷器，成为稀世珍宝。元青花瓷横空出世，石破天惊。

凤凰涅槃，土与石在窑火中优雅地转身。青色在素胎上缓缓生长，青色的花朵、青色的藤蔓、青色的枝叶，在无风中飞舞轻飏。青色射出寒光，花影的气息漫过岁月。琵琶的分明和激荡，竹笛的清脆和婉转，仕女的婀娜和清纯，山水的映衬和默契，在耳边和眼前滑过曼妙的倩影；帘外细雨打芭蕉，塞上阿拉善起炊烟，丝绦舒放，水袖轻垂，牡丹含笑，锦鲤跃然，烟雨朦胧的一弯拱桥，白地蓝花的一袭霓裳，简洁然而华贵，单纯然而绚丽，漫不经心然而恣肆风流。远逝朝代的妩媚与飘逸，让所有的珠光宝气归于黯淡。出水的芙蓉，从岁月的泥泞中悄然站起，把一世又一世的王朝，一代又一代的人生，锁定在千百年间。将梦想之上的梦想，凝成亘古不变的憧憬。

翩翩惊鸿一瞥，素面的青花瓷一如美人，真水无香。矜持、典雅、清新、悦目，柔美其形，清郁其色，莹净其质。温润与坚硬，完美地融为一体，浑然天成。绝代的芳华，历久弥新。诗意的流淌，不会仅仅肤浅地浮于冰冷的瓷面。清影飘过红尘，进入心灵最皎洁的境界。风也萧萧雨也萧萧，在古老的仪式里，远离世俗的纷争，安然自适于幽深的殿堂，尽情吮吸泥土的幽香。一瓣青花结成一缕芳魂，高傲而端庄。一曲悠扬的古调，一番青色的心事，一片如诗的月色，守望前世今生的荣耀，波澜不惊。

隔着重重岁月，静静观赏这不朽的美丽。惊世骇俗的青花，出落在纤尘不染的空间。有声有色的古典精华，方言般鲜香，朦胧了琴弦的回响。老去的只是时间，而魂魄，凝结在永不消退的色彩里，抱紧了山清水秀的故乡。

一次次凝眸，激动静止于寂寥，唯恐惊动了精灵的呼吸。檀香冉冉，熏染了思想，再冥顽也会有灵光一闪。一尊一世界，独立而自在；一件一传奇，呈现非凡的智慧。那些经历，那些故事，那些传奇，低回婉转，如诉如歌，拿起便放不下，看过便忘不了。

心跳，和无数的语言，在唇齿之间游弋，被翻来覆去地咀嚼。如此的高贵无可诠释，最好的表达是敬畏：沉默在静水深流的意象里，忘记尘世的喧闹，相对无语。任思绪漫漶无边伸展，贯穿历史兴衰的间隙。艺术品远不只是玩物，创造力乃是一个民族生命力最可靠的证明。

云阳梯田

一本莽莽苍苍打开的书，高高挂在重重叠叠的山坡，从多彩的谷地到缥缈的云端。书上写满了诗行，人们叫它“梯田”。

千千万万块闪闪发亮的梯田在群山缠缠绵绵，从一座座山头几百层几千层地延展到千沟万壑，在阳光和云雾的交替变幻中，气象万千，让山地变成了无与伦比的雕塑艺术的展台。满山满谷都是无穷无尽的线条，满山满谷都是无穷无尽的光斑，梯田呼出的气息，漂浮成汹涌的云海；梯田溢出的水流，漫泛成不竭的甘泉。

那是苗瑶侗汉的先民送给天神的礼物、是苗瑶山地所有生命的母亲。

村庄蹲在远处，像一窝窝鸡雏。天上的白云一样，山野的风一样，在山间散落。当一天黑下来的时候，就会像刚刚诞生的婴儿，在大山母亲的脚上熟睡。

早上最先醒来的是公鸡，然后是家家的母亲。夜里她们在火塘边纺线，早上早早起床做饭，然后背着背篓上山。勤劳的母亲，饲养牲畜的母亲，创造财富的母亲。

太阳照亮了村子，天地空阔明亮。雀子叽叽喳喳，燕子也兴高采烈。父亲们是沉默的，像沟边的一截木头。田塍在他的脚下流走，阳光晒干了他的头发，宽口的板锄是所有日子的手杖，一寸一寸地翻动岁月。父亲的肩膀石头一样坚硬，没有顶不住的事情。父亲是聪明的父亲，一觉醒来主意就在心中。父亲就像神仙一样有本事，把梯田一直挖到了天上。

田边的布谷鸟叫了，山上的鲜花开了，村子里的人忙起来了。惊蛰的雷声震动了大地，婴儿一样的小草醒了，比水牛还要强壮的群山醒了，屋场上跳起了傩戏，插秧的日子到了。

一层一层的梯田泛绿的时候，毛妹子扯下头巾，低着头轻轻地微笑。春天不是没有伴侣的日子，一个男人在深夜的月光下忧伤。花和情歌深藏在心里，记住春天的脸庞。

鸟群飞过田野，干瘦的老人站在田埂上，腰间别着镰刀。放牛娃子，与白天的阳光交谈，与雷声和雨声交谈，牛群就在附近，他坐下来唱歌，眼睛里满是思考的神情，专注地看着远处的树或板房，悠长的歌声不像是唱出来的，像是思考出来的：把大山剪了千万次的，是先祖从西王母那里借的金剪；把大山绣了千万次的，是先祖从七仙女那里借的彩线；漫山遍野千万重梯田永远流不完的，是银河的圣水。

千年的祖先，古老的故事，一天比一天远去。拾起远去的脚印，不停地赶路。但无论走得多远，心都会属于原始而沉默的山坡，属于宁静而多姿的梯田，属于清澈而无声的泉水，从此有了无法割断的回忆：

回忆春天的梯田上女人们的秧歌，回忆夏天的阳光照耀双肩，回忆冬天的火塘烤着双膝，回忆情人的甜言蜜语和痛苦的神情，回忆父亲的脸，回忆母亲的乳房，回忆世界的那个角落，天是高远的，地是广阔的，梯田像图画一样。田塍像渔网一样交织，每一条都通向村庄。

回忆蝉鸣叫的傍晚。人和牲口一起回家,浑身沾满了泥巴。老人们围着桌子喝酒，传下千年的规矩。

回忆月亮升起。远处的梯田朦朦胧胧，近处的板屋高高低低，谁在那一丘梯田轻轻地唱情歌？声音响在天上，星星在夜空聚会。泪珠变成了雨滴，在谁的梦里做窝？

回忆天亮。太阳被梯田托起，情人背水回来，清甜的泉水在竹筒里晃动，太阳也在竹筒里晃动，一颗心被她背来背去。她站在远古先祖拍打田塍的地方，站在像父母皱纹一样的梯田的中间，像一朵花一样开放。

回忆过节。杀猪宰鸡，把糯米染黄，把鸭蛋染红。回忆草龙舞。编织长长的草辫，三条草辫扎成龙身，系上了龙骨，再扎出龙头龙尾，又插上野藤和山花，择了吉日，师公发猖祭龙，敲起锣，打起鼓，走过梯田，走到各家各户，献给土地，献给梯田，献给梅山神、树神、石神，献给先祖的英雄。他们住在我们的心中，赐给我们五谷丰登、人兴财旺。为了漫长的人生，记住我们先祖的祭坛。

梯田远离世俗的喧嚣，静若处子，却又从未静止：春天是气势，夏天是蓬勃，秋天是盛大的节日，冬天是祖母的深厚。比起一般风景的通俗，远在云端的梯田是美的一种经典，有一点深奥，有一点曲高和寡。

大自然赋予苗瑶侗汉人的勇敢、坚强、智慧和想象力以气势磅礴的舞台，苗瑶侗汉人便给大自然献出无与伦比的杰作。梦幻一样的梯田是吟哦天地和劳作的诗歌，而诗人们就像大自然一样质朴。

指点梯田中的板房，想象住进板房的可能。每天在梯田纵横交错的田塍上走动，一丘一丘往下去播种春天，一丘一丘往上去收获金秋，有了灵感就在田塍上坐下，一面默默钦佩山民的气魄，一面写关于梯田的诗歌。最好在梯田中间建一所属于自己的板屋，等待城里的友人顺着一条一条的田塍走来，梯田里的水会映出他们的身影，他们会心情愉快，忘却世俗的所有烦恼。而我坐在板屋的窗前，沉默着，思索和期待。

无数的山民就站在我的面前。他们有一张黝黑的脸，一双单纯的眼睛，敦厚的鼻梁和嘴唇，还有一副天生的唱情歌的嗓子和一颗充满柔情的心。夜里有美好的梦境，早晨的阳光照到心里，他们的世界像梯田一样透明。

为你们祝福，梯田创造者、人与自然快乐相处的奇迹的创造者！

早早地、多多地收获吧，收获稻谷，收获爱情，收获诗歌，收获幸福！

滇南洞经音乐

车子在山腰上停下。下面的谷地上，是一片浪一样起伏连绵的屋舍，一律的带着火烧痕迹的黑灰色土瓦，用白灰勾勒出屋宇的边沿。

马洒村，以洞经音乐的演奏出名。

洞经音乐流行于云南多个民族，原为道教礼仪音乐，包括了吹、拉、弹、打、唱等多种音乐表现手段，主要分为声乐和器乐两部分。声乐部分称为“经腔”，其唱词是经文中的韵文部分，和诗词相近，有四言句、五言句、七音句、长短句等几种结构形式。演唱“经腔”时有两种乐队伴奏形式：一种是用丝竹乐队伴奏，其曲调悠扬委婉，节奏徐缓；一种是用吹打乐队伴奏，其曲调有的欢快热烈，有的气势雄伟。洞经音乐的器乐部分称为“曲牌”，根据所用乐器的不同组合分类。

洞经音乐的曲调十分丰富，每一地区都有独立成套的各类曲调。由于历史悠久，地方特色各不相同。“曲牌”有的来自唐诗宋词，大量的是明清的时调小曲，还有一部分散见于各种戏曲剧种的曲牌曲目。随着滇剧的发展，各地洞经音乐的部分曲牌，还被滇剧所吸收。

洞经音乐集吹、拉、弹、唱、念、法、唱、拜、祭于一身。旋律古色飘香，格调庄严肃穆，唱腔清脆、圆滑，具有滇戏剧曲韵味，又兼佛教道教音乐风格，既能表现雄伟壮丽、气势磅礴的场面，也能表现优雅婉转的意境，既能登上大雅之堂，也能为民间演奏，因其旋律优雅动听，音韵自然流畅，被当地群众称为“雅乐”或“仙乐”。

洞经音乐由地方上的艺人或音乐爱好者的业余音乐组织集体演奏，每年农闲至冬月，有例行“坐会”，平时因贺寿、婚嫁、喜丧等活动也受邀演奏。

我第一次接触洞经音乐是在云南通海，又一次是在丽江，都是很正式的演出。舞台布置、演员行头、乐队配器皆富丽堂皇，有庙堂感，却似乎少了民间风情。

马洒有很正式的洞经乐队。因为年轻人大多在外打工，这个乐队多是男女老人，乐队队长七十好几了。

这是我看到的最简朴的乐队和演出了。在一片杂草稀疏的沙地上，牛和狗在懒洋洋地踱步，儿童在莫名的兴奋中追逐嬉戏。周边是虬曲的老树，背后是村委会简陋的平屋，将近二十人的乐队静静进入，缓缓排开。男性一律着黑袍，女人的头巾和围裙一律灰蓝色。乐器不过胡琴、笛子、唢呐、扬琴、筝、鼓、镲、锣、铃、木鱼、简板之类，但他们的成功大大出乎我们的意料。《南京宫》《迎神腔》《吉祥音》《落地锦》《满江红》《仙家乐》……在面色严峻的队长的指挥下，一曲曲流贯而出。乐曲的编配相当丰富，管乐、弦乐和打击乐各擅其胜而又层次分明，质感凸显逼真，玲珑剔透。

作为表演者，他们过于认真，似乎有几分羞怯，甚至木讷，仿佛是在进行一个庄严的仪式。

而这样的艺术其实不是用来表演的，而是表演者日常生活的一部分：在洒满月光的屋场上，家酿的米酒喝得微醺，歌喉和手脚也都半醉了，然后音乐悠悠响起……马洒的历史大约有四百年，至于洞经音乐何时传入则不可考。但听他们的演奏，有一点是可以肯定的，那就是，外来文化的介入不过是一颗种子，一旦植入，便被这里的水土所孕育，开什么花，结什么果，无不带着这一方水土的灵性。

马洒古乐，乃是乡土的、民间的艺术。

这样的音乐只能用心去演奏，也只能用心去倾听。

有一种醇美的芬芳，在空中飘荡。边陲的风和阳光，时而低回、时而高亢的质朴的奏鸣，蚀人心骨的苍凉，丝丝渗出又直入心魂。每一首乐曲，都有一个动人的故事，不论诉说的是什么，总给人以愿望和希冀。一种精神上的向往，那么纯真。蔚蓝天空的云为之驻留。

没有矫揉造作，没有对时髦应景的追逐，有的只是对天地人和的纯美诉求，无论在乐音里外，你皆能看到无瑕性灵容颜的嫣然闪现。如果天籁让人觉得神秘遥远，那么这些乡民的演奏只会让你感到亲切。

音乐是智慧的语言，要净了心才可感受。音乐那么多态，是水样的东西。我喜欢音乐，音乐里有太多我喜爱的东西，一串串愉悦的跳跃自在盘旋，游走在感性与知性的边缘。仿佛躺在纯洁无瑕的白云上面慢慢漂浮，四周一片安详，所有的注意力都被乐曲吸引，在这躁动而凡俗的日子里给内心平添宁静！心灵放飞在这一片乡野，这天地之间最辽阔的地方，触摸着风与阳光，青山与流水。大自然的慈爱与恩典，顷刻间洒满荒芜的心地！

忽然想起庄子的“帝张咸池之乐于洞庭之野”:“奏之以阴阳之和，烛之以日月之明；其声能短能长，能柔能刚；变化齐一，不主故常；在谷满谷，在阬满阬”，“其卒无尾，其始无首”，“四时迭起，万物循生；一盛一衰，文武伦经；一清一浊，阴阳调和，流光其声”。在这里，庄子将宇宙日月之光与心灵艺术之光交织在一起，在把自然音乐化的同时，也把音乐自然化。这是对人生和艺术的灵性的彻悟。真正的艺术必然追求与天道相通，追求天地之明与艺术心灵的相通合一。

而民间艺术似乎天生就具有了这种秉性。

民间音乐像一切原始的生命一样早已存活了无数年，并且还将继续存活下去。它并不需要流行化，不需要职业音乐家的施舍，不需要音乐人和猎奇者的剪裁，不需要时尚作为点缀，不需要流行增添魅力，也无所谓是否进入城市和经院。

民间音乐同一切音乐一样，穿越时空，表达人们内心最深处的情感和想象，在任何情境下都会唤起生活的力量，给所有听者的命运以精神的支撑。

这就是为什么，马洒洞经乐队的演奏，会让我如此感动！

阿细跳月

雨一下透就停了，风刚吹过又来了，云还没有散开，彩虹就出来了。

碉楼在青青的山顶上，花旗在灰灰的石头上，长号从垛口四面伸出，是阿细人扬起的臂膀。

寨门上扎满了女人一样的野花，寨门下站满了野花一样的女人，客人们要进寨子，不把女人们手上的酒碗喝干可不成。

火把梨压弯树枝，火把果染红山坡，在山地最干净的阳光下，阿细的火把节到咯！

四面环山的坝子，忽然成了集市、舞台、乐池和跤场；汤锅支在火堆上，包谷酒飘散醇香；山坡成千上万的蝴蝶，是阿细乡亲的盛装。

八百里西山山高谷深，长满了果树花草。松木造的房屋，就像童话中的城堡。屋后红色的山地像旗帜扬起，村前清清的水塘像明镜闪耀。

乌鸦和老鹰云一样移过寨子，寻找遗失的珍宝。有种鸟高叫“老倌好过”，清清楚楚就像口号。

火塘和玉米疙瘩在一起，歌舞和烈酒在一起，星星和月亮在一起，时间的河流无始无终，彝族阿细和快乐在一起。

长号吹响了！鞭炮卷起漫天的硝烟！孩子们像吮足奶水的马驹，大三弦挎上男人的肩。耳环和脚圈叮当悦耳，月亮一样的是阿细女子的脸。

描述阿细跳月，就像描述火焰。阿细跳月的语言，却又像冬天的树木一样简练：勇猛粗犷的是刀叉舞，眼花缭乱的是霸王鞭。男人面对女人，退后复又近前。无拘无束的节拍，是生命力量的震颤；惊天动地的呼喊，是对山川大地的礼赞。

谁能相信，跳出这舞步的，是砍柴的脚板、牧牛的脚板、犁地的脚板、扛石头的脚板、背草运肥的脚板，月亮出来之前，才从田里拔出的脚板？

谁能相信，“三弦王”琴筒合抱不完，琴身长过人身。那个背“三弦王”的人，那个跳得无休无止的人，那个粗布包裹的身体，消化老南瓜、老玉米的身体，是个古稀的老人？

谁能相信，曾有个阿细小伙，喜欢背着三弦游走，白天是放牛牧马的帮工，夜晚是弹琴跳月的好手。他走到哪里，哪里就有阿细少女追在身后。她们骑着快马，山花插满头。她们唱着情歌，为了美好的投奔永不忧愁？

三弦是阿细人的另一副喉咙，跳月是阿细人最骄傲的才华。阿细寨子最受敬重的，没有一个不是弹琴跳月的行家。

阿细跳月跳到了京城，阿细跳月跳出了国境，阿细跳月的舞曲是世界名曲，但阿细跳月的艺术家不在外面出名。

阿细跳月是土生土长的舞蹈,阿细跳月是无名无姓的杰作。烧过的灌木桩烫脚，播种时不能不跳起跳落，刀耕火种的祖先，用舞蹈诠释了劳作。于是阿细跳月成了传世之舞，于是阿细人有了永远的欢乐。

阿细跳月是山里的大树，有自己的地力和脉搏；阿细跳月是天上的云彩，有自己的阳光和魂魄。

从此我记住了那朴素的拨动和跳跃，哪怕走遍了世上的城市山河；从此我懂得了什么是艺术的永恒价值，哪怕世俗的装点纷纷剥脱。

（注：彝族火把节为农历六月二十四日。）

嵩阳书院

一千年前的大宋是一个崇拜文化的王朝，而大宋文化的基业在四大书院。

嵩阳书院为四大书院之首，坐落在嵩山之阳，“汲嵩山之毓秀，纳峻极之灵气”，三面环山，两边山峡溪水汩汩而来，在书院门前的书院河汇合东流汇入颍河。桥边绿树如临水的美人，染得一湾水绿。绿水环绕，锁住一院秋色。

书院匾额为苏东坡书，字体高俊敦厚而悠远散淡，与书院气氛浑然一体。

书院择势颇高，望去如一片台阁，笼入深碧的树色，清幽、深邃，是个读书的地方。书院初为宗教之所，但今日见到的院中之筑，却少佛寺道观的气味，平屋素室，浮漾着静穆之气。

午后来书院亦颇相宜，书院的意韵都藏在斜阳中。

静气挹住了轻尘也挹住了喧嚣，令人屏息。书院像一个沉默的老人，在寂然中冷冷看我，目光穿过千年积淀从灵魂深处射出，直抵我的灵魂。讲堂昏暗，先贤无语，只听苍老的石碑、模糊的文字、褪色的匾额和尘封的桌椅，喑哑诉说遥远的故事。静静地立着，缓缓闭上眼睛，气息渐渐平和，万物不复存在。

不闻“子曰诗云”的讲诵，但藏书楼还在，典章要旨、经史义理皆有可观。教化的气息在院中飘散。上溯千年，那个下午的程门立雪如一则严厉的训诫：最初那朵瑞花的翩然飘舞在儒者的凝神冥想前止息。虔心求取圣王之学的弟子远道请益，“静敬”以候“偶瞑”的大师，“颐既觉，则门外雪深一尺矣”。

书院无可替代地完成了使命，理学使儒家经典以伦理化达到了新的高度，积儒、道、佛三教精华于一身，撑起了中国传统文化的大厦，却也成为一种思想和制度的桎梏。使人既惊诧于华夏五千年的文明与智慧，又不免感叹人们千年行走的路途有那样多的无奈和悲哀。

一种祭祀凭吊的心绪，融入悠远宁静的空气。从宋朝至今，经历了多少荣辱兴衰，书院以安详而坚韧的姿态，典雅而淡然的步子走过岁月。院中有汉武帝命名的将军柏，命名时已两千岁，至今“郁然如山”；又有“大唐嵩阳观纪盛德感应之颂碑”，是河南最大的古石碑，记录的竟是唐李隆基为求长生不老命道士在嵩阳观炼丹的故事。连后来的乾隆都很不以为然：“虚夸妙药求方士，何似菁莪育俊英？”碑文出自权臣之笔，书法却姿态横生。

倾听旷野的风啸，凝望天空的云飘，可以沉思，可以怀想，可以轻叹。忽有“高山流水”的琴音传来。参天古柏下，素手古装的豆蔻少女，正端坐抚琴。妙曼出尘的曲调弥漫着万岁峰的花香，如淡烟袅然。

似乎置身于宋明的山径了。一院青枝，如长衫飘逸；清越的鸟鸣，像是苦读书生的吟唱。枕泉石，醉烟霞，朝夕面对飞泉蔓草、鸟影苔痕，守正的儒风同隐逸的道气混融。

汉武帝封将军柏，不会想到一千年后这里书香缭绕；司马光埋首案头，未必料到《资治通鉴》在中国历史上的地位；程颢谆谆教诲，应不知座下有多少历史的书写者。见证这一切的，只有书院自身。

时隔千年，程颢程颐头上明月、范仲淹司马光眼前草色犹在，程门前的青石板，雪却化去无踪影。时空轻盈嬗递，书院弥散着落寞，唯“高山仰止”的匾额格外端肃。斜阳清风中飘落香雪似的闲花。任几片秋叶落在肩头，带走千年墨香的回忆，带走千年书院的气韵和千年古柏的灵动苍劲。

古书院，吸引我们的应该不只是瞻仰者的目光，更多的应该是一种遗落和古朴的珍贵、一道探寻与思考的题目、一个议论与感叹的话题吧。

桃花源主人

陶渊明纪念馆建馆二十周年，主事者为纪念活动征集墨迹，我写了“归真”二字。这两个字放在一块做一个词用，见于《正法眼藏》。禅宗的所谓“正法眼藏”是指全体佛法（正法）而言的。但我用这个词，根据的是《国策·齐策》里的“归真返朴”的意思，也就是去其外饰，还其本真。

很多年前，我有幸在陶渊明故里参与过文物的挖掘、搜集、整理工作，由此开始了对这位一千五百多年前的同乡大诗人的神往。

因为不学无术，我对陶渊明的认识更多的只是凭印象。在我的印象中，因为贫穷，因为没有社会地位，有关陶渊明的生平，除了他自己不算太多的传世文字，见诸其他社会历史文献的记载很少。

陶渊明死后十四年出生的沈约在《宋书·列传·隐逸》里列上了陶渊明，说他“曾祖侃，晋大司马”，除此，关于他的家世再无一言，真是惜墨如金。这在里，陶渊明显然是沾了做过大司马的曾祖陶侃的光。

陶渊明生前诗友颜延之写过《靖节徵士诔》，自然是感慨多于史料。

昭明太子萧统的《陶渊明传》，所依据的材料主要仍是陶渊明本人的夫子自道：

“渊明少有高趣，……尝著《五柳先生传》以自况，时人谓之实录。”

但那“实录”录的其实是精神情状，关于他本人的履历，仍是语焉不详。别人除了从中知道他的“宅边有五柳树”，并“因以为号焉”；知道他“闲静少言，不慕荣利”；知道他“好读书，不求甚解”；知道他“性嗜酒”，“期在必醉”；知道他的家“环堵萧然，不蔽风日”；知道他总是“短褐穿结，箪瓢屡空”；知道他“常著文章自娱”，“以此自终”之外，则不知他是“何许人也”，闹不好是上古时候的老百姓：“无怀氏之民欤？葛天氏之民欤？”

陶渊明显然不指望有谁会给他写悼词，也就不必留下写悼词的材料。

陶渊明是清高了，却给要靠他吃饭的后人留下了许多不便和麻烦。

我是在一条很深长的山垄里看到的陶渊明“故里”，有一幢很破旧的据说是清朝末年的建筑，格式同当地的大户民居无异。前后两进，两进之间有一条窄巷，因为是“陶靖节祠”，故名“柳巷”。从屋后向山上走几十步，便是陶渊明墓。它的形制和所用的砖石都自觉地表明着那不过是后人的寄托。仅凭这些，显然无法为生前的陶渊明提供任何有意义的佐证。

正因此，关于陶渊明故里，学者们歧义颇多，一直争论不休；陶渊明的生年，我在正式出版物看到不同的三种说法；至于“桃花源”就更多。

一说是在庐山一带。这在情理上是符合的。以陶渊明那样贫困的一个有文化的老农民，即便有雅兴旅游，能走多远？喝醉了酒，兴之所至，跌跌撞撞地在附近山垄转悠，所谓“既窈窕以寻壑，亦崎岖而经丘”（《归去来兮辞》），忽发奇想，是再自然不过的事。那年，庐山下面某县有关部门居然真的在县境内找到一处“先世避秦世乱”的“康王谷”，称其中的山林溪流村舍，酷似《桃花源记》的描写，因而在交通要道俨然矗起高大的桃花源牌坊。而江西邻省湖南，不仅有桃源县，还真有像模像样的“桃花源”。某年，参加湖南文艺出版社办的笔会路过那儿，不由一愣。之后又听说，皖赣接壤处又发现了一个“桃花源”。想想，一过彭泽就是安徽地界，当年的彭泽令在不得意的公务之余散心逾出了现今的省界，也不是不可能的事。

类似的公案自然永远不会有了断的时候。“桃花源”本来就是一个乌托邦，后人也不过是借题发挥罢了。醉翁之意不在酒，甚至也不在山水，而在山水可能带来的经济效益。认真了，就不免迂阔。

但陶渊明只有一个，其本来的生存状况也只有一种。遗憾的是人们却不得不靠想象来臆测。

这就难得确凿。

我在鲁迅关于陶渊明的文字里，就看到两种不同的描绘。

在《魏晋风度及文章与药及酒之关系》里，鲁迅写道：

> ……他非常之穷……就去向人家门口求乞。他穷到有客来见，连鞋也没有，那客人给他从家丁取鞋给他，他便伸了脚穿上了……

在后来的《隐士》里，鲁迅写道：

……然而他有奴子。汉晋时候的奴子,是不但伺候主人,并且给主人种地营商的,正是生财器具。所以虽是渊明先生,也还略略有些生财之道在,要不然,他老人家不但没有酒喝,而且没有饭吃,早已在东篱边饿死了。

这两段话,哪一段更可信呢?

我倾向于相信前一段。

要尽可能接近真实地想象一个古人,我觉得还是以他本人的记录为依据比较可靠。

我在陶渊明的诗文里看到的“他有奴子”的依据,是《归去来辞》里“童仆欢迎”一句。这“童仆”是否就是“奴子”,不知有没有确切的考证。但陶渊明诗文里其他关于他的生存状态的描写应该是无须考证的。

他明明白白地写过自己的劳动:“种豆南山下,草盛豆苗稀。晨兴理荒秽,戴月荷锄归。道狭草木长,夕露沾我衣……”很难说这是个坐享其成的人。

他明明白白地写过自己的乡居生活:“……农务各自归,闲暇辄相思。相思则披衣,言笑无厌时……衣食当须纪,力耕不吾欺。”活脱脱一个老村夫。

他明明白白地写过自己的《乞食》:“饥来驱我去,不知竟何之。行行至斯里,叩门拙言辞……”不过是比乞丐多一点羞惭。

就是在《归去来兮辞》的序里,陶渊明对自己的贫穷困窘的陈述也是再明白不过的:

“余家贫,耕植不足以自给。幼稚盈室,瓶无储粟,生生所资,未见其术。”万不得已,才去做了一个小官:“公田之利,足以为酒,故便求之。”没有几天,就觉得为了混口饭吃逼着自己做违背意志的事，实在太痛苦了："违己交病。"便找了个理由，一走了之。从上任到"自免去职"，前后才"八十余日"。

显然，这样讨论下去，是不会有什么公认的结果的。大家不过是在猜一个没有人会给出谜底的谜。不过有一点我想是可以肯定的，陶老先生的日子就是好，也绝好不到哪里去。一个"质性自然"，不肯"矫励"，也就是常说的"不为五斗米折腰"，跟主流社会离得那么远的倔老头，没有被划为"地富反坏右"就是万幸了，当然也得不到主流社会的恩宠。死了，只有朋友给一个私谥。

对于陶渊明，这样一个结果似乎不太公平。但对于中国文学，却是一种幸事。

陶渊明先生如果当了县处级又想当地厅级、省部级，甚至副国级，不当官了却又不亦乐乎地去社团争当主席、争当代表、争当评委、争当客座教授，当不上就上蹿下跳、死乞白赖、造谣生事、撒泼骂街，不达目的誓不罢休，而社会也不亦乐乎地请他上报、上广播、上电视、上主席台，任其眉飞色舞、唾沫四溅地从经国谋略说到厕所装修，以致面目可憎到让人连媒体也一并嫌恶起来，我们也许就读不到那些"一语天然万古新，豪华落尽见真淳"的诗文，也就不会有我们今天认识的陶渊明。金元时期的大诗人元好问甚至为此感谢晋朝社会对陶渊明的无知或冷遇，说是"南窗白日羲皇上，未害渊明是晋人"，不是没有道理的。

对后人来说，尤其是对步了陶渊明的后尘也操了文学营生的后人来说，弄清陶渊明吃喝拉撒睡的光景如何是无所谓的事，有所谓的事是怎样看待陶渊明的精神遗产。

鲁迅认为真的"声闻不彰""息影山林"的"隐君子""世间是不会知道的"，而有了"隐士"美名的人有时不免被人"当作笑柄"。他看不起隐士是显见的，但他对陶渊明却高抬贵手。他一面认同“陶渊明先生是我们中国赫赫有名的大隐”，一面又指出“陶潜因为并非浑身都是静穆，所以他伟大”。

鲁迅很赞赏地说：

> ……所以现在有人称他为“田园诗人”，是个非常和平的田园诗人。他的态度是不容易学的，他非常之穷，而心里很平静……还是“采菊东篱下，悠然见南山”。这样的自然状态，实在不易模仿……这是何等自然。
>
> （《魏晋风度及文章与药及酒之关系》）

鲁迅在这篇并非专门研究陶渊明的讲稿里一再强调，明白而准确地给了陶渊明一个定位：自然。

同时也就在无意中给了陶渊明的崇尚者一个难以达成的人生命题：自然。

当然，“有钱人住在租界里，雇花匠种数十盆菊花，便做诗，叫作‘秋日赏菊效陶彭泽体’”，很容易，却不合陶渊明的“高致”。与这可笑相比而成为可恶的是，一些恨不得天下风光占尽的利禄之徒，却总喜欢请人书了“岫云”“宁静致远，淡泊明志”之类挂在客厅里。

所以可笑和可恶，就因为：不自然。

自然是静穆的：“暧暧远人村，依依墟里烟。”自然也是激动的：“刑天舞干戚，猛志故常在。”

自然是健全的生命活力。

自然是一种极度的简朴：“甘天下之淡味，安天下之卑位，不戚戚于贫贱，不忻忻于富贵。”自然也是一种极度的奢侈：“怀良辰以孤往，或植杖而耘耔，登东皋以舒啸，临清流而赋诗。聊乘化以归尽，乐乎天命复奚疑。”

自然是内在精神的富有。

自然是一种选择：“久在樊笼里，复得返自然。”自然也是一种随意：“问君何能尔，心远地自偏。”

自然是独立人格，是不在万丈红尘中迷失自己。

在物质主义高涨的生态中间，一个身心疲惫的人果真能复归本真，质朴自然，那不是一种勇气，不是一种牺牲，而实在是一种福气。

行文至此，我忽然想起“缘分”这个词。人与人，今人与古人，也是有缘分的。我少年下乡，恰好去了陶渊明终老所在的县。后来有机会参与能够向先贤竭尽崇敬的工作，又由此而迷上了他的人格和诗文。因为业务需要偶尔翻一翻他老人家的作品，那些平淡爽朗的句子不必太用心就多少能记个大概。而对同样发生于江西、同样是千古绝唱的《滕王阁序》，多少年来，我无数次咬牙切齿地下决心，费了九牛二虎之力，却怎么也念不下来，更莫说背了。念的时候，我总是很惊奇地在想：一个小小年纪的人，怎么会如此懂得阿谀奉承，又怎么会有那么多委屈心酸。多少有了些阅历之后，我才忽然发现，陶渊明和王勃根本就是两种人。倘若天假陶渊明以年，让他活到唐朝滕王阁落成的日子，即便受到“诚邀”，他大约也不会受宠若惊、诚惶诚恐，自然也不会躬逢其盛的。而假使时光能倒退两三百年，别说自愿，就是差人解着王勃到当年的柴桑栗里那样的广阔天地去练红心，那么骚动不宁却又敏感脆弱的一个才子会不会半路自杀都未必不是一个问题。

事情这就明白了：虽然都无疑是天才之作，但因为品格的不同而有了文章格调的不同。两相比较，如果不讲境界高下的话，那么至少可以这样说：《滕王阁序》对权力和富贵的艳羡和失落所体现的上流气味，造成了跟下层社会的心理距离——起码我是觉得很隔膜的；而平民诗人陶渊明，则首先就让我感到了亲切：

“闲静少言，不慕荣利”；“好读书，不求甚解”；“性嗜酒”，“期在必醉”；因为“耕植不足以自给”去做了一个小官，稍有不顺就拍屁股走人；“常著文章”只是为了“自娱”，为了自己快活，跟喝酒一样，喝酒就是喝酒，就是馋酒、嗜酒、贪酒，就是爱喝，就是喜欢喝，就是往死里喝，喝个昏天黑地，一醉方休，不醉不休，醉了，哪怕是山林野地，倒头便睡，没得喝了，就去乞讨——“叩门拙言辞”，而不是为了弘扬酒文化，为了推动造酒业的大繁荣大发展。活就真真实实地活，写就自自然然地写，不藏着不掖着，不装神不弄鬼，不讨好不卖乖，不高调不吹嘘，不在乎官方民间圈里圈外在不在乎，不纠结出不出全集、是不是经典、上不上排行榜、拿不拿高版税，不操心获不获国家奖国际奖、有没有知名度、进不进文学史。

上述种种，当然不是我这样的俗物可以企及的。既然写作，就难免渴望发表，算计稿酬，闻捧场则喜，见批评则不爽。但把“活得真实，写得自然”作为一个努力的方向，不说假话屁话，不谄媚卑鄙，不厚颜无耻，不害人恶心呕吐，还是应该可以做到的。

问汝平生功业

黄州赤壁
元丰二年（1079）~元丰七年（1084）

黄州古城，赤鼻矶头，林木葳蕤，亭阁楼榭半隐在绿丛。一山陡峭，站立着昔时的汉川门。褐色石阶沿坚岩蜿蜒，石阶磨出了凹陷，记录着岁月。条石护栏下面，苏东坡热爱的翠竹挺拔直上，微风轻拂的竹叶簌然。

上八卦桥，经锁春台，绕楼花园，过蜂腰桥，问鹤亭下，荷花池回环曲折，莲叶间传出平平仄仄的清韵。登高一览，远山似眉黛，原野一碧万顷。是谁问：君见否，苏子泛舟作赋、酹江邀月？

相隔了一千年的沧桑，浩瀚大江的岸际线已随波涛滚滚的历史远去。永远留下的是诗人的歌吟和歌吟中诗人的灵魂，以及后世人们的无尽浩叹、一腔怅惘。

九百三十四年前那个晦暗的春天，被贬谪的诗人蹒跚走出落满乌鸦的御史台。整整四年又四月，团练副使躬耕于黄州荒芜的坡地，中国最伟大诗人的行列有了“东坡居士”。

“神祇编织不幸，以便人类的后代歌唱。”（《荷马史诗》）

乌台诗案。总是不合时宜的诗人因言获罪，曾经锦衣玉食的荣华轰然坍塌。诗人瞬间由仕宦而成流人；由繁华京都到偏僻小城；由高第府宅到小寺寄居“与僧人蔬食”，到“自筑雪堂”，又“筑建南堂”，方“得其所居”。

但历史的悖论决定了：落寞者成圣。

乱石穿空，正直遭受强暴；惊涛拍岸，论证谁是风流人物。庙堂是滋生阴谋的牢笼，山野才有五谷丰登的沃土。真正的天才不会耿耿于冤屈、戚戚于困境。固然是朝廷放逐了诗人，又何尝不是诗人放逐了朝廷？遗世独立，冯虚御风，去追逐流水行云。江上明月，山间清风，诗人回归于清纯和空灵。

或竹笠草屐，与渔樵杂处，晨兴理荒秽，戴月荷锄归。衰弱却不失勤勉的手，抓牢了农具的木柄。一掬苦汗，使一泓清流落英缤纷；或一蓑烟雨，放浪山水，“终日无事，啸咏而已”，倚杖听江声，夜饮醒复醉。一杯酒在胸膛燃烧着另一杯酒，“取之无禁，用之不竭，是造物者之无尽藏也，而吾与子之所共适”，“相与枕藉乎舟中，不知东方之既白”。心则随风景而去，苍茫不可知；或焚香静坐于寺院，“撷亭下之茶，烹而饮之”，物我两忘，身心皆空，跟和尚聊天，尽兴处，打个喷嚏也是诗。“古今往事千帆去，风月秋怀一笛知”，没有人能真正读懂他的内心。

自由、旷达、恬静、超然、洒脱，江山风月的主人跌宕出独一无二的高度和光芒。让志士敬，让小人妒，最高的威权也莫奈他何。

池岸断壁上，睡仙亭有石床石枕，醉卧过泛舟归来的诗人。多情的人早生华发，背倚绝壁，心头过尽千帆。听江涛高一声低一声，荆棘丛生的心，打开千古的怀抱，一如不系之舟。风生水起，宠辱皆忘，任音符的一江春水，沿着文字的阶梯，升华或沉沦。苦难是一种宿命，而永恒不需要证明。

那一夜，诗人面对大江长天，凝神伫立于船头。“濯长江之清流，挹西山之白云”，诵明月之诗，歌窈窕之章，纵一苇之所如，凌万顷之茫然。一袭衣髯飘逸，在漫江透明的月色里时隐时现。目光越过壁立的山峰，宽大的衣襟里，藏着如椽之笔。举手若电，寒气凛冽的长剑，从诗歌的战场划过。豪气在刹那间逼近，照亮了语言。莫大的痛苦与盖世的才气，惊呆了历代狷狂之士的眼睛，将一段绚烂的文学史凝固成赤色的坚岩。

厚厚一部宋史，苏东坡的一词二赋，横空出世，震古烁今。雄壮而悲凉的铁板铜琶，成千古绝唱。

乌台诗案是政治迫害，却成就了文化奇观。因为歌吟，苏东坡跌入人生的“井底”；同样因为歌吟，苏东坡攀上时代的巅峰。绝世的才情，让一个蛮荒之地，从此万树繁花，千年烂漫。

东坡“以才学为诗”，“其境界皆开辟古今之所未有”：

东坡词，一扫晚唐五代的绮丽柔靡之风，成为中国词史上豪放派的始祖。“词至东坡倾荡磊落，如诗，如文，如天地奇观”；东坡散文，平易自然，流畅婉转，比唐代散文更宜于说理、叙事和抒情；东坡书画，成就卓著，行书与蔡襄、米芾、黄庭坚并称“宋代四家”，是中国文人画的开山。

“黄州少西，山麓斗入江中，石室如丹，传云曹公所败所谓赤壁者。或曰非也。”（苏东坡《与范子丰书》）

曹公败北的赤壁在黄州之西乃属“传云”，“或曰非也”，却并不妨碍天才诗人的豪迈想象，纵情挥洒。

赤壁之于黄州的意义，不在地理，而在人文；不在赤壁本身，而在苏东坡的赤壁词赋。

茂林积翠，薄雾飘渺，故垒云烟如诗如画。夕阳照在赤壁，赤壁峥嵘而辉煌。

赤壁是苏东坡“一樽还酹江月”时的酡颜。

赤壁是苏东坡“倾荡磊落”的肝胆。

赤壁就是苏东坡。

长江依古城流过，水面浮着雾霭，含了浪漫的品质。月色将至，繁星现出微光。山岚、村庄、树木，对岸的灯火轻笼于空明。柔风在林中徘徊，相伴怀古的幽情。

争夺江山的豪杰随江山兴废，寄情天地的赤子与天地存亡。目光透彻波浪褶皱的重重黑幕，决然仰望的头颅上是夜空不灭的星宿。大江东去淘不走巍然的中流砥柱，无泪固守的尊严令未来的我们深情眷顾。

“世界的存在为了一本书。”（法·马拉美）

赤壁的存在为了苏东坡。

千年的大江，千年的明月，千年的东坡赤壁。千年的天空时晴时雨，千年的草木有枯有荣，唯千年的华章气贯长虹。

惠州烟雨

绍圣元年（1094）~绍圣四年（1097）

小楼一夜听风雨，晨起一城湖山如洗。

烟雨洇染着惠州，像丹青洇染绢绡。远处葱茏的山林、近处合流的江河、宽宽窄窄的街市、隐隐约约的拱门、老屋的飞檐、大湖的石桥……整个城市都化成流动的云霓，慢慢弥漫开来。白的淡然，黑的幽远，是湿润的唐诗宋词。

松林下迤逦一线沙痕，春水盈盈，烟横水际，翩跹几点飞鸿，长亭边的嫩柳染了微黄，怅然折柳的远客那是何人？长堤蜿蜒在绿波上，灰墙闪烁在古木中，小径铺满卵石，台阶结着青苔。一千年前的钱塘歌女，葬身在岭南的松林。僧人筑亭以覆其墓，榜曰“六如”。面对圣塔，日闻梵钟，“不负其宿性”（苏轼《与章质夫书》）。

墓茔沉稳，与闹市相对无言。

身体已凝成岩石，灵魂依然活着，歌女的目光忧郁而又明澈。冷风无声，瘦损了容颜。辜负了多少尊前花月，虚掷了大好青春。细雨湿了青衣，不放她双眉暂开。

“伤心一念偿前债，弹指三生断后缘。”（苏轼《悼朝云》）再没有执手，再没有伤别，再没有多情风月，但东风销不尽雪一样的记忆。那年出关，应该是而今的时节。钱塘是剑客的故乡，让放浪的诗人把功名换作浅斟低唱。侠义的痴心丽人，认定了不合时宜的诗人，不惜万里投荒。

> 长春如稚女，飘飖倚轻飔……瘴雨吹蛮风，凋零岂容迟。
>
> （苏轼《和陶和胡西曹示顾贼曹》）

从钱塘到岭南，是从繁华往凄凉的跌落；朝为云而暮为雨，印证了直白的偈语：如梦、幻、泡、影，如露，亦如电。

世事漫随流水，算来真是一梦浮生。

多少个日暮，驻马解鞍，投宿旅舍。孤馆双影对青灯，前尘往事，纷至沓来，几多柔情！如今，只有梦魂超越时空，暂返乡关。恍然惊觉，孤枕寒衾，灯昏人静，天色渐明，窗外雨潇潇。梦里不知身是客，别时容易见时难啊。

那是什么时候，江南正是芳香的春日，云青青兮欲雨，水澹澹兮生烟，船上管弦江面渌，满城飞絮滚轻尘，车如流水马如龙。孤舟泊在芦花深处，箫管响起，明月挂在楼头。那是什么时候，云鬓裁新绿，霞衣曳晓红，欲歌未歌，凝然立在翠筵中。神女若彩云，不知何事下巫峰。那是什么时候，为谁和泪，凭阑悄然独立。数枝梅花吐蕊，装点新春。那是什么时候，清泪划破胭脂，淡酒红了芙蓉，青女初至，悽然悲秋。画楼举杯，歌喉将啭，“枝上柳绵”不能歌：

> 花褪残红青杏小。燕子飞时，绿水人家绕。枝上柳绵吹又少。天涯何处无芳草。墙里秋千墙外道。墙外行人，墙里佳人笑。笑渐不闻声渐悄。多情却被无情恼。
>
> （苏轼《蝶恋花·花褪残红青杏小》）

“朝云不久抱疾而亡，子瞻终身不复听此词。”

诗人拙于谋身，直道而行，一再被贬，“多情却被无情恼”。声色艺慧兼备的歌女，拨动了诗人最深的心思。

“不合时宜，唯有朝云能识我；独弹古调，每逢暮雨倍思卿。”（苏轼）歌女奉侍诗人，诗人奉侍谁人？名满天下的诗人，不会不知道，朝云的命运，其实就是自己的命运；朝云的路途，其实就是自己的路途。

寺院的层门紧闭。庭院深深，断断续续的风，让庭前的落花徘徊。林花谢了春红，太匆匆。春天随春花的飘零远去，案上烛已残了，香已燃尽，香印成灰，心亦成灰。

长亭门外，望不断的远山遥岑。风回小院庭芜绿，年年春相续，自己却已不是当初的自己。雨打芭蕉，丁香兀自密集，白玉兰倚在窗口，常春藤爬上重门。何处的灯红酒绿，笙歌还在悠扬。无奈夜长人不寐，满腔悲怆无诉处，数声和月到帘栊。欲知方寸，又添几许新愁？夜已阑，人未老，竹影新月依旧，生命却走到尽头。晚凉天净，一任珠帘闲不卷。月华如水，空照湖山。

身世两相违，西流白日东流水。十二岁入苏家，二十岁为侍妾，三十四岁竟长去，带走了夫子的哀伤和病苦，连同妙曼的歌吟和灿烂的笑。与诗人始识于杭州西湖而永诀于惠州西湖，该是前生已定的安排。我禁不住不揣浅陋为之撰联：

噫，此亦一西湖，彼亦一西湖，此西湖何似彼西湖；
吁，穷其号东坡，达其号东坡，穷东坡依旧达东坡。

流光容易把人抛，红了樱桃，绿了芭蕉。人人唱着念着的情缘，任你反复咀嚼。情缘总在那里，却是说不尽道不明地等你来流连、来不舍，然后天各一方。情缘是床边的蝴蝶，总在你醒来的时候飞走；情缘是迷迷茫茫的烟雨，总在你张开手的时候飘逝。似即若离，欲说还休，情缘便成了一种情结，一个无穷解读的传说。

荷池边的石凳，怀抱琵琶的女孩长裙曳地。玲珑剔透的弦歌，像珠玉一样滚落。她在唱什么？没有人能完全听懂，却让人靠近了歌者的情怀。那些才子佳人的故事，已经唱了千年。那是此地特有的微笑，老了，有点苍茫，有点寂寥，但谁又知道，它不会无限复活？

绿阴如水，荡漾在空庭。因为静谧，美丽才熠熠发光。生命可以在绽放的时候绚烂，也可以在幽闭的时候端庄。钱塘歌女静静地立在南国的一隅，默读岁月的掌纹。错过的，拥有的，逝去的，怀念的，皆变得平静。也许在未来的某个时刻，琴瑟又开始玄妙，裙裾又开始飘忽，烟雨的路途依旧迷蒙如梦。

死者长已矣，生者常戚戚。此后天涯孤旅，倩何人、唤取红巾翠袖，揾垂垂老泪？

儋州夕照

绍圣四年（1097）~元符三年（1100）

宋绍圣四年（1097）的苏东坡，已年逾六旬，孤身携幼子，踏上琼海的万顷波涛。

宫殿的影子和仕途的华彩永远留在了身后，沉默中冰凉了灼热的额头。一叶扁舟颠簸于浪谷的幽暗，在痛苦的疲倦中想象：美不胜收！海上空荡荡，看不见南国的果实和花朵。涌浪击打着船帮，灵魂喜欢倾听。俯身向苦涩的海水，沉醉于咸湿的风，眼帘垂下，又悄悄张开，朝着星星陌生的标志。

海南儋县。望不到尽头的白沙地，似乎永远走不到尽头。偶尔才看见一个被刺竹和凤尾竹搂抱着的村庄的篱墙，偶尔才碰见一个从甘蔗林后面走出的戴着竹笠、挑着水罐或背着柴火的女人，偶尔才听见一阵拖着沉重的木轮车的牛脖子上寂寞的铜铃声。远远的天底下的山坡，飘着烧荒的青烟，微弱而淡漠。

> 一去一万里，千之千不还。
> 崖州何处在，生度鬼门关。
>
> （唐·杨炎《流崖州至鬼门关作》）

相去京城几千里的蛮荒之岛，是中原人眼中的天之涯、海之角。此间瘴疠尤多，去者罕有生还。俗谚："鬼门关，十人去，九不还。"唐宋流人迁谪蛮荒，经此而死者迭相踵接。有宋一朝，放逐海南是仅比满门抄斩罪轻一等的处罚。

此间食无肉，病无药，居无室，出无友，冬无炭，夏无寒泉，然亦未易悉数，大率皆无尔。

……

岭南天气卑湿，地气蒸溽，而海南为甚；夏秋之交，物无不腐坏者；人非金石，其何能久？然儋耳颇有老人百余岁者，八九十者不论也。乃知寿夭无定，习而安之，则冰蚕火鼠皆可以生。

（《答程天侔书》）

见不到之前的流人那样的落寞惆怅，那样的君国痴心，那样的悲怆沉郁。人们听到的只有高歌："他年谁作舆地志，海南万里真吾乡。"告诉亲人他准备好了"生还无期"，告诉友人"某垂老投荒，无复生之望，昨与长子迈决，已处置后事矣。今到海南首当作棺，次当作墓。乃留手疏与诸子，死则葬海外"。

"东坡自岭海归，鬓发尽脱。"（《山谷诗集注》）"余在海南，逢东坡北归……视面，多土色，靥耳不润泽。别去数月，仅及阳羡而卒。"（朱彧《萍州可谈》）

这是物质生命的苏东坡。

精神生命的苏东坡坚不可摧。

吾始至南海，环视天水无际，凄然伤之曰："何时得

出此岛也。”已而思之，天地在积水中，九州在大瀛海中，
中国在少海中。有生孰不在岛者。

“天地”“九州”“中国”不都是在“大瀛海”中吗？普天之下有谁不是“岛”上人呢！

秋多雨，闽粤商船不再南行，“北船不到米如珠”，他记述“阳光充饥法”：落入深坑的洛阳人模仿坑内蛙、蛇，吞食阳光，不仅因此获得生机，而且从此不知饥饿。“吾方有绝粮之忧，欲与过行此法，故书以授。”

他是美食家，很快就喜欢上了海鲜，煞有介事地叮嘱儿子保密：“恐北方君子闻之，争欲为东坡所为，求谪海南，分我此美也！”

自己采药，自己制墨，自己采茶，自己找水，有滋有味：“活水还需活火烹，自临钓石取深清。大瓢贮月归春瓮，小杓分江入夜瓶。”

活着却没有乐趣，在他是一件不可思议的事：“吾上可陪玉皇大帝，下可以陪卑田院乞儿”，“困厄之中，何所不有。置之不足道，聊为一笑而已”。

借我三亩地，结茅与子邻。
鴃舌倘可学，化为黎母民。

（《和陶田舍始春怀古》）

如果能学会“鴃舌”般的黎族话，他愿做黎母的子民。

他与黎人“华夷两樽合，醉笑一杯同”；在槟榔树下听农夫讲鬼怪故事；被逐出官舍就去当地学生家借宿；“偃息于桄榔林中，

摘叶书铭，以记其处”（《桄榔庵铭》），自贺“且喜天壤间，一席亦吾庐”；黎人送他黎被、吉贝布、制好的槟榔、刚刚猎获的鹿肉，他欣欣然：“遗我吉贝布，海风今岁寒”，“槟榔代茗饮”；他头顶西瓜走过田野，农妇笑他“内翰昔日富贵，一场春梦耳”。他开心地援以入诗：“投梭每困东邻女，换扇唯逢春梦婆。”他欣赏黎舞和黎歌：“暗麝着人簪茉莉，红潮登颊醉槟榔”，“蛮唱与黎歌，余音犹杳杳”。他指地凿井，让远近乡民一改饮用咸滩积水致病的陋习；他苦口婆心地说服黎人改变“不麦不稷”“朝射夜逐”的单纯狩猎，重视农耕，以使“其福永久”（《劝和农六首》）；他在这片文化的荒野上开疆拓土，办学堂，介学风，“琼州人文之胜实自公启之”。儋州因他而诗风大盛。东坡话、东坡村、东坡井、东坡田、东坡路、东坡桥、东坡帽，表达出人们对文化开拓者的缅怀。

站在文化的角度，被流放者是胜利者：失去了帝王的恩宠，得到了民众的爱戴。

潮汐充满心灵，把峭岩、海湾、闪光、阴影和黄昏时分轰响的波浪，带到静寂的荒漠之乡。天涯眺望，心在岁月的折痕里展开，比沉睡更接近死亡的伤痛绵延衰弱的肉体，光爬行在臆想之外，以梦的权利，保留最后的真实。苏醒是不死的诗歌，很亮，很清晰，寒光闪烁，长驱直入，与混浊的世界短兵交接。

什么是苦难？什么是禁锢？一切取决于内心是否丰富，抑或，被空虚占领。

没有谁能击垮苏东坡的骄傲。乐天的、嗜酒的、洒脱俊逸的大文豪、大书法家、大画家、大政治家，视死如归，把海南当作了展示冠盖群伦的天才的舞台。

三年，一百四十多首诗词，一百多篇文、赋、颂、记，四十多封书信。撰《书传》，编《志林集》，修订《易经》和《论语说》，完成《五经》注释。见识了明月鸟和狗仔花，衷心叹服政治对头王安石的渊博。训练儿子成为出色的诗人和画家。他是文学史上第一个对陶渊明的人品、作品推崇备至的人。一百多首诗中，有一百二十四首是“和陶诗”。诗歌经历唐代瑰丽、工整的发展，陶渊明那种天然去雕饰的朴素美学风格重新得到他的创造性阐发。“陶渊明、柳子厚之诗，得东坡而后发明。”（宋·张戒）“寄示东坡岭外文字……使人耳目聪明，如清风自外来也。”（黄庭坚致友人书）“东坡文章，至黄州以后人莫能及，唯鲁直诗时可以抗衡。晚年过海，则鲁直亦瞠乎其后矣！”（朱弁《风月堂诗话》）

生存下降到唯求苟活的程度，艺术上升到登峰造极的境界。儋州谪居，是苏东坡创作的又一次飞跃。

接近人生尽头的这段海南流放，让苏东坡的文学成就远远地走到了同时代人的前面。

终于要走了。以花朵的方式说话，句句芬芳：“我本儋耳人，寄生西蜀州，忽然跨海去，譬如事远游”；走到江苏，人问“海南风土人情如何”，他答“风土极善，人情不恶”；走到镇江，他《自题金山画像》：“心似已灰之木，身如不系之舟。问汝平生功业，黄州、惠州、儋州。”曾先后担任过的翰林学士知制诰、当时摄政的皇太后的秘书以及兵部和礼部尚书之类，皆不值一提。总结海南三年，他写道：

参横斗转欲三更，苦雨终风也解晴。
云散月明谁点缀？天容海色本澄清。
空余鲁叟乘桴意，粗识轩辕奏乐声。
九死南荒吾不恨，兹游奇绝冠平生！

（《六月二十日渡海》）

这是诗人最后一次北渡。在这一次"冠平生"的"奇绝"漫游中，他的确不输于"乘桴浮于海"的孔子和"九死其犹未悔"的屈原。

相对于中国历代的无数诗人，他的心灵一直到死都像天真的孩子，而他的性格、情感和智能却又有着无可比拟的优异。

> ……终其一生他对自己完全自然，完全忠实……他没有心计，没有目标，他一路唱歌、作文、评论，只是想表达心中的感受……永远真挚、诚恳，不自欺欺人。他写作没有别的理由，只是爱写……从来不因自己的利益或舆论的潮流而改变方向……他固执、多嘴，妙语如珠，口没遮拦，光明磊落；多才多艺，好奇，有深度，好儿戏，态度浪漫，作品典雅……讨厌一切虚伪和欺骗……向来不喜欢作态……他快快活活，无忧无虑，像旋风般活过一辈子。
>
> （林语堂《苏东坡传》）

一个完全独立的人格。

一个难以攻破的精神堡垒。

一个在地狱里也能活出天堂滋味的精灵。

黄州——惠州——儋州，三次贬谪是三次巨大的创痛，且一次比一次艰难。以此作为一生功业，几近黑色幽默。

自己的诗成了自己的文字狱。北宋天空上一轮诗词的秋月，清影飘忽。戴竹笠，踏木屐，平平仄仄，且行且吟，不在乎急雨穿林打叶，只一味悠然自得地吟咏，就算失去了所有的拥有，也不忘记仰望天际，信步归去，既无所谓风雨，也无所谓天晴。

人格的自尊和优雅，人生观念的超脱和优越，是苏东坡留给后世的最大财富。

九百多年后的一个傍晚，我来到儋县中和镇外这个靠近黎族村庄的院落。就要在苍茫的海那边沉落下去的夕阳，斜照着这片黑灰色的断垣残壁。载酒堂门头写着“海外奇踪”，已被岁月剥蚀，残破而倔强地说着什么。

死亡已经临近。伟大的生命在海南留下的是生命的夕照。那一抹极其绚丽而又温暖的光辉，照耀无尽后世。

黄昏时分如此寂静，海的回音，阴沉的深渊的音响，和那反复无常的激情，刹那止息，蔚蓝色的波浪闪耀着神圣的亮光。大海威严而深远，什么都不能使它屈服。

人走了，诗没有走，酒香书香如故。旷达的歌者永远不会消失，他把自己的桂冠留在了世上，给在滚滚红尘中挣扎的我们指出奔向无忧无虑的路径。

八千里路云和月

车出新郑机场，尽管是夜间，也能感觉到处在内陆季风气候中的中原，漫天扬着雾一般的沙尘。

中原！

绝大部分中国人祖居的中原，绝大部分中国历史政治、经济和文化中心的中原，华夏民族摇篮的中原，“得中原者得天下”的中原。

曾经鼙鼓与号角交响、金戈与铁马撞击、寒风与旌旗纠结的中原，曾经尸横遍野、血流飘杵、惊天地泣鬼神的中原！

狼烟滚滚，群雄逐鹿，几度荒了桑田的中原；弯弓铁骑，把雁门踏破，热血男儿，把酒雄关挽狂澜的中原；悲夫仰天，壮士长啸，英雄浩歌的中原！

此行的目的地是汤阴。汤阴是岳飞故里。

高速路像一柄长剑，横亘中原，直插茫茫暗夜，直入历史腹心。思绪随疾驶的车轮一起飞奔，穿越时间，穿越空间，穿越不堪回首的历史疼痛。

那时的中原，荒烟笼罩城郭。当年的花遮柳护、凤楼龙阁都不见，只有铁蹄满郊畿，千村寥落。兵安在？膏锋锷。民安在？填沟壑。潇潇雨后，谁人凭栏，怒发冲冠，壮怀激烈：靖康耻，犹未雪；臣子恨，何时灭！但得请缨提锐旅，一鞭直渡清河洛，把破碎山河，从头收拾！

我对岳飞的无比崇敬，始于儿时，始于岳母刺字“精忠报国”，始于“撼山易撼岳家军难”，始于“文官不取钱，武官不怕死，即太平矣”，始于风波亭的千古奇冤。

岳飞出生在两宋交接这样一个风云变幻的年代，在南宋一百五十余年的黯淡岁月里，如流星刹那划过，瞬间陨落。他给这个世界的历史太短了，只有三十九年！

这是岳飞个人的悲剧，是南宋那个“自坏汝万里长城”的偏安朝廷的悲剧！更是华夏民族精神历程的悲剧！

中国的历史，夏商周、秦汉三国、魏晋南北朝、隋唐五代、两宋辽金、元明清，每个时代都有不同的特性。任何一个朝代都不缺少经天纬地的人物，不缺少顶天立地的英雄。中华传统文明里慷慨悲歌之士的经典故事令我们荡气回肠。即便在靖康之乱中依然产生了华夏精神的典型代表——文武皆备、精忠报国、气贯长虹的岳飞。

南宋是个极为尴尬的朝代。应该说，宋朝在政治、经济、军事、科技、文化诸领域都曾达到过前所未有的历史高峰。北宋至少在赵匡胤和前几代皇帝的治理下曾经繁华灿烂过，而南宋从诞生之日起就萎靡不振，终因不图进取而自戕灭亡！以至于南宋出现的英雄们是如此的显眼。盖因为南宋的悲剧，注定了那么多悲情英雄的出现！

岳飞的为人和品行是许多人无法比拟的。他廉洁奉公，全家均穿粗布衣衫。他与士卒同饭，与士卒同住茅屋军帐。他的财产只有三千贯（约合二千多两银），南宋对军队犒赏极厚，岳飞从来不取一文，全数分给将士。他直言不讳，行若明镜。他严以律己，厚以待人。他令出如山，赏罚分明。他文采横溢，儒将风范。他武艺高强，武略非凡。他身先士卒，战功卓著。他卫国尽职，事母至孝。他不纵女色，不图安逸……在他身上，几乎浓缩了中华民族所有的传统美德。

然而，这个上天恩赐给南宋的救星，竟被以“莫须有”的罪名扼杀。真是苍天弄人！岳飞之死，敲响了赵宋王朝的丧钟。西子湖畔，歌舞升平，靡靡之音，床笫之乐熏酥了文武官员的筋骨，最终演变成崖山之败。

宋亡之后是长达八百多年的黑暗。岳飞死后，对外，汉族王朝不再是一个经济繁荣、文化科技异常发达的神圣不可侵犯的强大国度，九州大地长期浸泡在屠戮压榨的深渊之中，丧失了领跑世界的大国地位；对内，强悍的民族气质被屠刀杀灭，奴性膨胀，道德沦丧，人格分裂，开了积贫积弱的祸端。

岳飞作为汉族王朝最后的英雄部落的典型代表，他之死乃是包括华夏各民族在内的中华文明整体的悲剧。岳飞之死颠覆了华夏民族传统优异的价值观念,杀害岳飞实则是折损民族的脊骨。血性一次次被嘲讽,忠勇正气一日日衰微,越来越多的人灵魂和身体分裂，越来越多的中国式智慧蔓延滋长，把“好人不得好报”“好死不如赖活着”奉为人生哲学。官场则奉行“淘汰清官定律”，清官举步维艰，贪官如鱼得水，君子获罪，小人得志，成了劣性竞争的舞台。越是心狠手辣背信弃义表里不一如赵构、秦桧者越可能取得成功，而越是忠直仁爱如岳飞者越容易遭到惨败。宋以后的伪文化为日后的汉奸卖国贼的滋生准备了土壤和温床。谁能说抗日战争期间出现那么多大大小小的汉奸，纯属历史偶然呢？

在世界历史的漫漫长河中，亡国事件不胜枚举。但像南宋这样的灭亡仍不失为一个异数。落日余晖，亦足令后人羞愧难当。悲悼英魂，真是不胜唏嘘。

所幸的是人民的意愿从来都不可违拗，人民的意志更不是暴力所能征服。对于岳飞，人民的怀念、人民的崇拜、人民的珍重，在世界史上都是罕见的，已成为一种历史奇观。

汤阴的岳飞故居和先茔，安卧在浑朴古老的乡土中间，皆由乡人建造和看护。其修缮和看护之责代代相传，延续至今，并将永远。此间的石碾、木盆或牛槽无从考证，历经过泛滥的洪水或烽火，会在原野的麦香和民族的史册里永存。

无言地徘徊在岳飞故乡的村路上，我可以如此清晰地感受到岳飞的气息、脉搏和性格。

岳飞生前，关于其性格的描绘，屡见于朝廷颁发的制告："岳飞秉毅忠纯，赋资沉毅，自奋勇于行阵，久宣力于方维。"（《镇南军承宣使充江南西路沿江制置使告》）"岳飞精忠许国，沉毅冠军，身先百战之锋，气盖万夫之敌。"（《清远军节度使湖北路荆襄潭州制置使特封武昌县开国子食邑五百户食实封贰伯户制》）"岳飞才全果毅，资禀沉雄。"（《两镇节度使加食邑制》）"岳飞策虑靖深，器资沉毅。"（《四年明堂加食邑五百户食实封贰伯户封如故制》）"岳飞忠力济时，忱诚徇国。沉勇多算，有马燧制敌之机；廉约小心，得祭遵好礼之实。"（《检校少保加食邑制》）等等。《朱文公文集》张浚行状说："公于诸将中……岳飞之沉鸷，可倚以大事。"邵缉向宋廷举荐岳飞时，说他"骁武精悍，沉鸷有谋"。吴拯记载，岳飞"居洪一年，下士好询，而酬酢则不苟答"。岳珂为祖父所写的传记说，"先臣少负气节，沉厚寡言，性刚直，意所欲言，不避福祸"。岳飞平时沉默寡言，一旦有话，又往往言简意赅，语次间微见其端，令闻者悚然。

岳飞的性格，岳飞的“沉雄”“沉毅”“沉勇”“沉鸷”，某种程度上就是内蕴深沉的中华民族的性格。

人民的力量使华夏原生文明即便遭遇灭顶之灾，仍能将对英雄的珍重根植于民间回忆。而对英雄的崇拜又转化成巨大的凝聚力量，使华夏民族在屡遭巨创之后，仍能保持自己的文化根基。中华民族的脊骨可以折损，却永不会断裂；中华民族的命运可以挑战，却永不会屈服。

朱元璋在读岳飞手迹时曾写下“纯正不曲”的批语，并将岳飞列于帝王祠之列。

岳飞无愧。

帝师末日

喧嚣的温州进入静谧的文成。这里青山高、绿水长，有暖暖远人村、依依墟里烟。这里土地平旷，屋舍俨然，有良田、美池、桑竹之属。阡陌交通，鸡犬相闻。其中往来种作男女，神色拙朴。

从静谧的小城走进幽深的百丈漈峡谷。这里巨石盈川，古枫蔽天。这里巍峨山脉参差迤逦，黄金水道淌玉溢彩，变幻四季飞红点翠。这里的瀑布称“天下第一瀑”，从二百多米的绝壁飞流直下。

从幽深的百丈漈峡谷攀上陡立的通天岭。这里已是海拔六百米的高处，这里竟是一片广阔丰腴神奇的平原，这里的田亩千年不旱万年不涝。南田就在这片平原上。

南田是大明元勋刘基的故乡。

偶尔闻知《推背图》和《烧饼歌》。刘基自己的《行状》说他年十四即从师受春秋经，且“默识无遗”。他身居元之乱世，为官却刚毅不避强卫，以谠直闻于同僚，不惜退隐，具战国豪士之风；他按时序名列吕望、张良、孔明之后，尽心辅佐，出谋划策，西平江汉，东定吴都，然后席卷中原，一统天下；他精通易学，识整体，辨阴阳，明天道，观气象，知象数。天文、地理、兵法、谋略，皆了然于胸。寰观天下，洞悉变迹，掌握先机，能测未来天下大势流变恒数百年。他的一生都在为戏剧的一个又一个高潮埋下伏笔，最后的谢幕却依旧未免让人慨叹唏嘘。

我们来时恰值正午，日光灿烂箭镞般锐利。南田镇新楼如队列，新街如刀切。开启的商户寥落，古树下枯坐的老者苍黑一如虬枝。今人不见古时日，今日曾经照刘基。故居早已腐化于尘土，三十六座墓冢不知哪一座藏着真实的尸骨和黄金铸造的头颅。黯淡了记忆的辉煌，“帝师”与“王佐”的牌楼空余在与乡民杂处的庙前。唯村背镌刻了《郁离子》的水岸长廊或可流连。那一年，刘基就是从此迈过单拱的石桥，走出青山，走进苍茫江湖。

高山峡谷的苍松翠竹，以及白色的雾气，皆相当明丽。挥一挥长袂，拜别故园。在这之前他与乡邻对酒当歌，高谈阔论。有谁知道，何时会在他坟前弯腰掬酒？

月快落下。

点点寒星中，他消失在江湖。

天下风云出豪强，一入江湖岁月催。号角响起的时候意味着决绝。回首，无尽的苍穹，无边的落木。有江湖就有恩仇，江湖就是恩仇。没有人知道自己将怎样投入血腥。

漆黑的夜，争夺江山的利剑正在接近咽喉，血溅在胸前，鲜艳若桃花盛开。

他无法不为之动容。目光比剑冷，脸上充满疑惑。剑垂在地上，剑渗着血。

帷幄运筹决胜在千里之外，雄图霸业也许在谈笑当中。而人生，最终不过是一场宿醉。

他的脸苍白。他不应该去到江湖。江湖冷酷，再信誓旦旦的表白也不知道什么时候会被弃之若敝屣，也许就在决胜一剑的刹那，他已经失去看似最可倚仗的宠信。

霸主没有朋友，只有这样才可以纵横江湖。

而他太虚弱，禁不起江湖风雨，江湖是适者生存的地方。成为英雄的路很遥远，遥远得让他早该放弃那个梦。置他于死地的与其说是凶险的毒药，莫如说是粗鄙的猜忌。

倒下的瞬间，历史看到了他的目光：惊惧。无助的眼神，回荡在时空，分外凄厉。

人们说，他对前后五百年的沧桑洞若观火，却似乎未能预见自身的命运。

他是大儒，不乏“天下有道则显，无道则隐”的心志；他心仪庄子，《郁离子》的取材多有依傍；他的诗文时有陶渊明的超然飘逸，时有白居易的经世致用。他岂能不明白进退的道理，也并非没有过徘徊的惆怅，最终却相信了自己预知的智慧。

他成于这智慧，也亡于这智慧。

他是那么爱恋并且歌吟过自己的故乡：

悬崖峭壁使人惊，
百斛长空抛水晶。
六月不辞飞霜雪，
三冬更有怒雷鸣。

如此青山去何为？莫非真只为认定并屈服于其实无可捉摸的天数？

也许是缘于对自身的偏爱，他才奔赴。就像我们每一个人，就像每一个人最初的理想。

漫长的人生，磨尽最初的喜悦与热血。霜雪和怒雷，打在我们每一个人身上，也打在刘基身上。百丈漈直插青云的峭崖，有如背负长剑的孤客，落寞在天涯，兀立成一种悲壮。只有到了饮恨苍天的时候，方才真的明白，天地间最可托付的，永远是大自然的怀抱。

拜谒李时珍

静静地站在雨中的长廊，遥望神圣。

蕲春，处吴头楚尾，扼控长江。山区层峦叠嶂，峡谷幽深；丘陵岗峦起伏，绿树成荫；平畈湖泊棋布，港汊纵横。山川秀美而神秘，人文丰沛而多彩。

竹林湖村。一个翡翠般的山谷，满是苍劲的树、怪异的竹、迷蒙的云、甘甜的泉、碧绿的水。莲叶上溅着雨花，遮住一湖天光云影。含苞的花朵，带着艳丽的霓裳，相守明镜。

巨大的香鼎排列在开阔的山麓，万绿丛中的高处，安卧着圣者的灵魂。

“李时珍”，一个自幼就耳熟能详的名字。

想起我的表叔，一个老迈的中医。几重几进的幽深老宅，洗药的天井，煎药的作坊，堆药的库房，长年累月氤氲着浓浓的药香。表叔端坐于店堂，周边是一圈紫檀的书架，架上满是靛蓝灰白的线装古籍。中堂黑色的金字招牌下，挂着“李时珍”画像：褐色的高筒帽，蓝色的大襟袍，清瘦的脸上尽是忧戚。这清瘦与忧戚似乎随医道一起传承，画像下的表叔亦是此般的清瘦此般的忧戚神情。在一张纹脉清晰的紫檀桌上，青筋毕现的手，苍白而温暖，把握一个个问医者的脉息。偶尔的询问和叮咛，轻得就像亲人的耳语。仿佛踏进的是森严的殿堂，人们一个个恭恭敬敬地弯腰进来，又一个个唯唯诺诺地躬身出门。门外车如流马如龙，门内古炉香烟静如海。

表叔是李时珍私淑的弟子。

一条古老的石路，横跨了数百年，我在路这端，圣者在路那端，我们彼此深情凝望。曾经瘟疫弥漫了你的眼神，多少亡灵，拥挤着天空。风雨的哀怨，堆满大地。在沉重的呼吸里，枯瘦的村庄摇摇晃晃。日子硬撑起呼吸，苦等着一剂良药。困顿的五脏六腑深处，期盼着望闻问切的祥符。多少颤抖的呻吟，渴望着一个身影：一个杏林春暖的身影，一个悬壶济世的身影，一个妙手回春的身影。

皇家宫殿的丹炉滋补着后宫的风韵，孙思邈的“大医精诚”成为谄媚和争宠的工具。医者高洁的襟怀岂能玷污，决然走出堂皇的宫阙，回到久别的故土。

夫医者，非仁爱之士不可托也，非聪明达理不可任也，非廉洁淳良不可信也。是以古之用医必选明良，其德能仁恕博爱，其智能宣畅曲解，能知天地神祇之次，能明性命凶吉之数，处虚实之分，定顺逆之节，原疾病之轻重，而量药剂之多少，贯微通幽，不失细少。如此乃为良医。

国之医者，承载了太多人的命运。怀抱仁心，步履蹒跚，在苦难的漫漫长路，愿为百姓守候一生。

配伍草根、花朵，调制天象、雨露，“八月断壶”（《诗·豳风·七月》）装满了天人合一的玄机。眯着洞烛幽微的眼睛，悉心净化天下的纷乱与尘埃。五千年文明煨出的性情，看上去依然淡定。目标是行动的源泉，使命是肩负的道义。探索的道路，举步维艰。我不入地狱，谁入地狱。智者姿态安详。背负神农氏的典籍，“搜罗百氏”，“采访四方”，寻寻觅觅踏遍山野。点一盏虔诚的灯，一路前行，让芒鞋踏破。滚滚红尘之外，是人间天堂。

攀上高耸的断崖，潜入无底的山涧，从荆棘深处背出一篓又一篓救苦救难的“仙草”。敞开胸膛，揽尽大地的远山近水，只看到香气在飞，心灵清如止水。

太阳升起的每一个新的日子,生命都正在苍天的子宫着床。在无边无际的时间与空间，一个又一个生命的洪亮声音，如黄钟大吕振聋发聩。一茎草的萌芽，在脸上积蓄着力量。于是穷搜博采，芟烦补阙，历三十年，阅书八百余家，稿三易而成《本草纲目》。苦行者的智慧，滋润了草的色泽，流溢着草的芳香。在众人的仰望中，研磨天地的精华，抚慰百姓的切肤之痛。草、木、菜、果、谷是五部兵权，刀剑斧戟斩杀世间一个又一个邪恶的梦魇。

龟裂的纹脉,写意出尊容；一纸药方,点缀出专注的神情。羸弱而坚韧的手指，调和阴阳，由表及里；心无旁骛的针灸，以谦卑的姿态，直刺生之命门；流不完的汗水，炮制“神膏”，敷上肿胀的苦难；不吝惜的热血，祛散肆虐的“伤风”，让涌动的脉搏，流出欢快的福音；于是滚沸的鼎釜里一缕清苦的味道，泽润了天下的老弱贫疾；于是百草温汤融入子孙的血液，而“李时珍”，刻进华夏永恒的记忆。

清为天,浊为地,阴阳分为两极。李时珍的脊梁始终那么高，又那么低。民族记录下了一个伟大医者朴素的背影。

曾几何时，时光抛弃了记忆，灵魂的花朵，一片片凋落，一片片残红惊心。传媒与骗子合谋，金钱与谎言同在，良心失去了天平，潮流的风向偏离了岐黄道中的准绳。医疗成为产业，病患成为商机，天价挟持“药王”，医患对立如仇雠，多少生机尚存的躯体，痉挛在生命的黄昏。世风及此，已近“匪我言耄，尔用忧谑。多将熇熇，不可救药”了。(《诗经·大雅·板》)

拯救世道人心，刻不容缓。

招魂的旗幡在寻找灵魂的医师。“李时珍”,远不止仅仅等同于《本草纲目》，是永远的经典，更是一个符号，一个民族的魂魄。

静静地站在雨中的长廊，遥望神圣。

心在呼唤：

李时珍，魂兮归来！

映秀：凤凰涅槃

天崩石

走 213 国道进汶川映秀镇，从抢修出的临时便道绕过在地震中拦腰断裂坍塌的百花大桥，前行不远，就可以看见站立在路边的“天崩石”。2008 年 5.12 大地震瞬间，这块长十一米、高八米、宽三米的巨石跳出大山的怀抱，从天而降，面朝震源，雷霆千钧地倒插在岷江和都汶路之间。如今，上面被凿下了巨大的深深的“5.12 震中”字样，成为映秀地震的标志。震源点就在路另一侧的大山里，从这里爬上去，来回至少需要大半天。因为日程紧迫，只有放弃上山的念头。

机会却不期而至。到映秀的第二天下午，过牛圈沟，在上游的堰塞湖边，一个骑摩托的苍黑汉子让我坐在他身后，抱住他的腰身，沿着蜿蜒在悬崖边的羊肠小道，把我带上数百米以上的山坡，来到一个峡谷的顶端。

漠然地呈现在眼下的，便是当地人所说的莲花沟——汶川大地震的震源中心。

将近两年前的那个突然来临的天翻地覆的时刻，所有的山体都疯狂地跳动起来。尘雾和巨响让天地之间一片黑暗。原本的一座高山凹陷下去，硬生生造出了一个盆地。震源就像是一个活火山，山一般大小的巨石喷出数百米高，坠落到山脉的东侧，在山腰上砸出巨大的疮疤，又极速弹射，在峡谷的两端弹跳，一路飞驰而下，两边的山头都被这些飞来的巨石削平，在几秒钟里几乎填平了百米深、数里长的峡谷，先前高一百多米的瀑布刹那间变成了十几米。山上山下，人类用千百年的劳作积累的全部财富顿时变成灰烬，人类用千百年的繁衍创造的多少生命顷刻化为鬼魂。

整个世界瞠目结舌。

把我带上莲花沟顶的这位苍黑汉子当时正在地里干活。等一场昏天黑地的噩梦过去，他看见先前大树参天、梯田层层的山坡像被刀削过似的变成了光洁雪白的莲花瓣的形状；他的依靠在山坡上的木石结构的老屋完全坍塌，父母和妻儿已永远离去。我知道，在灾区，不该随意去触碰那些沉浸在深邃黑暗中的伤痛，这些是他主动告诉我的。说这些的时候，我们就站在那幢老屋的废墟前。他很平静，他已经有了足够的坚强面对命运恩赐给他的日子。用摩托运送外来人上山下山，是他现在的生计。他相信，日子很快会好起来。

在山下临时搭起的棚子里，他让我喝当地人自己炒的茶。在映秀，几乎每个上年纪的农民都会自制这种小叶苦丁茶。这种茶初喝苦涩后味甘甜，有一个好听的名字，叫“青山绿水茶”。

我没有问他的名字，在映秀，你遇到的任何一个当地人，都可以说出一连串撕心裂肺的故事，每一个人又都可以是一连串惊心动魄的故事的主角。我看着他苍黑的脸：质朴、沉郁、忧伤，但不失坚忍。

让我想起那块巍然矗立在江与山之间的天崩石。

格桑花

断裂的百花大桥桥头，张家坪村的山坡上，平整出了一个停车场。周边有一排当地村民的小摊，卖香火、蜡烛、菊花、地震主题的照片和 VCD，都与“地震”和“死亡”有关。

其中有一个是她的摊位。

她父亲是汉族人，母亲是藏族人，她因而有两个名字：一个是父亲取的，叫“许红艳”；一个是母亲取的，叫“格桑静珠”。她出生的时候，家里很穷，父亲把她送出去，母亲不舍，抱回来；后来母亲也觉得实在养不活，又把她送出去。这一次是父亲不舍，再次把她抱回来。那一年，岷江爆发大洪水，父亲把先前给她取的“许红艳”改成“许洪燕”，说，你命大，就像洪水里飞出的燕子。

她喜欢父亲给她改的这个名字，愿意别人喊她“许洪燕”。她真的像她父亲希望的那样要强。初中毕业就出去打工，在四姑娘山旅游区的一家饭店做服务员，后来升了领班，后来又升了副经理。再后来她去一个建筑工地看表姐，认识了现在的丈夫，他在那个工地当一个小头头。

是他缠上我的，她笑说。我们都听出来她心里的喜欢。后来她就放弃了“副经理”，去了丈夫打工的工地洗衣做饭，后来就有了现在的女儿。再后来，就是地震。丈夫留在工地赚钱养家，她带着女儿回了映秀，摆了这个摊位。丈夫是内江人，我们问她为什么没有去内江，她低下头，沉默了好久，终于仰起脸，说：我要陪他们。地震的时候，他们都在屋子里。

我们沉默了。“他们”当然是给她取了“许红艳”“许洪燕”名字的父亲，给她取了“格桑静珠”名字的母亲。

她喜欢“许洪燕”这个名字，她其实也喜欢“格桑静珠”这个名字。

因为，她喜欢格桑花。

我是在援建工作组办公室看到了她绣的羌绣来采访她的。那幅羌绣被一个玻璃框装饰着，放在最醒目的位置——洁白的棉布，羌族特有的深红丝线，单线条的一枝扭曲枝丫加上几朵单线条的花蕾，上面是几行同样是深红的歪歪扭扭的文字：

你的关怀
让受伤的花也绽放如此的美丽
愿天下好人一身平安

其中“一身”该是“一生”的误写。那朵枝丫扭曲的单线条的花，是照一个“格桑花”的花样绣的。

我大约知道，在藏语中，“格桑”是幸福的意思，在藏族人眼里，从高原杜鹃、雪莲、波斯菊到一般叫不出名字的野花都可以叫“格桑花”，藏语是“格桑梅朵”，代表着所有的美好：朴实无华、纯真自然、爱情和幸福吉祥。

格桑花是藏族人心中最美丽的花。

去年中秋节，援建工作组给张家坪各家各户送月饼。那天以后，许洪燕五岁的女儿一见到他们就喊“月饼叔叔”。许洪燕的报答则是绣了这幅羌绣，带着女儿直接送到“‘月饼叔叔’办公的地方”。

“我从来没有做过刺绣，是找同村的羌族人一针一线学的。那个花样，会绣的只要两三天，我绣了二十天。绣得不好，也不怕见笑。”许洪燕看看我们，脸上浮起一片红晕。

静静地看着这个瘦小精干的女孩——她真的还像个孩子。她就是一朵格桑花啊。

小风车

映秀镇北面，当地人叫作“大坡”的半山坡上，是人们自发建成的“汶川 5·12 特大地震遇难者公墓”，站在这里可以俯瞰整个小镇，同时在小镇的任何一个角落都可看到这个公墓。

日渐增多的墓碑，被擦拭得一尘不染。墓碑只是一种纪念，墓碑下安息的并不是墓碑上写着的那个人。祭奠的蜡烛在风中颤抖，烛火熔化的烛泪，不断滴落在尘土中。鲜花纸钱包围下的一排排土丘，苍凉地张望着面目全非的往日家园和幸存的亲人。

今年六十九岁的老胡和六十五岁的老马，是守墓人。从去年 6 月公墓正式命名的那天起，他们就开始了对映秀地震遇难的数千亡灵的陪伴。

老胡和老马的家就在公墓两三百米开外的渔子溪村板房。每天天一亮，他们就各自扛着扫把走出家门，从村口的台阶清扫到山下公路。天色渐晚时，便将散落的纸钱归拢焚烧，将熄灭的蜡烛一一点燃。没有人给他们考勤，他们都没有手表，山下临时学校的音乐响起时，他们就回家吃饭。老马不会抽烟，口袋里却装着打火机，有吊唁者焚纸烧香，他就主动递上。

每天不断有全国和世界各地的人来这里祭奠。老胡和老马静静地注视着人来人往：一个每星期都来的镇干部，怎样在九岁女儿的墓碑上一笔一画刻下“家之伤，永难忘”；一个映秀小学的女教师怎样在年前把花花绿绿的贺年卡，洒给九泉之下的老校长和学生们。还有那只小风车！那只画着向日葵图案的七彩的小风车，每当风起，便飞快转动。风车后面不是笑脸，是冰冷的墓碑。

墓碑记载得很清楚：墓碑下的女孩，遇难时差二十五天就是六岁生日。老胡和老马再不会忘记，2009年大年三十，一对年轻夫妻是怎样互相搀扶着举着那只小风车爬上大坡，丈夫一声不响，妻子哭得死去活来。大年初一，映秀飘雪，本可以不出门，老胡和老马还是去了墓地——为的是掸落小风车上的积雪。

那只小风车让他们时时想起十一岁的孙子和十二岁的孙女。老胡只知道孙子埋在墓地第一排，不知道具体位置；而老马孙女的遗体，始终没有找到。

半夜醒来，他们常是泪流满面。

四面群山飘浮着雾岚，耀眼的阳光中仍有一丝丝寒意袭人。

岷江和渔子溪河在山下滚滚奔腾，激流声依旧。我在凝望中倾听，在倾听中沉默，在沉默中流泪，为那些逝去的生命和美好。

“映秀”，这地名让人想起婉约婀娜的南国女子。群山环抱，林木葳蕤，常年郁郁葱葱。茶马古道，隐约在山间。岷江从高高的雪山飞流直下，一路欢歌，穿镇而过，至镇中心，又有渔子溪河加入合唱。映秀人曾经很满足，自以为是世外桃源。

地震让所有这一切在瞬间粉碎。多少繁华成为乌有？多少人家阴阳两隔？多少白发人送黑发人？映秀还会有喜庆的日子吗？

映秀是不幸的。关于这场地震，人们已经知道了太多，太多的血，太多的泪，太多的遗憾，太多的不堪回首。

映秀又是幸运的。地震让全中国、全世界一下知道了这个深山里的小镇。来自全中国、全世界的爱组成滚滚的洪流，源源不断地涌向震中映秀。

又一个春天来了！谁也不能泯灭的生机正在蓬蓬勃勃地涌现。即便是在山体崩裂中折断的树木，也冒出了碧绿的嫩芽。最想象不到的是，蓝天白云下，堆满乱石的山坡上，这里那里，到处挺立起一蓬蓬、一簇簇的油菜花，在渐渐热烈的阳光下，格外的鲜艳而明亮。是谁人播撒了种子？该是遭受了巨创的大地母亲明媚的微笑吧！

墓地上的那只小风车仍然像当初一样，每天不停地随飞驰的时光飞转。而照耀在上面的太阳，每天都是新的。

冼星海故地

榄核镇。充足的阳光，丰沛的雨水，滋润着一方得天独厚的沃土。唯一的小丘下的三角洲平原，到处是蔗林和鱼塘。无数水流，自上游至下游呈树枝状优雅地分布。沙湾水道和潭洲水道，在这里注入榄核河，迤逦进入浅海水道，不倦地游向远方，去叩问海洋，追寻知音。

我们来时，南国花事正盛。南亚热带的季风，拂动无边的水杉和棕榈。木棉艳丽欲滴，玉兰丰腴轻颤，雄性的剑麻在热烈地呐喊。火焰一样的三角梅，开满了篱墙。

湴湄村。“湴”者泥淖，“湄”者水岸。村庄和林地都在河边，远处河上的桅杆，飘忽地摇曳。河湾的芦苇丛，是温情的问候。那么深的蕉林，那么清亮的溪流，那么清亮的溪流蜿蜒环绕那么深的蕉林。村庄在密密的叶丛里柔若无骨。这里没有城市沦落的喧嚣和大红大紫。扎水寮不见了，泥墙茅屋尚有遗存，蕉林中的河涌、祠堂边的墟市还在。人们耕种、读书、看云，老人们照常坐在老树下啜饮新茶、啜饮从前。孩子们在春光下的相思林奔跑，那么清洁的歌声，穿过行云流水，没有尽头。街巷中泛黄的瓦片，成为后人翻阅的古老韵律。深巷中的小花衫，袅袅婷婷。溪流边的客家媳妇，嫣然一笑。有粤曲咿咿，有暗香浮动。南国水乡风韵犹存。时间如微暗的火，凝固于琥珀。

穿过幽深静谧的林园、榄核河宽阔的堤岸，神秘的想象力停泊。远处的天际线，被时间的海水淹没。

远离了车水马龙滚滚红尘，渐渐融进陌生的场景。沉醉于一种辽远的感觉，有什么可以挽留那些黄金般的记忆？

怀念是榄核镇一个永恒的主题。

怀念一对深沉明亮的眼睛。

怀念一具昂然挺拔的身躯。

怀念一双令千军万马像波澜一样呼啸的手臂。

那是一个怎样的夜晚，疍民船缓缓飘来。浪尖上的褐色篷帆，像沉默的落叶，让大海像一块土地。船体粗糙而破碎，在没有尘埃的漂流中失去光泽。命运在暗处布下诱惑，水波荡漾，无人理会悲伤。疍民用婉转的歌，用求生的真挚，在传说里加上美满的结局。隔着雾湿的芦苇，看着岸上的灯光逐渐熄灭，歌声终于停歇，在黑暗的河流上你被遗落。

满涨的潮汐，藏着渴望。天空星群集聚，俯视着卑微的碎片。是什么在胸中激荡？是谁从角落远远仰望，向星空轻轻呼唤。海鸥在海浪上，海浪在沙滩上，朝阳来临前的黑暗中间，不断地潮起潮落，不停地呼唤沉默。一盏灯在孤独中挣扎，亮着，与黑暗对立。古老的歌谣行走在苍茫的夜色，桨声成了经典。

心在荒凉的水上游弋，远方是永远的梦幻。飞鸟划过天空，剪开无边的宁静。身前身后的路，来自前世，通往来生，路途上铺满命运的隐语。雁鸣着久违的乡音，却不知今夜栖身何处。漂泊已不再是一种境遇，更像乐章的一段插曲，被生命反复练习。没有田地，没有归宿，岸上的树叶在翻飞的风中纷纷坠落，舱板的一缕青烟兀自吐出花朵。看惯了世间的冷漠，漂泊的心一片茫然。海是动荡的家园，船上的一帆月光，隐约着无尽的忧伤。祖父绵长的箫声，疍民低沉的吟唱，是成长的支柱。

没有被苦难降临过的土地，孕育不出生命；没有被苦难养育过的树木，长不成参天大树；没有被苦难浸润过的人生，不能成就辉煌。青春在苦难中懂得坚强。

世界如混沌的梦境。什么地方，有细微的光，闪烁，那是寡居的母亲，立在风中，长发被晚风掀动。当夜空隐藏的星星闪耀，她纯净的眼神报以平静的笑容。她倒下不再站起的那天，已经度过了多少岁月？她是否曾经哼唱甜美的曲子，接受爱情，接受命运的馈赠？她用她贫瘠干涸的乳房，给这世界一个鲜活的生命。她用祈祷推动流水，把一个名字从海洋送上浩瀚的天宇。她终于睡着了，像掉在地上的一粒干瘪的种子。世界对她已不再发生意义，而我们却得到无与伦比的意义：她给世界之海留下了永恒燃烧的星辰。

榄核河是雨和浓绿编织成的河流。我们推开任何一个院子的柴门，都会看见你坐在屋檐下的台阶前。想象着你的期待，想象着你的心愿，想象着你的梦想。那时你是否已经知道，有一天你将超越世人够不着的云朵，抑或更远的星河？

后来你走了很远。你去到南洋，那里有赤道滚烫的阳光和冰冷彻骨的目光……你去到巴黎，拉着提琴在街头和咖啡店乞讨。塞纳河流淌的毕竟是人类艺术之都，让一个异国乞丐的才华梧桐树一样茁壮茂盛……你去到北方，那里有牛、马、窑洞、腰鼓和信天游。号角呜咽，狼烟四起，流血的民族高举起刀枪……你去到草原，那里有挤奶的女子和骑马的男人，广袤的湖装满天鹅的叫声和传说……

你走向世界。

你的世界越来越广大，天空和地面，黑夜和白天，巨大的战栗占有了时空，金黄的星星照亮了太阳照不到的地方。漂泊如同云朵，探寻到天空的边际。深蓝的夜幕，有谁知道那一颗飘渺的寒星，在为谁闪亮？如果大地的每个角落都充满了光明，谁还会在夜里凝望，寻找星星点点的希望？有一天你死了，虚弱的喜鹊，从凋零的池塘飞上嘶哑的冬天。大雪落下，世界一片寂静。西伯利亚的风，舔舐着白桦树的阴影。流星，流过季节的血脉，在黑暗的天空划下美丽的伤痕。

倔犟的菊花，坚韧地活到冬天。无论走到多远，你都从来没有无视过故土的辽阔。

“什么都做过的一个人，有两种可能：一是被生活所压倒，虽有抱负只成为一场梦，又一是战胜了生活，那他的抱负不但能实现，而且必将放出万丈光芒。”（茅盾）你的生命发出轰天的巨响，但你最早的脚步，稚嫩的细碎的微弱的脚步，留在了这里；那些吧嗒吧嗒的声音，暖暖的肉感的幼小的扑打沙地的声音，留在了这里。

你的铜像立在滋湄村口，指挥着一望无际的乐队，头发像旗帜一样飘扬。你的音乐就像榄核河，永远奔流，百折不回，汹涌直达大海，是一个民族一往无前的象征。

高山之巅站着孤松，身后苍鹰盘旋。晚霞满天，瀑布般的音符漫过峭壁，激流在山谷奔放，抻长了宇宙。大风从你身上吹过，一直通向史家的卷帙。星空下多少人传诵着你的昔日、你的昨夜，一切的路都在你前面展开。无数的鼓点扑过寂静，密密传来，变成激越的心跳。一场场大雨，渗入清新的大地，南国的绿如此坚硬，永不融化。

多少人一旦沉默就变成虚无；而你再安静，也始终能被所有人听见。

“一个生龙活虎般的具有伟大气魄，抱有崇高理想的冼星海，永远坐在我对面，直到我眼不能见，耳不能听，只要我神志还没昏迷，他永远活着。”（茅盾）

榄核河亲吻落日，细浪抚摸傍晚。似乎看见你坐在船头全神贯注，像天际静静的星星，深深地凝视着历尽沧桑的田园。你以另一种形象显现于故土，显现于你也许并不熟谙的这些温顺善良的生灵面前。让他们可以拥有靠近的幸福，能得到你目光流转的爱怜，从肌肤到心灵。感受你比庄严还庄严的美，比自由还自由的灵性。

而你，伟大的音乐的精灵，将永远享受榄核河深情的洗礼。

八大山人

八大山人，一个王孙，一个和尚，一个疯子，一个画家，一个众说纷纭的人，一个难以确认的人，一个扑朔诡谲的传奇，一个挑战智力的难题。三百五十年来，他留给我们的是一个极模糊又极清晰、极卑微又极伟岸的身影。

高小之前，父亲每到假日就拉扯着我去寻访地方名胜，这里有过唐朝的滕王阁和绳金塔，那里有过清朝的府学和衙门……我们家当时在南昌东湖百花洲，父亲最遗憾的是找不到此间在明代有过的一座将军府的哪怕最细微的一点痕迹。这遗憾并非因为对权贵的艳羡，而是因为对一位伟大艺术家的神往。那位伟大艺术家有一个古怪的名字，叫“八大山人”。他的上十辈祖先是安徽人，而我们家的祖上也在安徽。这让我对这个古怪的名字有了一种天然的亲近感。在传说中，八大山人就出生在那座府第。好在，郊外有一座道院，有后人模仿他的字画的遗迹，父亲说，等我稍长大些，就带我去寻访。

行伍出身的父亲闲时主要做四件事：练国术、作古体诗、写毛笔字、牵着我的手四处转悠。我心里很崇拜他，没想到他心里也有崇拜的人。

八大山人最早就这样进入我的世界，我也就这样永远地记住了一个永远会被人记住的古怪的名字。

第一次走进那座道院，是在三十年之后。那时候，我刚刚走过下乡谋生的漫长道路，当初喜欢打拳作诗写字的父亲已是风烛残年，别说牵着我的手四处转悠了，一天的大部分时间，都在床上静卧。

我只能独自去寻找我崇拜的人崇拜的古老偶像。

青石板散落在泥土路上，花岗石桥横过长长的荷塘，远远就看见父亲说过的那座掩映在绿荫下的道院了。

白色高墙环抱着几进暗淡老屋，青砖灰瓦，门庭斑驳。郊游的红男绿女神色茫然。幽僻中但见鸟去鸟来，花落花开。

曾经的道院，已与道无关，更从来与八大山人无关。之所以发生以讹传讹的传说，也许是善意的寄托。而今这里展览着一些不知名画家的画作，其中包括几件八大山人书画的浮浅摹本。

高仿的《个山小像》站立在空寂的中堂。内敛的中国文化精神气贯长虹，看上去却似是柔弱。没有庞然的骨架，没有偾张的血脉，没有鼓胀的肌肉，竹笠下是一双忧郁迷离的眼睛，干枯瘦小的身子包裹在贮满寒气的长衫中，足蹬芒鞋刚刚停住蹒跚的步履。

天空晴朗，风自远方吹向远方。一个人举着不灭的灯盏，引领我走向远逝的凄风苦雨。那样的凄风苦雨吹打了他的一生，制造了数不清的哀伤和愤懑、惊恐和疲惫。树叶摇动，似乎在帮我找回当初的影子和标本以及纯粹的表情。

明亮的肃穆中，历史与现实绵绵更替。风卷起澎湃的潮汐，执着直刺云天。人生苍穹的流星，耀眼划过，长长的划痕，凝固了数百年的沧桑。

心是一处让逝者活着并为之加冕的地方。一个时代被摆上虔诚的祭坛，经受岁月的默读。

家国巨变成为贯穿这位逝者一生的无尽之痛。他在战栗和挣扎的孤恨中走过自己凄楚哀怨的人生。或避祸深山，或遁入空门，竟至在自我压抑中疯狂，自渎自谑，睥睨着一个在他看来面目全非的世界。他最终逃遁于艺术。用了数以百计的名号掩盖自己，以“八大山人”作结，并联缀如草书的“哭之笑之”。他挥笔以当歌，泼墨以当泣，在书画中找到生命激情的喷发口，进入脱出苦海的天竺国。他似乎超然世外，却对人生体察入微。他以避世姿态度过了八十年的漫长岁月，把对人生的悲伤和超越，用奇绝的、自成一格的方式，给予了最为充分的传达。在他创造的怪异夸张的形象背后，既有基于现实的愤懑锋芒，又有超越时空的苍茫空灵。他的书、画、诗、跋、号、印隐晦曲折地表现出对不堪回首的故国山河的“不忘熟处”，使之在出神入化的笔墨中复归。内涵丰富，意蕴莫测，引发无穷的想象，也留下无穷的悬疑，甚至他的癫疾也给他的艺术染上了神秘诡异的独特色彩。他以豪迈沉郁的气格、简朴雄浑的笔墨，开拓中国写意画的全新面目而前无古人，获得至圣地位。作为特定历史条件下的产物，他的艺术有着跨越时空的力量，其画风远被数百年，影响至巨。三百多年过去，“八大山人”这个名字广为世界所认知并且推崇。1985 年，联合国教科文组织宣布“八大山人”为中国十大文化艺术名人之一，并以太空星座命名。

沿着历史的辙印，同遥远而又近在咫尺的灵魂对话。一地浅草，杂沓的脚步保持肃然。小桥流水人家不再，枯藤老树昏鸦不再，冰凉的血痕发黄的故事，在记忆的时空搁浅或者沉没。无形的火焰照彻隔世的寒骨，渐行渐远的呓语噙满泪水。翰墨中的血液和文字，潮水般倾泻。

摇曳的草木，拨动飞扬的思绪。

古木参天，他也许就在树下冥想残山剩水、枯柳孤鸟、江汀野凫，挥洒旷世绝作，散与市井顽童老妪，换为果腹炊饼。

曾几何时，命运收回了锦衣玉食的繁华，雍容的胭脂顷刻褪色，苍白了面容。一个从广厦华屋走出的王孙等待的本是一场完满的落日。没有板荡时世，他就不会沦落于江湖，混迹于贩夫走卒、引车卖浆者流，也就不会给后世平添如此厚重的色彩。

太阳升起的时候，深院布满紫色的影子，一个耄耋野老被草率埋葬不知去向，生命在死亡中成为悠久的话题。

没有哪一处黄土能容纳一个旷世的天才。他的嶙峋的头颅,从云端俯瞰。在后人的仰望中，他将比他的遗骸存在得更久长，逃逸了腐朽，获得莫大的荣耀，传至深远。

经历无数跌宕的圣者在空中凝神沉思。贵胄的骨骼是他的结构，身心的磨难让他永生。他从东方古老的黑暗中站起，踏破了历史的经纬。历史有多么痛苦，他就有多么痛苦；历史有多少伤口，他就流了多少心血。

凭吊者仰面追寻远去的足迹，一切只能留给岁月去咀嚼。躺下的并不意味死亡，正如站着的并不意味活着。

一个圣者的死去，幻出生命流线炫目的光亮。一个瘦小的身影投向更大的背景，那该是一个民族艺术的精魂。

历史高筑起累累债务，压低后人的头颅，让思想湍急的河流以及所有的喧嚣在此立定。

他太显赫太巍峨，无数自命不凡的画匠只能以渺小的萤火点缀在他脚下。人们的问题只能是：有什么高度能超过这个人已经到达的高度？有什么深刻能参透这个人已经到达的深刻？世间又有什么荣华，足以换回曾经的风雨如晦无怨无悔？百孔千疮颠沛流离，跌跌撞撞疯疯癫癫，却以无比的厚重，压紧了历史的卷帙，不被野风吹散。

一边是人格的高峻，一边是艺术的隽永。岁月的不尽轮回和光阴的不停流逝，都不会让他完全死亡，他生命的大部分将躲过死神，在风中站立，在明与暗中站立，在时钟的齿轮上站立。

中国画以象形字奠定基础，传说的伏羲画卦、仓颉造字，当是书画的源头。文与画在当初并无歧义。两千多年前的战国帛画，之前的原始岩画和彩陶画，奠定了后世中国画以线为主要造型手段的基础。

两汉和魏晋南北朝时期，社会由稳定统一到分裂，变化急剧。域外文化输入，与本土文化发生撞击及融合，绘画以宗教绘画为主。山水画、花鸟画在此时萌芽，始有绘画理论和品评标准。

隋唐时期社会经济、文化高度繁荣，绘画随之全面繁荣。山水画、花鸟画已发展成熟，宗教画达到了顶峰，并出现了世俗化倾向；人物画以表现贵族生活为主，并出现了具有时代特征的人物造型。

五代两宋又进一步成熟和更加繁荣，人物画转入描绘世俗生活，宗教画渐趋衰退，山水画、花鸟画跃居画坛主流。而文人画的出现及其在后世的发展，极大地丰富了中国画的创作观念和表现方法。

自唐宋以来，画家们师古与创新的探索一直延续。元、明、清三代，水墨山水和写意花鸟得到突出发展，文人画和风俗画成为主流。明代画坛沿着元代已呈现的变化继续演变发展，文人画和风俗画蔚成风气，并形成诸多流派；山水、花鸟题材流行，人物画衰微；水墨技法不断创新，进一步丰富了笔墨表现能力；创作宗旨更强调抒写主观情趣，追求笔情墨韵。

元、明、清绘画不断有新的高峰出现，形成了宋以后的辉煌。中国画在北、南宋及元初时代，临摹、刻画人物、画禽兽楼台花木，与写实主义相近，自从学士派和文人专重写意，不尚肖物这种风气初倡于元末的倪云林和黄公望，再倡于明代的文徵明和沈周。到了清朝的“四王”更加以强调。

明末清初的社会剧变，给中国书画史带来了意外的收获，出现了一大批崇尚艺术的伟大画家及其名垂千古的伟大作品。八大山人正处在这个特殊的历史时期，他的一生，创作了数以千计的书画作品，他以大笔水墨写意画著称的绘画为中心，对于书法、诗跋、篆刻也都有极高的造诣，取得了卓越成就。他作为皇族后裔，造就了他抒发倔强的不言之意的精练纵恣的笔墨和飘逸冷峻的画风。他将真情实感融入笔墨，将强悍的个体人格直接外化于丹青，天才独运地用绘画形式表现自己痛苦人生的复杂情感，突破前人窠臼，使陷于僵局的文人画焕然鲜活，撼人心魄远胜于此前的中国画。以其卓越的实践才能、独特的艺术风格，成为中国文人画的最高峰、中国画现代化的开山鼻祖、中国美术史开创一代画风的宗师。他在让自己的灵魂从艺术中得到安慰和解脱的同时，把中国书画艺术推到了一个空前的高度。

三百多年来，八大山人的书画艺术，从以石涛为代表的一大批艺术家们的推崇开始，至清中叶，扬州八怪在学习与借鉴八大山人艺术后所形成的别样风格，构建起中国画的一个新生代的承续系列。使得这些后来者们在美术史上占有不可忽视的地位；而郑板桥“八大山人名满天下”的总结，更让后来的艺术家对八大山人及其作品顶礼膜拜。站在模糊远处的八大山人，让几百年后的大师想要做他的仆人甚至“走狗”。

齐白石在一幅画的题字说：

> 青藤、雪个、大涤子之画，能横涂纵抹，余心极服之。恨不生前三百年，或为诸君磨墨理纸，诸君不纳，余于门之外饿而不去，亦快事也。

又有诗：

> 青藤（徐渭）雪个（八大山人）远凡胎，
> 缶老（吴昌硕）当年别有才。
> 我愿九泉为走狗，
> 三家门下转轮来。

八大山人书画的艺术品质穿越时空，始终是后人在艺术探索上的一盏明灯。他的大写意，严整而奔放，后人能学其一二即可有所造诣。清代的“扬州八怪”，近现代的吴昌硕、齐白石、张大千、潘天寿等巨匠，均皆如此。这种光芒四射的影响，一直延续到晚清。赵之谦、任伯年、吴昌硕、齐白石等秉承八大山人艺术思想、方法的艺术家赫然崛起。进入 20 世纪，齐白石、林风眠等一大批追随者，又无不各自师八大山人心、师八大山人道，在承接八大山人超越时空的艺术观念并得以开示后，各自成家，形成了另一个享誉世界的近代中国绘画群体。

中国画“画分三科”，人物、花鸟、山水，概括了宇宙和人生的三个方面：人物画所表现的是人类社会，人与人的关系；山水画所表现的是人与自然的关系，将人与自然融为一体；花鸟画则是表现大自然的各种生命，与人和谐相处。三者之合构成了宇宙的整体，相得益彰。这是由艺术升华的哲学思考，是艺术之为艺术的真谛所在。欣赏中国画，先要了解画家的胸襟意象。画家把自然万物的特色，先储于心，再形于手，不以“肖形”为佳，而以“通意”为主。一山一水、一树一石、一台一亭，皆可代表画家的意境。

中国书画艺术的伟大性，只有站在整个人类艺术史的坐标系来科学地观测时，才能清楚地认识到。八大山人的艺术世界，是一片属于人类审美智慧巅峰的绝妙风景。中国画历史中皇炎炎其巨灵者，首推八大山人，将他置诸世界艺术史，亦卓然而称伟大。对于习惯了西方审美而对中国画的理解停留于形而下的古董欣赏阶段的人，当他驻足并发现代表东方最高文化修养和艺术水准的中国画时，那种视觉的震撼和心灵的感动，那种深层智慧的领会、反思与启发，无疑是难以形容的。

八大山人襟怀浩落，慷慨啸歌，爱憎分明。他从不屈服于权势的精神，历来为人们赞赏与称颂。他饱受世态炎凉、人情冷暖，孤僻忧伤，离群索居。难以解脱的情怀无处倾诉与宣泄，只能付诸笔墨。其生命的独特悲怆在书画里任性释放，其灵魂的孤绝历程在书画中曲折传达。进入他的艺术世界，就如同走进一个超越理性思维之外的怪异世界。神奇而微妙，平凡而伟大，笔墨多变，寓意深刻，笔触中放射出极灿烂的异彩：其诗文奇奥幽涩，书法遒健秀润，绘画精妙奇特；他依靠心性的真善，揭示自然的大美，阐发艺术的本质；他传统而现代，极古而极新，他的或悲或喜的生命信号照亮了广阔的天际，受到世人由衷的崇敬。

对八大山人艺术全面而透彻的研究和思考，从根本上改变了西方人对中国画的简单化理解。20 世纪以来，尤其是 20 世纪 50 年代以后，八大山人在世界范围内赢得了一片赞誉，“八大山人学”蓬勃兴起。随着时间的推移，这位艺术巨匠、画坛泰斗，日益受到世人的瞩目与推崇。海外的书画界，把八大山人与音乐之魔贝多芬、绘画之魔毕加索相提并论，称之为东方艺术之魔。无论这在多大程度上是一种事实，有一点是毋庸置疑的，那就是，经由八大山人以及由他所代表的中国绘画艺术所表现出的智慧的高超和优越，是无与伦比的。

我们说八大山人是一个谜，并不等于说他是不可捉摸的。“美”是一切艺术家必须遵守的终极原则。循着这样的理路，我们就完全可以廓清八大山人的人生履历与艺术行踪。

八大山人一生以主要的精力从事书画艺术，他留传于世的风格鲜明的书画作品，清晰地凸现着一位艺术天才的真正面目及其伟大灵魂。这就是为什么，人们对于八大山人思想与艺术成就研究的歧见少于其生平名号的争论。

设非其人，绝无其艺。八大山人是纯粹艺术的先行者，他几乎是完整地将自己的生命意识和人格精神注入了书画艺术，或者说，书画艺术就是他生命的本身。没有八大山人的才情、学识、际遇、功力，尤其是没有八大山人的人格，就没有八大山人强烈的艺术个性、非凡的艺术创造及其彪炳千秋的书画。八大山人的艺术世界是一个特异的审美空间，认识它需要的不只是眼睛，还有心灵的观照；八大山人精神的象征性、艺术的表现性、造形的抽象性等等外在形式的后面，是一个非凡的完整的人。走近他，我们就会明白什么是社会、什么是自然、什么是艺术、什么是艺术家、什么是人类旷古永恒的追求。

古者富贵而名磨灭，不可胜记，惟倜傥非常之人称焉。

（《报任安书》）

司马迁之言，用来形容八大山人，一样适当。

因了八大山人，有人诘问：如今，技巧替代了精神，艺术家大都痴迷于“术”，而忽略了“道”，我们还能再找到一个能够为天人境界隐遁苦修的艺术家吗？还有多少现代画家能以这样的笔墨简练、画意高古、千里江山收诸寸纸、生命与天地同寿与日月争光的强健给我们以如此的震撼？有识之士慨叹：“返视流辈，以艺事为名利薮，以学问为敲门砖，则不禁怵目惊心，慨大道之将亡。但愿虽不能望代有巨匠，亦不致茫茫众生尽入魔道。”

诚哉斯言！

八大山人是一座不可翻越的高山。人类的灵智，一旦聚于一人之身，则他所达到的高度一定是空前绝后的，其后数百年、数十代人也难以逾越。历史上遭遇家国之不幸如八大山人者多了去了，在中国古代画家中，人生经历像八大山人这样凄惨的人也并不少见，但是不是具备把它外化为生命本体悲剧的色彩和线条的能力，就是另一个问题了。

“学者如牛毛，成者如麟角”（《北史·文苑传序》），美术史上只能出现一个八大山人！

“烟涛微茫信难求”（李白《梦游天姥吟留别》），伟大艺术和伟大艺术家产生的道路是多么渺茫，因而是多么珍贵。

“八大山人”是个说不完的话题。

八大山人早已死了。八大山人会一直活着。

文中龙凤　济南二安

题记：济南地灵，名泉倾国：四大泉域，十大泉群，七十二名泉，八百天然泉……生生不息。济南人杰，“二安”盖世：李易安、辛幼安一代词宗，文中龙凤，济南因成文学之国。戊戌春日，有机会访济南，得遂寻访二安故地的夙愿。不揣浅陋，谨以有限的才具寄予无限的崇敬。

天下英雄谁敌手
——凭吊辛弃疾

济南城北，小清河边，遥墙镇上。

苍然万山色，忽拥岱宗来。

四凤闸，辛弃疾故居。磅礴的仿宋建筑群，巍峨的四柱三门石，庄严的六角碑亭，历城特产“绣川绿”花岗石雕像。

石头来自山上，在这里站成宏伟的姿态。英雄倒在了路上，历史把他高高托起。饮恨苍天的目光，在云端下面闪烁。

我久居赣地，更贴近地触摸到辛弃疾遗留的脉息。

曾经在郁孤台，注视词人的背影。远山沉入暮色，隐隐传来鹧鸪的啼号，一江清水多少泪：西北望长安，可怜无数山。

曾经在黄沙道，跟随词人的足迹，看明月和清风怎样惊动树枝上的鹊和蝉，听无边的蛙声中农人诉说稻花香里的丰年，溪桥边的茅店外，数头上的疏星、山前的雨点。

曾经在博山庙，感受词人的落寞，饿鼠绕着床脚乱窜，蝙蝠围着青灯翻飞，秋夜的疾风骤雨撕裂了窗纸，仿佛是命运在自言自语。塞北江南辗转了一生，归来已是白发苍苍。在单薄的布被里醒来，眼前依稀是梦中的千山万水。

曾经在鹅湖寺，想象词坛挚友的长歌相答，极论世事。青山欲共高人语，联翩万马来无数。极目天地方圆，内心的鸿鹄一次次飞扬："男儿到死心如铁，看试手，补天裂。"

二十年的闲居，二十年的忧愤，二十年的壮志难酬。即便是"文墨议论尤英伟磊落……笔势浩荡，智略辐凑，有权书衡论之风"，即便是"风节建竖，卓绝一时，才气纵横，可吞吐八荒"，"而机会不来。每有成功，辄为议者所沮"。不为权臣所容，不为王朝所用，报国无门，经纶委地，或"浮现闲居"，或"沉沦下僚"，"一腔忠愤，无处发泄"，"自诡放浪林泉，从老农学稼"而号"稼轩"，将万字平戎策，换东家种树书。至国难思良将，诏命到达的日子，已老病不起。

走过少年，走过壮年，走进老年，从不曾失去慷慨壮烈。渴望荣誉的决战，在最深的淤泥里挺拔。秦时明月现苍穹，壮岁旌旗拥万夫，白骨骷髅血流成河，马革裹尸千秋一梦！明知这样的结局，也决不庸碌一生，无可追忆。

"……呜呼，以孝皇之神武，及公盛壮之时，行其说而尽其才，纵未封狼居胥，岂遂置中原于度外哉……呼而来，麾而去，无所逃天地之间；挠弗浊，澄弗清，岂自为将相之种！公没，西北忠义始绝望。”

“以气节自负，以功业自诩”的一世之雄，“抱恨入地，赍志以殁”，再也不会回返。只留下语言的金戈铁马，在中国的文学史气吞万里如虎。

这是真正的英雄末路：本该一剑横空，令后世动容，怎奈烽火扬州路，不堪回首。舞榭歌台，风流总被雨打风吹去。千古江山，斜阳草树，寻常巷陌。拍遍栏杆，无人会，登临意；无人问，廉颇老矣，尚能饭否；更无人，唤取红巾翠袖，揾英雄泪！酩酊中挑亮残灯观看兵刃，细数着点点殷红；睡梦中回到当年的营帐，士兵的呓语在诉说血腥的征程。草苍苍风猎猎，号角声接连响起，在秋日的战场阅兵。坐骑像飞快的的卢马，弓箭似霹雳。给部下分送炙热的牛肉，让琴弦奏起塞外的乐曲。不知不觉，韶华似碧水东流，属于征战的岁月已经过去。对于一个志在辽阔的豪杰，闲散便是囚禁，弃用便是扼杀。

天色开始昏暗。不屈的毛发日益枯干，终于你只能沉默。倔强的头颅疲惫了，那里曾翻卷过咆哮的风暴。黑夜降临之前，太阳颤抖着说了再见。身躯像岩石一样风化，曾经像山一样站立，后来像山一样倒下，巨大的声响惊醒沉睡的人群。裂缝中的身影隐藏着无声的悲鸣：谁的刀斩断了牺牲的激情，封存了辉煌？

斑驳的时间屏住呼吸。这个时刻，一切化为了忧伤。天空和鸟，阳光和风，以及色彩和芬芳，以及树下的荫凉，以及所有的温暖平静，都变得空空荡荡。

一代王佐之才，百无聊赖以诗鸣，唯落得以词人终老。醉卧历史的纵深，用不甘的吟唱赢得生前身后名。纵然被奉作词宗，“大声镗鞳，小声铿鍧，横绝六合，扫空万古，自有苍生以来所无”，千载之下，亦不能不为人浩叹！

是一个时代的悲剧，更是一个民族的悲剧。

八百多年后的一个过客，依然不免潸然。

战士不会死亡，在一个残酷的时代，保留着烈火浓酒，热血悲歌。“英雄之才，忠义之心，刚大之气”弥漫在史册，永远不会消失。对于他，所有的头衔冠冕都无足轻重。当时的帝王将相，早已尘封无息，而英名辛弃疾永存。其色笑如花，其肝肠如火。来自历史深处的耀眼光芒，从来不曾暗淡。他的性情与风骨，他的豪放与婉约，他的刚拙自信，他的宽厚仁慈，他的铁血传奇，他的旷世文字，人们俯仰已千年，还将一直为后世珍爱。

痛失的历史，也许只能用岩石来呈现。永恒的固态，让所有后来者的疼痛无法释放，只有深情的凝望。把道路擦亮，把花枝插满，把所有的痛碾碎，随风飘散。只要春风吹到的地方，到处是蓬勃的生命。

“我见青山多妩媚，料青山见我亦如是。”

是最大的失败者，是最大的胜利者。

是最悲惨的哀曲，是最昂扬的颂歌。

热衷不朽的人，把名字刻上石头，但名字比尸首烂得更早。而英雄挥动天才的如椽巨笔，在岁月的原野耕云播雨，在时间的城池守护梦想与光荣。每一个世纪过去，都会有人翻开古老的卷帙，赞叹山岳一样的丰碑。

注：本文引号中的文字除“男儿到死心如铁，看试手，补天裂”“我见青山多妩媚，料青山见我亦如是”出于辛词，余皆出于南宋刘克庄《后村先生大全集》。

梦里的兰舟
——访章丘清照园

章丘，千年古邑。齐长城，汉城垣，明清古村，绵延于漫漫历史；战国邹衍创始五行学说，唐房玄龄乃是赫赫名相；书法、黑陶、彩绘兵马俑，皆领一代风骚。

李清照，就在这样的土地上，诞生，成长，走向风云激荡的天下，也让文学的天下风云激荡。

轻轻地，放慢了脚步，走近百脉泉清照园。小阁藏春，闲窗锁昼，画堂无限深幽。生怕惊动了一种难言的愁绪、一种无边的寂寞、一种旷世的优雅。

书香门第，早不是九百多年前的模样。堂皇美艳的庭院，消弭了经史子集的肃穆；精雕细刻的匾额，遗忘了诗词文赋的感伤。

穿透千年的，依旧是黄昏时分梧桐雨的点点滴滴，依旧是三杯两盏淡酒的朦朦胧胧。

雁行在斜阳里长叹离别。地下的泉水,像九曲柔肠。隐秘的心事，涌动在空寂的石窟。苦涩的忧愁，才下眉头，却上心头。悠闲的白鹭，从容漫步，挽起盛装，陶然在藕花深处。情真意笃的神仙眷侣，天各一方，唯有冰冷的悔恨。梦中柔柔的眼神、浅浅的微笑、暖暖的爱抚，都在无眠中寂灭。

月亮，轻轻太息，穿过丝绦，把心思留在柳梢头。兰舟载不动许多愁，在时光的水面，划出暗淡的痕迹。明月三千里，丝弦上颤着细细的蛩声，如泣如诉。隔帘的竹影憔悴，人比黄花瘦。

一篙独去，天涯陌路，是那么遥远。裙裾临水，一袭清香摇曳一个尘外清梦。看你看过的云，听你听过的雨，走你离去的路，羞怯的思念，是锥心的疼痛。颤抖的情感沉入浓稠的夜晚。一个又一个朝朝暮暮，等待云中的锦书，纵使轻解了罗裳，又何以承欢。月满西楼的时候，心已残阙。

以故为新，以俗为雅，炉火纯青，仙姿独秀；不为题束，不为意苦，直如行云，舒卷自如；纯用浅俗之语，尽发清新之意，不受前人约束，不以辞采取胜，信手拈来的口语，全无雕饰的痕迹，朴素而天下莫能与之争美，让一代代后人吟咏不衰。

如果这就是命运的全部风景，那李清照仅仅是多愁善感的贵妇。锦衣玉食的日子，难免无病呻吟。所有喧嚣的寂寞，所有甜蜜的愁苦，所有娇嗔的幽怨，都不过是五味杂陈的咀嚼，一种奢侈靡费的品味。绝顶的聪慧，只是养尊处优的华丽妆容。

而遥不可及的云端，风暴正在咆哮。

所谓世事无常，所谓天妒英才，所谓国家不幸诗家幸，所有这类魔咒，没有放过李清照。自是花中第一流，在阆苑绽放，在俗尘凋谢。浩浩阴阳移，年命如朝露。

国破家亡，流离奔命，暮年飘零，卒于江湖，以至“猥以桑榆之晚景，配兹驵侩之下材”，以至以“不终晚节”“然无检操”“晚节流荡无归”为腐儒们诟病。

这个世界上没有一个人能读懂她的内心。才情冠绝当时，声名撼动京华，却只有一院独守的冷清，一门在秋风中盘旋的黄叶。曾经的清丽、典雅，“别是一家”，只剩了沉郁、悲怆，“凄凄惨惨戚戚”。

无情的岁月，在脸上写下沧桑。背负一生的疲惫，抖落星光，不再乞讨意境。心如止水，包容世间的丑陋；一灯如豆，标注世间的混浊。静夜如此漫长，斟满没有尽头的凄风苦雨，与孤独的烛火干杯。

世界空空荡荡，只能回到自己的内心，只有自己的眼睛照亮自己，不被黑暗吞没。语言堆积成残破的尺牍，在黑夜里揉碎为落英的缤纷。

国难、家难、婚难、业难，一个女人可能遭遇的磨难，集于一身。而这并不是非人的不幸。李清照最大的悲剧在于，人格像作品一样清高：作为女人，处在社会底层；作为诗人，立于文化巅峰。见人所未见，达人所未达。以平民之身，思公卿之责；以女性之身，求人格之尊。决不迁就，决不苟且，决不妥协。

这样的孤独唯其超越时空，因而无法解脱。

“易安体”高标一帜，卓尔不凡，有巾帼之淑贤，兼须眉之刚毅；语尽而意不尽，意尽而情不尽，将婉约进行到极致，又笔力奔放、铺叙浑成，“不徒俯视巾帼，直欲压倒须眉”。同为词坛双璧，辛弃疾时称“效李易安体”。惺惺相惜，只有天才深知天才。

对于一种绝代的风华，所有的辩诬其实都属多余。

也许恰恰是那个十岁的女孩说出了朴实的道理：“才藻非女子事也。”如果一切可以重来，我愿她是——仅仅是妩媚尤物、幸福女人，而不是什么“第一才女”“词国皇后”；我愿她是——仅仅是小鸟依人、春情荡漾，而不是什么“词压江南，文盖塞北”；我愿她是——仅仅是绿肥红瘦的婉约唯美，而不是铁板铜琶的雄健豪放；我愿她是——仅仅是永远住在天下所有尊贵男子的梦中，而不是供奉在那些金碧辉煌却庸碌不堪的堂馆神祠里。

去过青州洋溪湖，去过济南柳絮泉，去过金华八咏楼，去过杭州清波门，去过大明湖藕神祠，一一寻访清照的踪迹。但我最想做的是穿一袭古时的长衫，乘着一叶兰舟往访，听舟子在平静的夜晚摇动久远的想象：明月清风中，有一阵惊喜宽慰她茕茕孑立的等候、依依凭栏的渴望。露水敲响荷韵，洗却年深月久的忧烦。云帆高挂，桂棹如风，欸乃声中，青衫薄履，长箫独引，踏波而去，一枕青山到白头。

晓风残月，踟躇在杨柳岸，迟迟不肯启程。不敢回头，看一眼那个名叫易安的女子，那个对欧、苏、秦、黄不以为然的词人，那个柔如弱柳的倩影，那双风中含泪的眸子。一个有关诗词的故事，人们讲了一千年。主人公的衣袂，飘然为书卷，满是无可高攀的文字。追慕虚荣的我们，只能搜索枯肠填写浅薄的词句，徒劳地遥望迷茫的烟波。

流水的尽头，早已消失了梦里的兰舟。

注：

1 “青州洋溪湖，济南柳絮泉，金华八咏楼，杭州清波门”，皆有李清照纪念馆。“大明湖藕神祠”即李清照庙。

2 “欧、苏、秦、黄”指欧阳修、苏轼、秦观、黄庭坚。

3 “才藻非女子事也。”参见陆游《夫人孙氏墓志铭》。

风雨南华寺

那一年，南雄关外的梅树著花未？那一月，粤北的木棉花是否格外烂漫？那一天，南华寺对面的大小山峰是否也像今天一样迷茫在烟雨？

弧形的南岭山脉，丹霞峰林起伏，曲江曹溪蜿蜒。曾几何时，来自天竺的僧侣“掬水饮之，香味异常，四顾群山，峰峦奇秀，宛如西天宝林山也”，预言“吾去后一百七十年，将有无上法宝于此弘化”。677 年，惠能如期而至，与预言相距一百七十五年。驻锡授禅凡三十七年，成《六祖坛经》。南禅一花五叶大播天下。713 年，惠能坐化，其肉身成胎，夹苎塑成“六祖真身”。南华寺因之著称于世。旷达如苏东坡亦不免执着：“不向南华结香火，此身何处是真依？”严正如文天祥亦心向往之：“有形终归灭，不灭惟真空。笑看曹溪水，门前坐松风。”

南华寺，“东粤第一宝刹，禅宗不二法门”。菩提、水松、榕树、香樟，古树参天，浓荫蔽日。僧人循百丈清规，一粥一饭，持午因时，亦步亦趋，悉守仪范。唐佛袈裟、北宋木雕、隋铸铁佛、宋铸铜钟、元铸铁锅、明雕天王、清造铁塔、历代圣旨……林林总总，于禅理其实空无。

菩提本无树，明镜亦非台。本来无一物，何处惹尘埃？

一扫繁琐章句，摧陷廓清，发聋振聩。不涉理路，不落言筌，不着形迹："我若东道西道，汝则寻言逐句；我若羚羊挂角，你向什么处扪摸？"

人从桥上过，桥流水不流……漫将无孔笛，吹出风游云……饥来要吃饭，寒到即添衣。困时伸脚睡，热处爱风吹……烟收山谷静，风送杏花香。永日萧然坐，澄心万虑忘。

我来南华寺，行走于迷茫。香客接踵，信众熙攘。燃烛跪拜者，多少人只为祈福，多少人诚心问道？莲花盛开，多少人花篮空空，多少人芬芳满心？来来去去，多少人依旧是迷人，多少人豁然贯通？

风雨如晦，心怅然。

达摩祖师一苇渡江，纵一苇之所如，凌万顷之茫然；五祖弘忍，额上三击，独立灵岩望江南，不闻鼓乐踏歌声。一声珍重，寒彻满天星。

成就圣者的路途一样坎坎坷坷。幼年丧父，砍樵奉母，也许贫寒离真谛最近。

破碎的皂袜芒鞋，在扬尘的乡野踉踉跄跄。褴褛的宽布大衣，在曲折的峡谷飘飘摇摇。身后是满含了杀机的追风，前面是来时已熟稔的故土。悄无声息地，圣者被遗落在林木茂密的湘粤褶皱。

新月从树梢落入潭底。圣者匆匆的步履浸渍晨露，晨露浸渍旅程。

荒园的野草枯了又生，穷乡的野花开了又谢，山雀子噪醒岭南岁月。竹林外幽幽一潭，盛着绿荷的阔叶。芭蕉在窗外颤抖，消磨了多少暗夜。茅檐泥墙下，雨痕是岁月的说明。没有香烟绕上殿宇，没有飞檐下的铃铛在午夜丁零。别后音书两不闻，遥知谣诼必纷纭。谁识我，茫茫苦海任浮沉，无怨亦无憎。淡淡把旧页掩上，期待来日的黎明。

沉沦痴迷的众生，如同月亮背面的鸢尾，不被太阳温暖，也无法自我温暖。

唯有圣者超然。

圣者的穷困，是现实无情的象征。命运也许残酷，信念不会更易。千里奔波，十载隐居，何曾凄然。蛰伏的痛楚常人难以想象：思想的风暴在不为人知的深处汹涌，洞悉了人世的秘密却只能缄口沉默。浩渺星悬，长空雁鸣。精骛八极，神游万仞，谁解万古缘？

彼岸即是此岸。心心念念唯有般若波罗蜜。守护着百年一诺，守护着优昙奇花。冬风尽折花千树，历劫了无生死念。

也许不是与人角力的斗士，却从不曾对人失望。即便世界放弃了他，他却不会放弃世界。圣者唤众生为“善知识”。圣者的身上，只有春天的气息。

法性寺的风幡，令“仁者心动”；圣者的“仁者心动”，令同道悚然。一生心力绽放出千年的花朵，从此有了万年的传说。

人生如闪电稍纵即逝。以法惠施众生，唯传心印，不传衣钵，圣者用自己的独特方式，留给世人以金玉良言：既不攀缘善恶，也不沉空守寂，一切时中行住坐卧动作云谓，皆有禅的境界。法在世间，觉悟也便在世间。常自见己过，常须下心，就是普行恭敬，就是见性通达。

法号穿透时光，清越的声响，让昏冥的心灵洇出神圣的金色。

听流水潺潺过庭前，看落叶寂寂飘阶下。斋堂里青菜豆腐和水煮，瓦檐下晨钟暮鼓答青磬。经书在案上翻动，念珠在指间轮回，袈裟飘忽在雨巷，菩萨微笑在莲座。没有孤独只有永恒，安详是直照心底的暖意。圣者千年的肉身沉寂在庙堂最暗的深处，却让觉悟的心灵一片灿然。

布达拉宫的觐见

我从东南原野，攀登世界屋脊。水晶般的雪域，是我长久向往的圣地。昆仑山把我送上极地的台阶，唐古拉带我越过雄鹰飞不过的山口。跑过海一样的藏北草原，就投入拉萨无边的日光。

哦，拉萨，日光城拉萨。仰脸是透明的湛蓝，满眼是哈达和经幡，转经和叩头的男女，让道路像河一样流淌。无数的寺庙，站立在雅鲁藏布江流域。峡谷和山岭，到处是古刹的光芒。法器和诵经的轰鸣，是高原永不止息的波涛。

具誓护法金刚，坐在十地法界。耸立中央的须弥上王，日月绕着旋转。

世上最高的山峰，是珠穆朗玛；世上最高的宫殿，是布达拉。高踞在白云上面，一抬头就能看见。绛红的宫墙与岩石浑然一体，洁白的阶梯像大路一样宽阔。穿过无数间宫室，每一间都流溢着金银的华彩；经过无数座神像，每一座都贮满了稀世的珍宝。长明灯层层叠叠没有尽头，酥油花万紫千红如江南春意闹。绚丽斑斓的唐卡淹没了四面的山峦，威严煊赫的长号响彻云天外。

这一切都留不住我的脚步，这一切都不能让我凝神。

我要寻找的是山南措那的可爱男孩，我要觐见的是如烟而逝的绝世喇嘛。

佛祖面前的仓央嘉措，才是我心中的莲花。

梵天的儿子，地上的天河，是雅鲁藏布江。仓央嘉措的一生，是雅鲁藏布江激流，切开喜马拉雅山无数雪峰，谁也无法阻拦：最陡的坡降惊心动魄，直立如金刚，顶天立地；最长的峡谷婉约婀娜，慵卧如软玉，万种风姿。

圣域最大的王，郁郁供养在神圣的囹圄；佛门最多情的僧侣，悄然走出巍峨的庄严。门隅是何等高贵，却埋头在嘈杂的街市。转世的灵童，记忆里尽是纯真。少年的喇嘛，迷失于女儿红。穿上俗人的衣服戴上长长的假发，去享受世俗的欢乐：“住在布达拉宫/我是持明仓央嘉措/住在山下拉萨/我是浪子宕桑旺波。”

佛前的一朵莲花，来寻凡尘的情缘。

杜鹃从远方飞来，带来了萌动的气息。鸟与石会一见倾心，野鹅会同芦苇相恋。洁白的仙鹤，请把双翅借我。背后的恶龙有什么可怕，前边的甜果一定要摘到。雅龙林木广，琼结人漂亮。吐蕃故都的女人，是肌肤皆香的尤物。发髻上的松石不会说话，笑露的皓齿把魂魄勾走。一箭射中靶子，箭头钻入靶心；一见心上女人，心就跟了她去。

去年种下的秧苗，今岁已成禾束。相思的消瘦，一百个名医都救不了；绝顶的聪明，也和呆子一样。手写的黑字，水一冲就没了；心里的图画，怎么也擦不掉；常想活佛的面孔，从不展现眼前；没想情人的容颜，时时映在心中。遂了情人的心意，就断绝了与佛的缘分；要去深山修行，就违背了情人的期待。道行高深的喇嘛，请指一条明路：怎样回心转意，怎样不再失足？

心上人的福幡插在柳树旁，看柳树的阿哥不会拿石头打它。闭目在经殿香雾中，不为参悟，只为闻她的气息；摇动所有的经筒，不为超度，只为触她的指尖；升起风马，不为祈福，只为守候她的到来；垒起玛尼堆，不为修德，只为投下心湖的石子；磕长头匍匐在山路，不为朝圣，只为贴着她的呼吸；转山转水转佛塔哟，不为修来生，只为与她相遇。除非不相见、不相知、不相伴、不相惜、不相爱、不相对、不相误、不相许、不相依、不相遇，免得生死相思，只有相决绝。

月亮来到东山顶上，东山不声不响；玛吉阿玛的面容早就浮在心上，心像羚羊一样狂奔。

和情人幽会，在山谷的密林深处。口渴的时候，池水不要喝干；热恋的时候，情话不要说完。香柏树梢的小鸟，说一句好听话就行了。信义的印记，嵌在各人心上。怀抱中的精灵，是天真烂漫的美人。缱绻的时光没有尽头，想不起究竟佛法。除非死别，活着永不分离！

帽子戴到头上，辫儿甩在背后。桑耶的白色雄鸡，忘记了啼叫。

黄昏出去，回来已是黎明。老黄狗和鹦鹉是同谋，雪地暴露了秘密。和十五的月色一样明了，足迹是无悔的誓约。

一个穷困喇嘛的后代，一个至尊至上的活佛，一个天生的情种，一个唯美的诗人，一个难以捉摸的谜，一个永不褪色的传奇。辗转、荼蘼、隔绝，血光交错，未知的宿命交付颠簸。躁动和暴怒，把兀鹰的羽毛弄乱了；茫然和忧愁，把柔弱的诗人弄憔悴了。有多么美好就有多么凄凉，匆促的旅途挤满了命运的吊诡。

春来花自发，秋至叶飘零，为什么总在悲伤的时候下雪？因为冬天就要过去。不经意的时候，人们会错过很多美丽。错过了今冬，明年该懂得珍惜。无常就是有常，执着如渊，执着如尘，执着如泪水，是滴入心中的破碎。冰化了，才发现缘没了。

苦行路，生无涯，挽歌喑哑，寂灭隐没，决然遁去无消息。蹚过凡心不灭的水，度过世间罕有的劫。青海湖似有或无的琵琶音，是菩提的大悲咒。清净而生，清净而去，不负如来，亦不负真情，圆满了华彩灿烂的一生。

牵肠挂肚的卿卿我我总是昙花一现，每颗心生来就是孤单。留人间多少爱，迎浮世千重变。佛是过来人，人是未来佛。参透了生命的真谛，才会有凤凰的涅槃。水晶山上的雪水，党参叶尖的露珠，圣洁的智慧天女，拿甘露作曲子酿酒。谁发着圣誓喝下，谁就不会堕入恶途。

出世法的世界无比广大，莲花本是对生命的祝福。与欢喜人做快乐事，是前生今世的因果。特立独行传达了最温暖的慈悲，缠绵情歌净化了一代又一代心灵。韵律波澜起伏却又清静雅致，淡然印入世人的深心。

如此遥远又如此亲近的名字，遗世而独立。留在千年的高山流水，留在四季的花前月下，留在无数柔软的情怀。

一直流连在与他相会的希望中，这日子终于来到。

面对莲花，我无从言语。当金琴在晨光中调好，我来唱歌。在他的世界我无所作为，只能唱出苍白的歌声。

看不见他的脸，只听见他轻盈的步履。幽暗的宫殿，响着默祷的钟声。

花蕊绽放，风里有一种奇异的芳香。

夜宿真如寺

车子越往上走越见高深。一朵朵的云迎面向车窗扑来，又飘然消失。山势陡峭，林深树密。石梯上时见歇息的沙弥与香客。泉水在石壁流淌，不闻其声，只见流动的亮光。

转过苍黑巨石，忽见赵州关。“到这里不许你七颠八倒，过此门莫管他五眼六通。”门联若一声棒喝，隔开僧俗两重天地。

这是真如寺头道山门。

仿佛是特为名刹而生成。海拔上千公尺的山顶，居然有这样巨大的一片盆地。四周峰峦环列，参差如莲瓣，护持着远离尘嚣的清净胜境。古谓之“云岭甲江右，名高四百州”，“冠世绝境，天上云居”。

澄澈的明月湖，卧于袈裟般的阡陌田亩之中，一泓收尽万山秋。对岸连绵的竹林，掩映着寺院，梵宇幢幢，香烟霭霭。湖水长平如镜，拱卫寺门。日升时，金光荡漾，佛殿生辉；月当空，银波闪烁，寺影神秘。

唐元和初，便有禅师看中此地风水，治基建寺。随后四方倾向，名动朝野。无数高僧若佛印者于此得法，历代名士若白居易、苏东坡者争相寻访。作为禅家最盛道场之一，对中国以及东南亚佛教影响至巨。

与历史本身一样，真如寺历经兴废。其现代复兴者是禅宗泰斗虚云长老。父亲老年得子，指望他在仕途有所造就，他却偏嗜佛典。终于避入深山，削发受戒。几年后，父病故，其母领着未曾圆房的儿媳出家为尼，共结菩提胜果。五十五岁在赶赴禅七途中，失足落水，浮沉昼夜，遇救后口鼻及大小便诸孔流血。但他隐忍持修，长坐不卧，以悟为期。至“八七”，忽开水溅手，茶杯落地，一声破碎，疑根顿断，如从梦醒，悟透禅关。留下极有名的一偈：“烫着手，打碎杯，家破人亡语难开，春到花香处处秀，山河大地是如来。”

此后，虚云便以超凡脱俗之身，由自度而度人。一身而系五宗法脉，一衲、一杖、一笠、一钟行遍天下，木食涧饮，跋山涉水，四海云游，足迹广布印支诸国。或讲经弘法，安僧护教；或建立戒坛，培育僧才；或结茅而居，入室参禅；或斡旋交战双方，劝息兵戎。未曾往生即自撰挽联“坐阅五帝四朝不觉沧桑几度，受尽九磨十难了知世事无常”，被佛教界公认为功追往圣、德迈时贤的百代楷模。以中国佛教协会名誉会长终老，世寿一百二十岁，戒腊一百零一。

20 世纪 50 年代，虚云上山之初，这座祖师最胜道场只是一片废墟，满目瓦砾，遍地荒草。虚云同随行弟子搭起茅棚，开始宏伟的重建工程。重建初具规模，遭遇“文革”。加彩饰金的佛像全被砸烂，苦心收集的经书全被焚烧，僧人们或遭遣送，或被勒令还俗，已逾古稀的虚云被编为当地林场农工，“自食其力”。刚见起色的圣地道场重新沦为修罗恶境。大殿为屠宰之场，方丈室作糟糠之仓，僧寮成烟霞之窟。一生渡尽劫波，喜怒不形于色的虚云唯有“四朝更化信悲凉”的叹息。“文革”后，虚云又坚韧不拔地从头开始主持真如寺的重建。

我们来时，真如寺气象俨然的建筑群落已崛起于草莽丛林，规模宏大，殿宇巍峨，定成格局。当夜，我们留宿于真如寺。一盆炭火烧得轰轰烈烈，蓝色的火头高高蹿起，火光把屋子映得通红。

门无声开启。知客师双手端着一个木托盘，上面堆着炒熟的花生瓜子，轻声道：“都是庙中土产，诸位聊以果腹吧。”

我们此番上山，原为拜访现任住持无名长老。不巧他被请到外地主持法事，天黑尚无消息。热心的知客师劝我们权留一宿，以免错过同无名长老见面的因缘。

知客师年近不惑，面色苍白，头皮发青，虽然保持着出家人的恭谨，举手投足还是明显透着灵动。大学哲学系高材生，毕业前忽然往山西五台山出家，潜心钻研声闻律议，但觉难于深悉堂奥。入门师父遂命其振锡远游，谓南方真如寺禅法门风极盛。待见到无名长老，果然是表里端劲，风格高峻，便决定挂单入堂。几年之后，得到无名长老赏识，许为门下弟子，又因为颖敏领悟和交际能力，成为客堂人才。

知客师对我们优礼有加，午饭专门设了客座。香菇、木耳、黄花、豆皮之类，皆是斋菜上品。在以清苦为家风的真如寺，不属多见。下午，领着我们在寺院各处参观后，又送我们到客堂安顿。真如寺严守佛祖“过午不食”的风范，是没有晚饭的。我们碍于知客师一直奉陪，不便外出。未料他却看出了我们的窘迫，送我们入住后，赶紧去端了些零食来。

对国中许多名寺大庙，我一向颇有疑虑。僧侣一心敛财享乐，现末法之象；俗客唯求多福消灾，怀势利之心。所谓“勤修戒、定、慧，息灭贪、嗔、痴”不知从何谈起。

真如寺超然物外。

云居山高，真如寺远，住持禁受香火钱，庙中不见功德箱，对孤苦香客，还免费供斋。其经济来源有二：一是海内外善信檀越（大多是虚云的法嗣或皈依弟子）的资助，这笔钱基本用于寺院的重建修缮；另一个就是靠寺院僧众的耕作，其收获用于全寺百余僧人的衣食和寺庙的其他开销。虚云从住持真如寺的第一天起，就遵“一日不作，一日不食”的祖训，后来的历任方丈亦遵行不移。几十年过去，真如寺殿堂齐全，规仪谨严，宗风再振，心灯复耀，寺誉日隆。以它的守祖训、严规矩、正道风，得到海内外四众弟子的景仰。

一重又一重的楼堂廊阁，默然肃穆的僧人来去匆匆。门、窗、柱、阶、菩萨、香案，处处不染一尘。院子的石缝，杂草拔得一根不存，树冠高大的常青树枝叶婆娑，熠熠发光。殿宇里青烟似有若无，帷帐中佛像宝光暗射。僧人们除了按照分派劳作的之外，都在禅堂打坐。打坐几日几夜不食不寝者大有人在。

群星闪烁，野火远燃，夜静兀自对残灯。是什么支撑他们一任清苦、无怨无悔？

灿烂而静谧，辉煌而圣洁，这就是真如寺。难怪它会紧紧攫住一个哲学系大学生的灵魂。我静静地注视知客师像来时一样无声退出，在炭火的映照中气韵清朗、神采俊逸。

月上中天，我拥衾而坐。窗外的廊庑院落，都在月光中。记起苏东坡的《记承天夜游》。一样的夜，一样的月，一样的空寂，一样的“庭下如秋水空明，水中藻荇交横，盖竹柏影也”。静寂深如海。

远远的什么地方，蓦然响起击打声。“达，达达，达，达达”，节奏分明而均匀。细听是硬木板笞打石地的声音，清脆得没有一丝杂音。在深深的山、深深的夜、深深的禅林里，这声音一直击打到人的心灵的最深处。

一个僧人，在万籁俱寂中，独自持着笞杖，迈过黑暗的门槛，穿过清冷的院落，踽踽而行，坚韧而娴熟地用笞杖击打着一扇又一扇门前的石阶，使人想着庙堂是怎样的永远醒着，犹如所有佛座前的香灯长明。

然后是相继响起的钟声，低沉而洪亮，悠然而深长，仿佛是从地的深处生发出来，先是在重重叠叠的寺院殿宇楼阁之间回旋，然后又远出寺院之外，在环立的山峰之间冲撞激荡。节奏由缓而急，终至如万马奔腾，排山倒海。万山之巅，庄严梵宫，这一片震人心魄的轰然巨响，仿佛是要唤醒一整个浑浑噩噩的世界。

连忙穿上衣服，赶往大殿。

大殿里，众僧已经集齐。殿上香烛明亮，磬钵齐鸣。僧人们双手合十，叩跪礼拜，念诵经文。我们在最角落的蒲团上老老实实低头、合掌、屈膝。大殿里有一种森然的气氛，压迫着我们屏息静气，不敢稍有放肆。

早课持续了两小时。外面，庙召打响了磬板，是上粥座（早饭）的时间了。

殿上的僧人们依旧双手合十，鱼贯走出大殿，悄然进入斋堂。天未明，斋堂居中的香案上悬着昏暗的油灯。斋堂上的条桌和条凳都是简陋钉起的木板。僧人们默然地依次坐好，等着斋厨职事动作。一声铃后，响起一片诵经声。诵经毕，几个僧人分别抱着木桶，分发粥、馒头、咸菜，然后是一片极细微的稀稀溜溜的喝粥声。

粥座之后，僧人们上山、下田、扫地、打坐，各司其事。我们方得以趋近无名长老。

长老昨日夜半回寺，凌晨三时又上殿主持早课，然后又率众粥座。除了主持事务，用斋以及起居，同僧众平等无异。在大殿和斋堂里，他被一片缥缈的青烟笼罩于首座，远在角落的我们难以看清。忽而站在他面前，竟不敢确认。这样声名远播的一代高僧大德，看上去实在太过平常了，眉目面孔与其说是大长老，不如说更接近一个老农民。

听了知客师的介绍，他把脸转向我们，把一只满是寿斑的手掌颤巍巍地举到胸前，连连点头："山高路远，庙里条件有限，难为各位了。"

我说："我们就为一睹您老尊容来的。"

长老仰面一笑："有什么可看的？一个老朽衲子罢了！"

也许因为是同代人，或是昨天下午的闲聊让他觉得我多少有些佛缘，一边的知客师好意奉劝我："何妨即此参禅。"

我沉吟不语。以我的愚见，所谓参禅，无非是去掉自心的污染，显出自性的光明，最后见到自己的本来面目罢了。想清静，早已不是清静；怕烦恼，早已堕在烦恼中；望成佛，早已离了佛道。

无名长老正色一瞥知客师："怕是强人所难了吧？世间无处无佛，平常日用，都在道行中。一个人凡做有益的事情，并且都认真去做，也就是好了。我们这些衲子，日日运水搬柴、种田锄地，乃至穿衣吃饭，其实也都是修行佛法的功课。"

头脑极为机敏，目光慈爱而专注，声音有些沙哑，口齿却清清楚楚。

我说："谢谢长老教诲。我知道我这样的俗物，怎样也修不成正果的。"

无名长老"嗬嗬"地笑起来，说："先生有趣。"又退一步，做了个谦让的手势："走一走？"

我赶紧躬腰："长老先请。"

天已明亮，院中的一切皆已清爽。冬晨的寒气凛冽，各人的口鼻喷着白气，无名长老的眉头竟有凝珠。但他穿得比我们还要单薄，一件褪色但洁净的海青，在晨风中翩然鼓动。已经是耄耋老人了，步履正直平稳，上身始终端正，决不俯仰动摇。两只垂下的手臂略略张开，在身后缓缓摆动。动静威仪，一派老修行本色。

无名长老引领着众人在天王殿前的平台站定。身后是森然重叠的殿阁，身前是莲山巅顶的一坦平川，四周如屏的山峰苍然肃立。天色青淡，万里无云。离太阳出山尚早，山野似在梦中。禅田有僧人拖着悠长的声音依稀在唱：

手把青秧插满田，
低头便见水中天，
六根清净方为道，
退步原来是向前。
……

无名长老抬起双臂，伸展开来，像是要拥抱什么，缓缓吐了口气，说："山下的众生多在酣睡，我们已经清醒活动多时，这也就延长生命的效用了。僧家与俗家分别，这也算是一种吧。"

到底是一代宗师，满口大白话。

空与无，原是存和有。世间多少说教，其实大失尊严。大道至简，凡真理都最朴素。简陋到极致，才是让人从心底温暖的最大方便。

而岁月在大悲者，便是云淡风轻的一串声音。

人世间灯红酒绿方歇，是谁敲起木鱼？

是更夫报晓？是僧侣布施？

是教人在心神最为清明的五更寻求精神的净化。

深夜敲响的木鱼，是冷漠的繁华中擦出的火星。散在漫天的雨丝，忽而悠远，忽而切近，遵循着庙堂的一板一眼。

木鱼声从黑夜穿过，让睡者听到智慧的呼唤，却又不至中断世俗的美梦。

无须寻找木鱼声的来处。“一切有为法，如梦幻泡影，如露亦如电，应作如是观。”现代人性的失落，不过是无常的一种，需要的是内敛而不是宣泄。一如萌芽，将发未发的包孕，最是劲健。带了勃发的张力，氤氲一脉心香，柔弱而刚强，宁静而致远。

将别真如寺，我颇流连。归来偶对梅花嗅，春在枝头已十分。

济南的泉

齐鲁界焉，抬头观泰山，低头看黄河。自大舜“渔于雷泽，躬耕于历山”，凡四千年历经沧桑而有济南。其城可谓古矣，不及其民；其民可谓古矣，不及其泉。甘露生于天，甘泉出于地。“齐多甘泉，冠于天下”（曾巩·《齐州二堂记》）。冠于天下的泉水孕育济南，济南因成齐鲁大地的凌波仙子。四大泉域，十大泉群，七十二名泉，七百天然泉，“家家泉水，户户垂柳”（清·刘鹗），或如银花玉蕊，或如明珠璎珞。泉是济南的血脉，泉是济南的气韵，泉是济南的灵魂。

齐河古岸，年年芳草，护城河桨声欸乃。齐烟九点，一城山色，半城春水，绿了一个济南。大明湖四面荷花三面柳，像新磨的净鉴，照出千佛山影。烟水迷离，老柳树远望七桥。小舟飞棹去如梭，齐唱采菱歌。荷叶是泉城的掌心，露珠在掌心里嬉戏。日光烂漫时，天鹅拨动水里的彩云；月光落下来，弯月钩起额上的柳丝。七桥烟月谁收却，散入明湖已十分。

多情北渚，野桥风乱，减却芳菲过半。到处是唐诗的忧伤，宋词的婉约；到处是杨柳舞低楼心月，桃花歌尽扇影风；到处是离亭别宴，红翠欢歌唱未遍。翠楼西头，归雁与征帆共远，琼枝与玉树相依。去哪里闻琴知音？向谁人解佩相赠？

鹊山湖送别友人，李太白亦觉湖水遥；历下亭把盏后，杜子美艳羡名士多；春雪初晴的日子，苏东坡慨叹暮云沉；北望长安的时候，辛稼轩倩何人揾英雄泪？

多少人曾经“层城齐鲁封疆会,况托娥英诧世人”（宋·曾巩），多少人曾经“时来泉水濯尘土，冰雪满怀清与孤”（元·赵孟頫），多少人曾经“折花都隔山前雨，直到黄昏未得回”（明·王象春），多少人曾经“日日扁舟藕花里，有心长做济南人”（金·元好问）。

门槛外飘着东海蓬瀛的雨，窗户里含着南山岱岳的云。走过了上古虞舜帝躬耕的阡陌，跟着飞出千佛寺院的翩跹蝴蝶，沿着泉水，沿着似有似无的晨昏线，抵达意念的深处。有一种兰花的馨香，与流泉的清冽组合，飘散于喧闹的街市；有一种醉意，从淡淡的水墨洇出，融入骚客的幻想；有一种韵律，流光溢彩，拨动月色的童谣。

不知何时滑落的梦境，在浅浅的笑声和絮语中复活。怀抱着旷古的风花雪月，以及隔世的诗词歌赋，与泉城偶然邂逅。一次短暂的对视，足以让我憔悴一生。

彳亍在济南的街巷，就像王右军轻放在兰亭曲水上的那只流觞，悠悠地漂浮，两边不知有多少泉的召唤，耳畔尽是泠泠的水声。

西门外，桥下一溪清浅，趵突泉汩汩涌出。也许该停下来弯腰一掬，却止不住脚步匆匆。趵突泉开阔的泉池，占了园林大半。池水透明，游鱼水藻，纤毫毕现。三大泉眼，井口粗的水柱昼夜翻滚。白雨跳珠，蜂醉卧于新蕊，黄鹂的花腔直入青云。鲜亮的蓝蜻蜓，静立于菡萏，回忆那些遥远的花朵，那些被诗歌和祝福充实的草地。趵突泉，给济南添了一半妩媚。

野性的黑虎泉，无声的虎啸令人胆寒；原想在静心泉静心，心却跳得更加厉害；琵琶泉边的浮萍上呆坐着痴迷的青蛙，鱼也都凑近来，闭上了眼睛；杜康泉让诗人三月不醒，情愿醉死济南；珍珠泉几曲绕琼房，一泓映绮疏。可以涤心志，可以鉴眉须；王府池原是旧时王府院中池，却穿家过户流入寻常百姓家；芙蓉街和曲水亭，是济南的精髓所在。回廊环绕，花格透窗，亭门楹联，可以怀古，可以观棋，可以命楮挥长毫。孤烟远树触动了游子的乡思。有杨柳依依，有故人归来，有罗衫飘忽，一步一回头。清泉养大的济南人，对远来的客人总是心怀喜悦，轻轻敲开人家的小门，院外青山入座，院里清泉烹茶，还有不藏不掖的家常话。

携一卷《漱玉词》，最想寻访的是漱玉泉。龙潭西去趵泉东，恼恨年年春风。柳絮斜阳里的萧萧故宅，朱门深闭。一泓寒泉，三更画舫，锦绣依旧。门前流水犹作漱玉声。红藕香残，人比黄花瘦，三杯两盏薄酒，浇不透黄昏的点点愁。独立风流，巾帼词宗何在。谁在抚琴吹笛？谁在起舞弄影？谁在揣摩佳人心思？不知是漱玉的泉水温润了李清照，还是李清照照彻了漱玉的泉水。一回眸就是一个过场，一首词便是一代江湖。一叶兰舟让相思泪洒千年。

下雨了，明天早晨，济南家家的泉水又该旺了。垂柳的门口，少年的眼睛已经洇湿，而明亮的花伞渐渐飘远。

在济南随处一泓泉边静静沉思，任湿润入侵，任落英缤纷，任荡漾的蛙鸣与荷香清爽了夏天。泉水带来了森林山川的体温，以及天然的古朴，让所有喝过的人忘记江海浮名，还唱新声。即使有一天芦苇的头发白了，也不必说秋风萧瑟得苦。

泉的意象，折射出思想的光芒，如同通往迷宫的路标，若隐若现。我想去拾水中的落叶，在远古的断简寻找神迹的残留。美人眼神一样的清泉，歌之舞之，在叮咚中跳动着旺盛生命的美妙节拍，提升了憧憬的高度。

泉是完美艺术的故乡。泉的意象是宇宙和谐的最高融合。人类和自然，曾经相互对立。埋藏了亿万斯年的泉水，刚冒出地面就在荆棘丛生中穿过高低不平的野径，带着对人类困境的疑惑，走进现代文明的视野。

一泓泉就是一首诗。始于圣洁而最终达到生命的净土，迢迢引领迷惘的人们走向复乐园。泉从内容到形式都在暗示：泉就是神话，泉就是未来，泉就是神话与未来的重叠。

泉就是永恒。

带着对逝去年华的追忆，无数人将逆流而上，一页一页地翻过史书，去寻找泉边那棵苍劲的雪松，回到童真。并且通过吟唱，让遥远年代尘封甚至失落的神话再生以至不朽。让我们所有未来的孩子，在原始甘甜的滋润下诞生，在天真欣悦的晶莹中成长，在自由流畅的律动中成熟。

别了，济南的泉水。即使我不再来，你也永不会从我心里流失。

烟花扬州

烟花三月，是一部宏大合唱的开篇。

那个三月，是什么让快意青春的诗仙如此怅惘？云水微茫，霞光潋滟，一片缥缈的帆影，消失在碧空尽头，牵着热烈的视线，牵走浪漫的诗心。鸟语花香中的千古丽句，写尽对绝世繁华的渴望；所有的诗意，皆与一个无比美丽的诱惑有关。

淮左名都，竹西佳处，烟花三月的扬州，让石头也会跟着飞翔。长江万里多少城池，扬州最让人握不住心旌。

古运河。滥觞在夫差，兴盛于炀帝。匠心独运的扬州三湾，春风十里，浅深高树，故园繁雄。迷楼挂着星斗，船帆矗立锦缎，明珠飞溅如雨。宝辇塞途，绫罗障目，粉黛相染。十万家画栋珠帘，百数曲红桥绿沼，三千里锦缆龙舟。爵马鱼龙忽如一梦，微澜萦绕着旧时宫阙。春意最浓的季节，杂花生树莺乱飞；春意最浓的城市，有折不尽的柳、喝不尽的酒、看不尽的倾国倾城颜色。

瘦西湖。两堤花柳全依水，一路楼台直到山。迤逦兰舟画舫，扬州浮在水上。青石砌成的桥洞，逸出陈年的酒香。如此的意境，无需渲染。走进的是画卷，溅起的是诗行。蜂蝶荡漾春光，柳莺讶语春风。一泓曲水，轻飏妙曼束腰；一湖千娇百媚，比美人瘦。

瘦之为美，非自你始；你之为美，给瘦平添了无限风姿。楼外群楼，也看似窈窕。

巷城。巷入垂杨，画桥南北流水人家，悠长在史卷深处。独自徜徉，疏远了尘嚣。白墙黑瓦，款款人影衣香。一把纸伞，撑起细雨霏霏。谁家的女儿，在屋檐下捡拾花瓣，侧肩回眸一场邂逅。三月的眸子，透出嫩绿的遐想。曲径落红成阵，掩埋着谁的相思？雨滴敲打门楣，隐没了谁的叹息？是晓梦，惊破了一瓯春？春日迟迟，卉木萋萋，密语藏在窸窸窣窣的衣袂。栖居在芳华深处的心，从馨香里悄然苏醒。

三月最宜于酝酿故事，扬州最宜于缅怀古典。

缅怀古典的春情。草树知春不久归，百般红紫斗芳菲。满湖是丽人如花，满船是罗绮花酒，笑隔柔桑共人语，醉了花一样的流年。花海中摇橹的声音，乱了分寸。廛閈扑地，歌吹沸天，喧哗遮断了钟声。佳人浅笑，公子策马，一不小心，误入了桃花劫。杨柳洋溢的庭院，花影压了重门，不知深几许？虚掩的门，等着推敲，胭脂的气息一任销魂。粉面桃花的舞姬，凤眼迷离。樱桃红破，玉人与洞箫，让二十四桥飘摇。

缅怀古典的性情。少时仗剑漫游，壮年散发弄扁舟，白首便与青松做伴。人生泛乎若不系之舟，诗和远方，永远是最高的主题。佳人在旁美酒在握，以风流倜傥与闻天下。流连风月而忘却功名，视冠冕君王如同无物。静则无人野渡，蓑笠渔翁；闹则欢乐无穷已，歌舞达明晨。叹一声人生只合扬州死，写诗不避讳曾经的薄幸荒唐。一个引杯添酒，一个把箸击盘，白居易刘禹锡惺惺相惜，驿外听见马嘶，南风不识故人心；禅智寺的台阶结满了柔软的青苔，晨曦里蹒跚着酩酊的杜牧之。年青的节度使府掌书记不知暗数春游处，偏忆扬州第几桥；欧阳修呵护琼花，苏东坡罢黜牡丹会，同是文章太守，名士风骨岂止五百年。

缅怀古典的诗情。唐朝是诗的海洋，《春江花月夜》是海上明月。月光君临海浪，涛声飘逸。闪动的长歌，有些许神秘。乘着海风的恢宏，在海天间缭绕。云浮于最远的天边，辽阔、宁静，星光闪烁的苍穹，正是美满的时刻。大音希声，演绎传说。月下的高崖，智慧和孤傲熠熠闪耀，照亮了灵感的神殿。人来人往只在须臾，月圆月缺永恒不变。而时光的背后，有张若虚，定格在语言的阡陌，守望诗歌的瑰丽田园。

……

三月，我在扬州收集记忆，收集千年遗落的旧梦。

东风得意，芳草斜阳，王维画中。酒旗在水村山郭临风，寺庙与楼台笼在淡烟。雕栏玉砌，亭榭重重，堆石懒卧。薰衣草一片明亮，虞美人娇若西施。历史是扬州的佳酿，深夜的沙漏里，散落着苍老的呓语。拈香细读经卷，诗意侵染了青衫。几分惬意，几分微醺，几分悠然散淡了情绪。数声啼鸟，卷帘无语。春灯如雪，一茶一偈，且随了板桥："我梦扬州，便想到，扬州梦我。"在行云流水间寻找远古的情怀，在绿色的律动中明了人世的意义。抚琴对月，静待一轮盈缺。

可以错过天堂，不可以错过扬州三月。三月，一个多梦的季节，一个成长的季节，一个拥有的季节——拥有了阳春三月一样的惊喜，便拥有了心灵的期许。即使斑驳了三月的色彩，也不损扬州的雍容华贵。穿过现代的旖旎，铜镜说服了岁月，永远也看不见凋谢。三月的扬州无需形容，一树千年依旧的鸟鸣，明朗的是千年依旧的心境。

景观可以复制，文化无法克隆。扬州，沉浸在唐风宋韵中的绿杨城，名城中的名城！

为了抵达，值得挖一条河；为了离别，值得洒一湖泪。

江与海的花朵

最先在海面站起的当然是狼山。

抖落掉汹涌的浪涛，任激流从头顶披挂而下。群山随之站起，手臂挽起手臂，在大海吞噬长江的地方，俯瞰那一片几度陆沉又几度崛起的土地。

江水一次次冲击，成为高岸；海浪一次次淹没，化作汪洋。江和海掀起滔天的洪流，泛滥在平原和山地。狂风呼啸，大地战栗，万籁俱寂。

终于听到惊雷的暴发，终于看到闪电的长剑，终于闻到咸腥的风的清新，终于长久的黑暗被天空的蔚蓝取代。也许是江与海终于倦了，岸边出现了嶙峋的礁石，蜷伏在那里，像一群历经磨难的老者，让人追忆传说。大雁列队，带来了细雨蒙蒙，天空飘落下无数种发亮的韵律。迷离的摇曳的芦苇悄无声息地挺拔，给那些坚韧的礁石披上盛装，让尖锐和锋利有了妩媚。小鸟叼着树枝做窠，蜂子深吻着玫瑰，树叶私语，诉说惬意。

于是，又有了白天有了光明，又有了黑夜有了星空，又有了生机有了希望，又有了季节有了收成。先民从华夏文明的发祥地一路东来，与鹿象为伍，辟荒榛莽草，刀耕火种，男耕女织。于是，鲜花又绽放春的符号，青果又发出夏的宣言，农家晒场上堆满了洁白的棉花，渔网拉开了渔户的笑脸，儿童们趴在湿漉漉的草丛，翻滚着，跟大地一起享受幸福。远远近近的炊烟，好像是通向天堂的路。烈日在江与海的岸边梦幻般徘徊，走出岁月的流失，沿着履履辙迹抚慰大地，又一度与美好默契。

春夏秋冬风花雪月，大自然的浪漫让人富于激情。电闪雷鸣呼啸在宇宙的胸怀，涛奔浪涌变更着生命的历程。南通，五千年的沧海桑田，穷尽了岁月的颜色。大自然生机勃勃的时候，美妙的故事一个个成熟，无边的翠绿连接起欣欣的里程。

冬日，我徜徉在南通暖暖的阳光下，穿过现代楼群玻璃幕墙的峡谷，去叩击历史的门扇。

巨海一边静，长江万里清。（唐·李白《赠升州王使君忠臣》）

狼山高台，凝眸斜阳。对海阔天空，临眺苍茫；凭吴门怀古，老树峭崖。北溟鱼浮海吞江，回风滔日孤光动，暮寒云雾连穷屿，无边波浪拍天来。

江海之间，蕴含着太多的奥秘，在不经意间让人浮想联翩，放飞呆滞的思绪，给无数久违的事物，注入生命和谜。一种非凡的动感，起伏跌宕。这一片鉴真东渡泊舟避风的土地，这一片骆宾王终得安息的土地，这一片王安石眼界大开的土地，这一片文天祥孤旅天涯的土地，这一片王国维想要构庐小隐的土地。古老帝国沉睡的肢体渐次苏醒，几度沉沦的文明渐次复活。

石垒的栈桥，是黄泥山伸出的手臂，托举起万里长江第一座灯塔，在辽阔的江海交汇处闪耀世纪的光辉。

张謇，大清王朝的末代状元，中国科举的制度终点，却第一个造就了中国城市的现代标本：第一座近代城市、第一所师范学校、第一座民间博物苑、第一所纺织学校、第一所刺绣学校、第一所戏剧学校、第一所盲哑学校、第一所气象站，让《清明上河图》成为真正的旧梦。

杰出的人物，是一座城市的灵魂，他们确立了城市的样貌和风姿。没有张謇，南通就说不上有比别的城市更多的优越。南通州北通州南北通州通南北，东当铺西当铺东西当铺当东西，如此而已。濠河南岸的张家别业，左窗听海，右窗观江，强壮的中国紫藤拥抱着巨大的西式廊柱，主人的襟怀与眼光，令后人惊叹。一个构建了城市物质形态的人，同时就构建了城市的精神品质。浓荫中的老屋再旧，也已成为家园的血脉。安谧的灰墙街巷，低调的青砖小楼，平易中流溢着雍容尊贵。款款而过的路人，总是男子儒雅，女子娴静。

濠河，中国最完好的护城河，让古城端坐在水上。三元桥头的文峰塔，半村半廓，塔影倒悬在云霞，扁舟一叶一诗人。水心阁外依旧水天相连，垂杨如同轻烟。夕阳中是否还会有人问渡，柳岸上是否还会有人争唤卖花的船？夜晚，诗意被月光带进身体。静坐在船窗的花格前，最佳是无言。河流的吉光羽片，让思绪走失而被远方收获。月光研平了所有的褶皱，静水深流而不息，濠河维持了内心的素洁。霓虹缤纷的桥下，少男少女蹲下身子，想要舀起水中的倒影。

宽宽窄窄的濠河婉约迤逦，万种风情。刺绣的工坊，就在临水的庭院。繁华的街市骤然失去喧闹，天地万物似乎都停止了工作，把时空留给了纤纤玉指的舞蹈。天下闻名的沈寿仿真绣，一种绵密与细腻的极限。神针静落无声，聆听有调，妙曼而富于节奏。到处飘着丝线和色彩的芬芳，如火如荼的牡丹招蜂惹蝶，扑面而来的欧美第一家庭笑容可掬……仿真绣是这座城市怀揣的魔镜，让现实成为梦幻，让梦幻成为现实。仪态万方的大师就在走廊上低吟，开启的门让百年的光荣和神魂颠倒的秘史自由进出。

五山连绵，敞开胸怀，面朝无垠的江海。

云端的古寺，传来悠远的钟声。大势至寄寓着北方部族的故国情思，观世音安放着南方生民的良善愿望；南通僮子融汇了楚越以舞降神的巫觋，蓝印花布浸染了吴地女儿传承千年的质朴审美；被北方人视为江南人，被南方人视为北方人……江与海之间的高天厚土，来自四面八方的生命，凝结成异样绚丽的花朵。

东抵黄海，南望长江，据江海之会，扼南北之喉，有黄金海岸的广阔，得黄金水道的优势。一代又一代，重复着这片土地上的神圣誓言：有大江一样挟风带雷、穿山破谷的奔腾气势；有大海一样容纳百川、包罗万象的无比度量，让江与海，忠实地接受创造者的传奇。南通，天空永远高远，梦想永远斑斓，风云永远激荡；而诗意，永远蓬勃。

岱山观祭海

还在海上，就远远看见岱山海岸高处，那个显然是有标志意义的巨型雕塑：湛蓝的晴空下面，一条金光闪闪的大黄鱼，跃然涛上。

岱山岛，舟山群岛的第二大岛，中国东海的“活鱼库”，最负盛名的岱衢族大黄鱼的故乡。每逢农历四五月初和八月大黄鱼鱼汛时节，岱衢洋上到处浮光耀金，把耳朵贴在船舷便可听到大黄鱼的鸣叫。江、浙、闽等地捕鱼船密密麻麻挤在一起，夜间白炽的照明灯灿然若昼，形成著名的“岱山十景”之一的“衢港灯火”。很是让人神往。

然而，上岛之后，我才知道，当年多得让人们像白萝卜一样食用的野生岱衢族大黄鱼，如今已在这片海域消失得无影无踪。所谓“衢港灯火”，已是陈年旧梦。往日耀眼的欢喜，化作今日黯淡的惆怅，在风浪雕刻的皱纹间飘忽。仰看对港山上造价八十万元、高达十多米、抗风十二级、进口不锈钢双层制作、纯金箔贴面、气势磅礴直上云天的钢骨架大黄鱼雕塑，便有了黑色幽默的意味，心里不由得泛起莫名的苦涩。

为延续岱衢族大黄鱼资源，人们能想到的唯一办法是利用岱衢族大黄鱼的原产水域发展海水养殖。县政府曾以每公斤两千元的收购价，组织上世纪70年代的“黄鱼老大”带上传统网具，下洋寻找岱衢族野生大黄鱼，以期通过人工育苗放养放流，让岱衢族野生大黄鱼重现鱼汛。

这是一种有勇气的艰辛的努力，却又似乎是一种渺茫的渴望。

事实上，在这片广阔的海域，需要痛切呼唤的生物种群又何止是岱衢族大黄鱼。

造成这样的结果，原因也许很多，但最直接的一个原因无疑是长期的滥捕。

岱山的“群岛诗群”有位诗人曾这样描写过岱衢族野生大黄鱼的捕捞：

……
惊涛裂岸
船的回想仍有些醉意
解缆待发更像是笛声下的羊群
在最光辉灿烂的一次旋舞中
与海指腹为婚
那胸脯洁白的灯须
已把最后的月色卷走
一种燃烧被赶海人打捞出残存
从今晚流动到明晚
似乎闻到了被切割的海洋脉管里
喷射出来的腥味
……

我是在上岛后读到这首诗的。我不懂诗，不知道诗人在这里抒发的是对海的情感抑或是对人的情感，令我心灵震颤的是“被切割的海洋脉管里喷射出来的腥味”这样的文字。

多年前读恩格斯的《自然辩证法》，有句话我至今记忆犹新：

“人类对于大自然的每一步征服行动，都要遭到大自然加倍的报复。”

而近半个世纪以来，人类对地球的破坏已达到前所未有的惊人速度，人类赖以生存的三分之二的生态系统，包括空气和水源，受到污染和过度开发，生物的多样性承受着无法扭转的损失，自然界因此突变频仍，恶病蔓延、森林摧毁、海洋出现“死区”，百分之十至三十的哺乳动物、鸟类和两栖动物濒临灭绝的边缘。

“人类的活动已经对地球的自然运动规律带来难以承受的压力，地球的生态系统因此未必能养活得了未来的人口。”

类似的警告已不再是危言耸听。

于是人们总算越来越多地有了对自然的恐惧和敬畏。

在岱山，就有了惊心动魄的祭海：

上千渔民远洋归来，降落风帆，熄灭轮机，泊船入港，然后聚集海滩，面对茫茫沧海、汤汤大水，在铁铸的岸炮和巨钟轰响之后，着古老的装束，用古老的语言，在古老的音律中，合掌躬身，叩着揖拜，发愿立誓，感谢海洋的护佑养育之恩，表白自己的戒忍觉悟之心。

当时，整个港湾，樯桅林立，肃然无声；无边山海，风平浪静，凝视倾听。而冥冥海天之间，似乎真有神灵：一早还阴霾如铅，雨意甚浓，忽然就云霓飘散，蓝天现面，祥光普照。至祭拜仪式结束，方才风雨大作，漫天挥洒。

在整个冗长的休渔谢洋大典中，我唯从此祭拜中看到了惶恐，是的，是惶恐！用那么庄严、那么神圣、那么虔诚的方式表现出来的惶恐！面对深受伤害的海洋，还有什么比如此的惶恐更能感天动地，更能表达人类的醒悟、反省、忏悔的呢！

海洋，母亲海洋，生民养民的海洋，给男人以筋骨、给女人以胸怀、给少年以梦想、给诗人以灵感的海洋，赐予了我们那么多，还将无保留地赐予我们的海洋，并不需要帝王术士的光环，并不需要居高临下的慈悲，并不需要装腔作势的做戏，更不需要高价出场的歌星假唱的爱。只需要像她本身一样的质朴、一样的真诚、一样的深情啊。

将地球生态的恶化，完全归结为人类的贪婪，也许不尽公平。物种竞争的残酷原是与生俱来的。但人类作为一个最具灵性的物种，自然有足够的聪明。我们善待世界，其实是善待自己。

岱山的这次休渔，为期是三个月，为此举行祭海典礼，是第一次。无论如何，有了开始，总是值得欣慰、值得投以敬意的！

岭南新天地

佛山，“肇迹于晋，得名于唐”，与汉口镇、景德镇和朱仙镇并称为国中四大镇，与北京、苏州、汉口并列为国中“四大聚”，因而有无数好去处。其中最让我盘桓不去的是“岭南天地”。

南国的深秋，洒脱而茂盛。花香和着绿色的风，拂过沧桑。伸向天空的楼宇，静坐在月光里聆听星星的流动。

祖庙，珠三角万庙之首，岭南天地的中心。庙宇、园林、街道、商铺、作坊、民居、食肆，以及粤剧、武术、民间工艺、民间习俗，熔岭南特色、地方风情和时尚元素于一炉，令来自四面八方形形色色的旅人摩肩接踵。

撑开心情的伞，漫步祖庙的殿堂。能听见一百年前的呓语，有痴情深深沉淀。戏台高耸，粤韵铿锵。落寞时，形单影只悄然远行；得意时，名车美眷衣锦还乡；涌动的悲欢离合，揪心的生死聚散……祖庙本就是家族的戏台。

曲曲折折的陋巷，隔开了闹市的喧嚣。梁园在轻飞的梦里，恬静地散发着温情。“十二石斋”“寒香馆”“汾江草庐”“刺史家庙”，绿水荷池、曲径小桥、奇峰异石、庭院幽深。不愧为广东四大名园之首。灯笼瓦舍，窗上的剪影，静美如诗。翠幕轻卷，青灯摇曳，倚窗对月叹息的，那是何人？黄飞鸿，抑或梁启超？箫声未歇，幻影已去，亭亭玉立的池中荷，欲把君留。倾听细语呢喃，欲说还休。诗人们于此结社，为没有结尾的故事续写诗意的篇章。

墙砖残留着斑斑伤痕，石缝渗出苍凉。简氏别墅镏金的屋檐上，生出苔色。流离的子孙近乡情更怯，不敢问来人。无论走到哪里，故乡永远是灵魂深处解不开的情结。多少风过雨散，多少故人不见了踪影。曾经日思夜想的故乡，多了惆怅。

那个更夫还在吗？他曾经做着梦似的，敲沉了别人的梦，老烟袋咀嚼着长长短短的掌故。石板路坑坑洼洼，他深一脚浅一脚，蹒跚在明暗中，听着墙里谁家小子三更的啼哭。他知道哪一块石头低，哪一块石头高，哪一家门户关得严密，哪一家的女儿将要出嫁。

千年酒香，逸出静谧巷陌；剥落的瓦当，让人触摸到消失的岁月，以及祖先油光的脊梁。老街老了，老成了历史。无数的脚步匆匆走过，把依恋远远地留在后面。被时间磨蚀的堂皇，定格成文物和遗产。老街重生了，生气勃勃，衰朽中生长了新的故事。所有老旧的店堂华灯高悬如同白昼,现代商业的洪流汹涌流淌。红男绿女们卿卿我我毫无顾忌，祖传的乡饮盛典和舶来的万圣节营造出眼花缭乱的倾城之欢。再也见不到一个丁香一样的结着愁怨的姑娘，默默地走近，投出太息一般的眼光，飘过像梦一般的凄婉迷茫。

中轴线上的钟楼，是岭南天地的地标。我在楼前踟蹰，期期艾艾，往返流连。一切都来得轰轰烈烈，好像云霓的铺陈。一切都走得匆匆忙忙，如雨露打湿荷叶。天地以默无声息的方式化育了万物的灵动。一种空明间的超凡，诗韵里的悠远，凝练了物我的默契。

时间的荒涯，搁浅了谁的絮语？日子的涟漪，拨乱了谁的心弦？花开叶落，诠释一路坎坷。纷繁世间的孑然过客，阅尽炎凉，在灯火阑珊处独立。静静地追忆多年的彷徨，终至放弃所有的挂牵。但愿拾一份采菊东篱下的悠然，与天地共老，与日月同眠。让温柔的风放飞思绪，让低沉的钟打破记忆的终点，用哲人的情感把一生的旅途收成诗行，在沸腾的声音里让沉寂的心灵波澜壮阔。请别笑多情似我早生华发，请包容我的多愁善感。此后，呼吸里必有你的气息，回忆中必有你的风姿。

厦门园博园

是一场好雨：仲春时节，烟一般地，飘然而下，无声无息。而被笼罩的一切：榕树、桉树、棕树、凤凰树、三角梅和睡莲，青草丛、卵石路、巨石、雕塑、亭台楼阁、桥与牌坊，若隐若现，却又湿漉漉的透明。一切都因雨而变得朦胧，一切又因朦胧而变得明亮。所有的尘埃都在雨中消失，所有的躁动都在雨中止息。留下一片浓郁的绿，一片纯净的蓝，一片清洁的心情。被洗涤的灵魂从身体里飘飞出来，在雨中，轻舞飞扬。到处是春的消息，到处是蓬勃的生命的律动。

是一个好去处：喧闹与静谧、丰富与简约、现代与传统、标新立异与古色古香集于一身——喧闹者花卉，静谧者路径；丰富者其形，简约者其神；现代者理念，传统者意蕴；标新立异者风格，古色古香者品质。

“博”者，多也，广也，大也。园博园，集天下园林之大观。五个展园岛、四个生态景观岛和两个半岛，由形态特色各异的十五座桥梁构建起彼此的互动，自然形成众星拱月的多岛结构。三十多座玲珑小桥遍园散落，不同流派的园林风格融为一体。洁白的园门像展开的翼羽，竖琴桥诠释着琴岛的珍贵，花草紧裹的展馆像正发芽的种子，岭南园雕塑了北地的骆驼，江南园尽是亲水的雅居。清潭上的小石条穿过荷花，成群的红鲤在荷叶下游动。这边花丛是白色的雪野，那边花丛是红色与黄色的海洋：淡黄色的小翠竹是护花使者，兰花或四世同堂，或三足鼎立，或相依为命，或独树一帜；古镇、古船、古戏台、古庭院被河道巧妙隔开；当铺、酒馆、染坊一应俱全；私塾先生教童子背书；古装男女娶亲拜堂；侗族鼓楼一柱耸立；兰州水车巨轮倚天；北方区一展帝王尊纡；闽台岛尽显骨肉亲情；嘉园馆的三角梅五彩斑斓；闽西苑的土楼是世界民居奇观；国际园的风车随风轻转；赤道上的茅草屋在狮身人面像前蹲伏；现代园的澳门馆布置精巧；香港园的设计水韵灵动；公共园的小天使闭目凝神，聆听世人祷告；浩洁桥上的月光环碧绿晶莹，期待人民的福祉与团圆；矗立在这一切之上的是八角塔楼杏林阁，以五十多米的高度雄视海天，是整个园博园的标志，也是新世纪城市风貌的代表。

颇别出心裁且有深意存焉的是教育园。中华教育的演化脉络、特点与成就，教育家的人格风范以及中华文化的独特风韵、悠远与厚重，像一幅辉煌长卷，庄严、肃穆，于此徐徐展开。

一颗颗雨滴串成珍珠在殿堂青檐上垂挂，一支支无语风荷在小桥流水中酽醉了花容，一曲曲古筝琵琶轻拢慢捻婉转叙话大音希声，一首首唐诗宋词峨冠博带低吟曼唱遍地风流，一盏盏照亮人生道路的灯闪闪发亮，一把把遮挡世俗风雨的伞悄然张开，一翦翦飘丝透过红尘透过心灵，一瓣瓣心香穿越远古穿越未来，一缕缕追溯鸿儒先哲的思绪攀成藤蔓，一簇簇传承文明薪火的豪情熊熊燃起。

一座充满了喧腾与繁华的城市，竟掩藏了这么幽深与纯粹的宁静与天然。大道经天，斯文纬地。煌煌历史触手可及，不再苍茫；泱泱国粹扑面而来，那么亲切。人们在创造物质奇迹的同时，如此虔诚地建造了供奉国家民族精神血脉的圣殿，承载起中华文明道衍千秋的神圣！

是一场好雨。是一个好去处。园子很静，落红有声。草叶沁出漫天碧绿，花枝擎起含苞蓓蕾，密雨从容融入泉池，涟漪悄然泛起。忽有清纯鹭鸣，穿插雨中，宛如天籁。海天清新如洗，步履轻松惬意，每一个细胞都在深深呼吸，而目光早已濡湿，带着被浸淫的柔润。千古的风华，千古的精髓，千古的雨露，滋养着并将永远滋养一个渴望复兴的民族。

百年侨乡

题记：历史不会结束，只有遗忘。总有被毁灭的，总有被掩埋的，但永远没有终点；总是在变迁，总是在流逝，但总是有一些坚硬或柔软凝固然后沉淀，并且永恒。

钟楼

潭江之滨，南为乡村，北为市镇。堤东堤西路沿江迤逦。六百座骑楼或淡黄或暗红，绵延三公里。几乎一楼一式的西洋屋顶，镶嵌了彩色玻璃的门窗，石雕精美的拱券阁台，依然是百年前的模样。欧陆风情的格调，成就赤坎为“中国第五名镇”。

潭江最早是赤坎通往世界的黄金水道，定期有班船去澳门、广州数十港口：清朝是木帆船，之后是当地人称“蓝烟囱”的电轮船。江面上往来于赤坎与港、澳、穗的船只井然有序，载出当地的大米、特产，运进欧美的花布、铁钉、钟表、火柴、煤油……至今，赤坎古渡的踏跺、船只系缆的石墩依旧完整，让人听到当年的渔歌唱晚；五大会馆遗址，让人遐想当年无数商贾的摩肩接踵；几乎曾有的所有商行名号，都能从斑驳的字迹上辨认。

康雍年间，赤坎为圩市。

晚清，赤坎镇形成。

由赤坎始，开平有了公路，有了汽车营运，取代了明朝的官轿肩舆。镇民建马路、修长堤、筑骑楼、扩铺业、兴教育，极一时之盛。历二战涂炭，赤坎梅开二度，进入黄金时代。交通恢复，邮电畅通，江海交汇、中西合流的商贸通衢，舟楫如梭，樯帆如林，侨汇物资滚滚奔流，镇上商号相继复业，尤以侨资商铺遮蔽半边天：金银珠宝门连户对；茶楼酒馆鳞次栉比；粮店、绸庄、诊所、相馆一应俱全；每逢圩期节日，猪牛羊肉、鸡鸭鹅鱼供不应求。

内战祸起，物价暴升，商号倒闭，繁华梦破。赤坎再次从极盛跌落。

十万同胞远去海外。

开平县治迁出赤坎。

老镇如同弃妇，铅华褪落，姿色凋零，精致而又跌宕的前世今生，让后人嗟叹。曾经风光的，渐次黯淡；曾经喧嚣的，悄无声息；曾经年轻的，两鬓斑白。钱庄当铺结了蛛网，“巴黎”旅馆形容枯槁，王谢堂前无飞燕，烟花青楼埋没草丛。身强力壮的汉子远走他乡；拖儿抱女的妇人沿街哭号；华厦懒卧苍凉，层楼十室九空，宅门黯然锁，院花寂寞红；祠堂香火明灭，喑哑地絮叨；灰灰菜和狗尾巴草在屋檐上疯长。对于漫长的岁月，他们只是时间的附庸。百年的兴旺随了潭江水，荡荡没入海空。

多少人的户籍已被勾销？多少人的过去已经隐匿？多少故人已被忘记？对于从不停歇的时间，他们仅仅是岁月车轮上的尘埃。街边的老人和生意人神色迷惘，看着一拨一拨行色散漫的外地人，不知他们在寻找什么。

一步步走在砖石斑驳的街道，踏着一部厚重的史册。

恍然走进一个旧梦，就像孩提时遇到的生字。面对沉重的、轻浮的、清晰的、混乱的、真实的，抑或虚妄的历史，困惑而好奇。

历史有用沉默作答的习惯。飘零的树叶，自然、真实，又荒诞不经。仿佛蝴蝶和庄子在对话。我来寻找一首诗，一首简单又冗长的诗，能充分叙述、怀念、反思、想入非非，分辨奇迹和传说的真假。我会写出一些长长短短的文字，尽管并不比街边的一株紫荆珍贵。赤坎街四季都遍地落英缤纷，踩着芬芳的花瓣，就触摸到赤坎街的温馨。

跟随一位老人沉稳的脚步，踏上去钟楼的楼梯。厚实宽大的木梯，沿着大楼的墙壁曲折攀援。

世人喜欢为祈求命运敲钟。我来登楼，是为顶礼，也是为推敲楼内的阴影与风。我想要知道，被高高供奉的钟，腹内回荡着怎样的无人知晓的心绪。

钟楼是镇子高度的顶点，高耸在苍劲茂密的树冠上面。俯首就看到潭江，遥想一次次过尽的千帆，一番番远去的激情，一场场周而复始的潮汐。

钟楼是仁慈的老者，默默地注视着镇上的众生：忙碌或是悠闲，幸福或是不幸。给他们以提醒和抚慰，给是非以公正的裁决。钟是恒久搏动的心，听它远播的声音，便是谛听岁月。有灵魂的钟摆永远那样从容不迫，古朴的声音是市镇的脉搏。

我久久地在大钟前站立，屏气静息，凝视清新的机油的滴落，凝视沉重的钟砣的升降，凝视节奏分明的齿轮的咬合，等待半小时一次的鸣响。如果还有值得祭祀的事，我期望钟声联系今昔，带回所有丢失的信息。

钟声蓦然响起。

一片水上的月影，朦胧照亮先贤的骨骼和前世的高贵。太茂盛的抒情，写满了天空的横竖撇捺，追忆似水的诗酒年华。钟声厚重而锋利，执着地雕刻日夜、雕刻四季、雕刻所有的生命，直到我们在钟声中消失。

老街

赤坎在现实中，更在历史中，是追求和寻找的出发地，一场华丽的没有尽头的梦开始的地方。

镇子是静止的，时间在流动；屋舍是静止的，居者在流动；树是静止的，风在流动；风景是静止的，看风景的人在流动；潭江一如既往地流淌，早晨有清新的愿望，满街是飘散的炊烟；落日时有安详的静谧，鸟儿疲倦地归巢。

历史在时间的河流低语盘桓，咀嚼失去了的青春以及所有可贵的日子，同时编织梦想，酿造昌盛，给自己以充分的鼓舞。曾经的多少美好，在物质的天平上沽价待售，越过时间和空间的距离，渴望在属于文化史的天空盘旋。

历史常常颠三倒四，但没有人会数典忘祖。

赤坎百年的兴起与规模，仰赖流徙海外的儿女。他们把汗水、屈辱和祖传的陈旧抛在异国，把财富、荣耀和见识的新奇捧回故园。他们依照国外的图纸，建造出一幢幢洋楼、一条条洋街，甚至水泥、瓷砖和彩色玻璃都从国外运来。赤坎于是充满了西欧北美南洋的建筑元素：古希腊柱廊、古罗马穹窿、葡萄牙骑楼、伊斯兰窗户、意大利贝饰、哥特式尖拱、巴洛克山花、科林斯柱头……惊艳了外部世界的赤坎人，即便是完整复制中世纪欧洲宫廷，也毫无禁忌。

三江六岸，是百年的戏台。家族的兴旺充满了竞逐荣誉的主题，岁月的翻动藏满了悲欢离合的故事。

两大家族划分了赤坎镇的地盘：堤西是来自福建的关族，堤东是来自河北的司徒族。堤西堤东最气派的骑楼街，是两大家族竞赛的记录。一场场心照不宣的争强斗胜，让赤坎成为奇观。

关族的钟楼和司徒族的钟楼表情庄严，在上下埠的两端对视。分别来自德国和美国的时钟，跟百年前一样精确。节奏一致的唱和，让沧桑的岁月如歌。它们都在坚守，思考同一个哲学命题。作为两大家族数百年竞赛的见证，依然是赤坎镇的地标。

街边的芒果树行绿荫婆娑。所有年轻的和衰老的、墙角的和街上的树，是镇子的生命。高大的树的枝条洒向天空，天空透明的蓝色，仿佛赤坎干净的镜子。

像赴一场世纪之恋，在会讲故事的骑楼下徘徊，去寻找百年的繁华和风情，去邂逅从异国回来的老人，一起手握长长的烟筒，在茶铺里闲聊，听潭江蓝烟囱的汽笛或桨声的欸乃。

被遗弃又被拥抱的生命，即便寂寥，也有一种无法超越的优越。曾经精致而又跌宕起伏的前世今生，后来者甚至难以攀比。每一扇紧闭的门后，都有一段尘封的浪漫。想象中的灯火，连接起所有的故事与章节。

欧式的窗台下面，立着中式的泰山石敢当。紧锁的门里，碧绿或燃烧的爬墙虎照旧灿烂。青砖脚下的通道，满目疮痍。逼仄的巷子，长脚的蜈蚣在时光深处蜿蜒踯躅。尽管故园的徽记被岁月剥蚀，依旧有温暖的念想。大门口的石兽远望异乡，连绵悠长的目光古瘦。江上寒烟缥缈，云挥洒水墨，似有锦书来。梳妆台上的沉香木梳，还有暧昧的体香，留住瞬息光阴，等待归人。时间刻意的痕迹，是一把开启昨天的钥匙。

清晨和黄昏是灵动的日历。燕子飞了，江水退了，老去的容颜不必祈祷。灰尘掩盖了岁月的疤痕，泪水带走了儿时的天真。平静庸常的生活让人忘了时间和衰老，外婆呼唤外孙的声音，是镇上最美丽的语言。

百年老店热气腾腾，豆腐角、猪仔薯、煲仔饭、烧鸭和蒸鹅的浓香满街飘散。观光客仿佛穿越而来，年青的惊呼烧松枝的柴灶火光熊熊，年老的感叹手工的小食是童年的味道。

大排档的女主人，头上满是白发，善良而沉默。人们喜欢她亲手煮的肉粥和濑粉，喜欢她任从客人随意坐在店门口的板凳上，打盹和拍照。她偶尔的走神和叹气，像极了过世或健在的母亲。

做过木匠的老头，一生最得意的时光，是他的绳墨生涯。他端坐着的旧宅子，和他的质朴那么相称。在我眼里，他是20世纪留下的大师，浅浅地隐居着，直到化为尘土，让院子四季都在开花。

谁家的窗口，有位低眉的女子，淡然如菊。身边那位眉飞色舞的，像桥边盛放的红豆，知为谁生？

赤坎是一部外来语的辞典，一件来路明白的舶来品。老树下小小的酒吧，写着花体的英文。绚丽的颜色，带来欧美的蓝天。遥远辽阔的海洋另一面，竟然与这个小镇有了联系。吉他在悦耳地叮咚。仿佛有个戴牛仔帽的吉他手，斜靠粗犷的走廊木栏，面对苍茫西部的落日余晖，唱自己心底的歌，不是唱给谁，不是为了谁。偶尔有些诗人，坐在故土，却在寻找家园，把漂浮的啤酒泡沫，称作乡愁，在这里宣告新诗的诞生。写诗的人很多，读诗的人很多，但谁能遇见谁的诗，谁又会被谁的诗打动，需要一种情境。沙龙、沙发、洋酒、咖啡、三明治、巧克力、幽默、爵士、罗曼蒂克……异域美妙的色彩和声音，装点了赤坎的文明。

深深的庭院，老屋是活的，有脉动，能呼吸，很容易让人迷失。谁能确定先前的金粉之家，不再有人粉墨登场，成为大起大落的主角？

院墙下的流水像歌谣。深青色的水泥地上有小板凳，小板凳上坐着懒懒的阳光，屋檐下晾着干豆角，灰色的瓦棱上，有老主人的神秘信息，瓦隙间的枯草什么也不说。一截残存的断碣，无意揭露了世间的几度秋凉：人生的最高点在哪里？是权倾天下？是富可敌国？还是饮一杯老酒，沏一壶新茶，写一首只有三五知己能耐心读完的古体诗？

时间是无情的，结局早已清楚，平凡与伟大都将归于沉寂。

没有前世，也不会有来生。快乐的和忧伤的，都会在华丽的和灰色的外壳里消失，像雨水渗进石头，只剩下传说在发黄的书页里吟哦。

不知道为什么，在许多地方，人们喜欢的事物，大多数已被毁掉，或者正在被毁掉，或者终究要被毁掉。面对生态和心灵的恶化，人们也许需要反省，物质的膨胀意味着什么样的代价？

百年赤坎，几近完整地存在。

曾经的乌托邦，成为一种奢侈的藏品，迎迓慕名而至的过客。

南楼

开平风物以碉楼胜。

千百座碉楼站立在无边的平畴和深林，列阵风蚀的岁月，见证侨乡生民的艰辛与坚韧。一代代男子背井离乡，倾囊寄回的银元，每一枚都能挤出血滴。他们把居屋建成抗御匪患的碉楼，成为中国乡土建筑的特殊类型。

赤坎腾蛟南楼，是开平最高的碉楼：

七层十九米，占地二十九平方米，直立的枪眼寒光炯炯。三边临江，控潭江三埠、赤坎要冲。腾蛟庙七座殿宇在江边一字排开，肃然拱卫。

而决定南楼高度的并不只是物质形态。在开平所有的碉楼中，只有它，真正经历浴血的洗礼；只有它，成为民族抗争的堡垒；只有它，拥有至高无上的光荣。

碉楼本只祈求安宁，汇集季节的二十四番花讯，神色凝重地张望，等待千万里外的游子。即使远隔再多的国度，也不会模糊思念的经纬。但那一年却必须举起刀锋，矗立拼死的旗幡。火山忍不住缄默，青天里一声霹雳：

“这是中国！”

1945 年，日皇宣布投降。由雷州半岛往广州撤退的日军，必经赤坎腾蛟。

司徒四乡自卫中队分队长司徒煦领分队驻守南楼。司徒煦 1944 年 6 月接到家信，毅然从南洋回国抗日。蓄须明志，立誓“不灭倭寇，决不剃须”。

司徒煦所部队员有：

司徒遇、司徒浓、司徒昌、司徒丙、司徒耀、司徒璇。

记住这些名字，他们足可照耀汗青。

7 月 16 日，日军沿途袭扰，直迫赤坎。

7 月 17 日，数千日军进入赤坎，南楼所在腾蛟村即将落入敌手，大量村民未及躲避。司徒煦放弃转移，决意死守南楼阻敌，保护腾蛟村民撤离：自卫队不能卫民，乡民何以立自卫队！

7 月 18 日，敌占领南楼江边腾蛟庙。攻南楼，不克。

至 7 月 21 日，自卫队固守南楼五日，弹尽粮绝。敌反复攻击不能得手，反被射杀尉官一名、炮手二名、士兵十三名，被击沉舰艇三艘，溺毙百余人。

日军广州总指挥部令毒气攻楼。

南楼一片寂静。由司徒煦提议，公推“秀才”司徒旋执笔书遗书于南墙：

煦、璇、遇、昌、耀、浓、丙

我等保守腾蛟，历时四日来，未见救援。敌人屡劝我投降，我们虽不甚读书诗，但对于尽忠为国为乡几字，亦可明了。现在我们已击毙敌十六名，亦已及相当代价。现在我们各同一心，于中华民国三十四年，六月十五日（农历），自杀于腾蛟南楼，留语族人，祈在敌人退后，将此情况发表报纸上，则同人等死亦心甘矣。

遗书写成，司徒煦令队员将所有的枪支砸烂，只留下刺刀肉搏，至最后关头殉国。

7 月 25 日上午，江边大炮齐响，浓烟和毒气淹没南楼。楼内自卫队员中毒昏迷，敌入楼悉数捆绑。

7 月 26 日上午，七壮士被缚于赤坎司徒族图书馆大门铁栏，割下耳鼻，凿光牙齿，斩断全部手指脚趾，剖皮、挖肉、凌迟。

七壮士血流遍地，至死无一哭泣呻吟，唯骂声不绝。尸体被抛入赤坎河。

他们死在黑暗的尽头。

7 月 27 日午后，司徒遇、司徒昌、司徒旋、司徒耀、司徒浓的遗体被乡民在河边找到。司徒煦和司徒丙没有全尸，只有零星碎块。

烈士墓碑面向南楼。

烈士灵位安于腾蛟庙三灵宫，改三灵宫为七烈祠。

我颤抖着走在这燃烧过的土地，聆听滚烫的呼吸。

自卫队是纯粹的民间武装，也正因此成为民族血性的最纯粹证明。七烈士以其毫不反顾的牺牲，让一种保境安民的乡土责任，升华为气贯长虹的民族大义。

岭南的荔枝永不憔悴，嫩枝折断有奇异的芬芳。江岸边繁花如锦障，遥远的血和泥已变成灰烬。我用沾了血和灰的手掌轻抚，碉楼里那些依然鲜明的炮弹的伤痕，那些依然可以辨认的遗书的字迹，那些依然怒睁着的枪眼，那些依然完整的角落，明朗、坚固而蓬勃生春。

如今这是一座信念的堡垒，在风云变幻中闪耀炎黄子孙气壮山河的意志。

说什么春愁难遣强看山，往事惊心泪欲潸。在坦荡的江岸，看满地的花朵翻飞草叶乱舞。英魂就在花朵和草叶之下，露出闪烁的亮光。我能读懂他们的语言。

曾经孤帆远影，海是心中永远的道路。即便祖宗留下的田地，破旧的老水车一百年纺着疲惫的歌。曾经典当过软细，但不会典当家国。五千年的家国，不是一件可以随便拍卖的古董。越海回来的赤坎儿男，在故乡的大地倾伏。

是哪位诗人嘶哑的歌吟：这被暴风雨所打击着的土地，这永远汹涌着我们的悲愤的河流，这无止息地吹刮着的激怒的风，和那来自林间的无比温柔的黎明……然后我死了，连羽毛也腐烂在土地里面。

星辰陨落了，星空不会陨落；壮士陨落了，壮志不会陨落。生命在创造生命，心灵在呼唤心灵。暴风卷着狂涛，夹杂铁石的碰撞和壮士的悲鸣。从未埋没的呐喊和抗争，是文明和历史的全部精要。

南楼，端庄严正，神圣巍峨。是一枚家族姓氏的印章，烙印出千古传承的尊严；是一把横空扎下的刀柄，纹丝不动地插在家国的版图；是一座拔地而起的丰碑，浩然之气直冲万里云霄。

这里停留了往昔厮杀的呼啸,这里埋下了辉煌未来的伏笔。气吞山河的壮烈，铁血和不屈，永远叩击我们。

江上无人，只有血色的波涛在江海间翻滚，只有永恒的风在吹。

风是历史的箫声，是一支悠远壮阔的旋律。

上虞三记

上虞。暮春。草长莺飞。山光水色间，有一千种情感的音响。僵硬简单的思绪，变得柔软繁富，一只放飞的风筝，起落在白云上下。

曹娥碑：铭刻亲情

一条大河，环绕龙山，蜿蜒滔滔，北入杭州湾。那是浙江第四大河曹娥江。

十四岁的窈窕淑女，巧笑倩兮。投江寻父，感动了天地和无数的父亲。人们用她的名字命名了河流，在河边为她建了庙宇，在庙里为她立了石碑，碑上的诔辞为大名鼎鼎的蔡中郎激赏。

名勒金石，质之乾坤……光于后土，显照天人。(汉 ·《曹娥碑记》)

我静静地仰望碑亭。无心猜测中国最早的字谜，也无意曹操与杨修才华的差距。心在隐隐作痛，想起一声声呼唤：

……

亲爱的小孩今天有没有哭
是否遗失了心爱的礼物
在风中寻找从清晨到日暮
我亲爱的小孩
为什么你不让我看清楚
是否让风吹熄了蜡烛
在黑暗中独自漫步
……

曹娥碑，人间亲情的丰碑。

碑石如冰。经历岁月的磨砺，面露沧桑，悠远的气息穿越千年。时间模糊了刻痕，依然足以照亮后人。生前也许默默无闻，死后得到前所未有的荣耀。殉父的少女，被无数人礼拜。一种生命的逝去，预示着另一种生命的生长。

供品和香烛构成风景，我在肃穆的回廊中徘徊，想象着父女俩的灵魂靠在一起，安谧无声。仿佛为了温暖，彼此贴近。他们把生命打扫得干干净净，让后人长长地回忆。

微微摆动的庙旗，仿佛是招魂的云幡。怀念，弥漫成雨，从屋檐上垂下缟帘。风吹过，堂前晶莹的水珠沙沙作响。匾额高悬，“真是好”的轻叹隐于“真是女子”的写实。朴素的致敬顿时有了智慧的辉光。

自然的鸣奏，飘入逝者的梦乡。逝者长眠在冥冥中，衡量着生者的品质。

一代一代的子孙，将记住家乡，记住清澈的河流，记住岸边的绿草，记住梦里久久缠绕的思念，记住日日夜夜的哭号和寻找，以及一个好女孩的传奇。一个人心里只有善良，最后真的成了仙。

灵魂与灵魂对话，生的喧嚣和死的孤寂得以默契。两道相对的门敞开，一种情绪缓步其中，安详而真挚。众目烁烁，仰望一颗彗星。谁不愿意在告别世界时可以说：

我无愧先人？

祝家庄：心灵的真实

大街上流动迷人的声音，城市陶醉于千古的爱情。大人告诉我，高音喇叭播的是越剧，唱的是一对痴心的男女。两只翩跹的蝴蝶，飞过纯真的眸子，踩着十八相送的缠绵，我走过童年。

而今我来到兰芎山麓，寻访祝英台的故园。洪山湖碧绿的水中，倒映着村庄和宝塔。祝氏祖堂封闭着无尽的惆怅，祖堂外的玉水河是谁投下了折断的玉簪？女儿的闺阁依偎在凤亭坡的怀抱，楼台上是否还留着海誓山盟的余韵？明亮的花光小院，红枝袅袅柔若无骨。院墙里有没有秋千？矮墙上是否爬满了蓝色的牵牛花？

琴弦在冰上划过，斯文而惨烈地颤抖。凄厉的滑音，像是汩汩的溪流，从悬崖飞落，在幽深的谷底成为绝唱。呜咽的琴声，诉说着并未消亡的悲剧；喑哑的弦上，萦回着无可挽回的失意；柔肠寸断的旋律，载着痴男怨女前世今生的渴望。

一种缘分，在茫茫人海相遇，云淡风轻，已暗藏了心曲；一种情愫，以生死相许，缱绻悱恻，去奔赴宿命的约定；一场情窦初开的相逢，一地摧断肝肠的伤痛；一片痴迷的纯情，长埋地下；一抔冷漠的黄土，掩不住霹雳雷霆；一段经典的婀娜，飘然为绝世的空灵。

痛彻心扉的过客，脚印里盛满了忧伤。媚色笼罩着无边的山野，荡气回肠的爱情别无出路。雨后的彩虹是泪水流淌的歌谣，漫过山峦牵住一片彩云。

万千纷飞的蝴蝶，在青翠的山冈上约会。春风里有多少美丽的邂逅，多少翩翩的翅膀五彩斑斓。花蕊与草叶的舞台上，一幕幕欢情爱恋精彩纷呈。轻轻地靠近风中摇曳的花枝，只为在暗中氤氲的馨香。生怕触碰了蝶衣底下的羞怯，惊动妖娆绽放的那一抹嫣然。

凄美的故事不过是缥缈的传说，决绝于自我选择是心灵的真实。所有人生的戏剧，爱情是永恒的主题。双飞的精灵千变万化，倾心的演绎远比生命绚烂。

最后的一抹夕阳，开始编织绮丽的春梦。冰封的心潮春暖花开，沉默已久的春情悄然四溢。桃之夭夭，涌动万种风情。思绪以桃花的姿态幽幽飘散，自由的灵魂永远维系在花前月下。

无论天长地久，无论海枯石烂，无论转世轮回。

东山：性情的乐土

上虞数重山，皆因人而名：称山，越王称炭烧火，铸勾践剑；峰山，日僧灌顶授法，创天台宗；覆卮山，谢灵运饮酒赋诗，“饮罢覆卮”；凤鸣山，道祖炼丹，存“万古丹经王”……

我独钟东山。

如果说，魏晋是神采招摇的季节，那么，东山便是性情飞扬的乐土。这里曾经云集东晋名士，至今尚存谢安钓鱼石。

> 六朝数伟人，谢傅名独震……高卧东山东，勋名峙两晋。
>
> （清·阮元）

四十一岁前的谢安，在这里携着歌姬纵情山水。早上在霞光里高歌，傍晚在月色中弹琴。出门便捕鱼打猎，回屋就吟诗作文。坐隐于古松流水，挥毫直追书圣。流觞在曲水中络绎不绝，谈玄论道口若悬河。“高卧东山意豁如，端然笑咏只清虚”。

那是东晋的男神，性情中浸透了贵胄气息。丰神秀彻，玉树临风，沉稳，内敛，我行我素。胸有丘壑并不张扬，内心温润如怀抱琼瑶。潜伏着鸿鹄之志，只待有一天冲霄凌云。白衣卿相，名满天下，时望无人可及，天下文人士林唯其马首是瞻，便是鼻炎的发音也被吟诗的洛下书生仿效。隐居东山几十年，居家尽芝兰玉树，交游则高士名僧，任密友王羲之深不以为然，任世人长叹“安石不肯出，将如苍生何”！

一旦天下有难，朝野震恐，举国惴惴，灭亡无日，即挺身而出，砥柱中流。

撑起边荒传说的儒雅倜傥，器度如虹。宽大的长袖里藏着文韬武略，举重若轻。信手一枰的时候，血腥的厮杀就在咫尺之外。身处危局而矫情镇物，泰山崩于前而色不变。乾坤在握的大都督，早已指授将帅各当其任。淝水为之逆流，狂澜挽于既倒。以八万兵败百万军，战罢一笑莞尔：小儿辈大破贼！

向非……谢安数君子，则晋防乎不国矣！

（清·弘历）

而这并非谢安人生的高潮。

仅仅赢得君王的击节，并不足堪江表伟才之名。真名士最大的风流，不在演出，而在谢幕：

功成拂衣去，归入武陵源。

（唐·李白）

雍容的车骑，绝尘而去。衣冠磊落的江左名相，千里一回首，万里一长歌。

做隐士尽逍遥，当宰相即安国。闲就闲个自自在在，干就干个轰轰烈烈，走就走个痛痛快快。堂堂的南渡第一流人物，这一生只为潇洒而来。

白云早已散去，明月落在钱塘岸。东山湖的山姿水态，尽是谢家公子的风采。林泉深处，又几度蔷薇花开？画栋珠帘，又几番温柔酒醒？碧窗金屏，又几声楚歌吴语娇不成？

为“远志”而云中野鹤，为“小草”而庙堂股肱，为亡灵而被奉神祇。这样的人，可以在山中隐居，却无法从历史淡出。

上虞，斑驳在石碑的上虞，飘飞在蝶舞的上虞，陶然在风月东山的上虞！因为曹娥，因为祝英台，因为谢安，永远不会被人忘怀。

注：

1　曹娥庙，又名灵孝庙、孝女庙，位于上虞百官镇曹娥江西岸。东汉汉安二年（143）五月，曹娥为救父，投江而死。元嘉元年（151），县令度尚葬娥于江南道旁并立碑。宋元祐八年（1093），由江东移至西岸。今庙为民国23年（1934）于原址重建，坐西朝东。中轴线上有门楼、大殿、后殿、重楼，北轴线上有曹娥碑、双桧亭、曹娥墓，南轴线上有山门、戏台、土谷祠、东岳殿。殿内枋柱雀替及门窗多为镂空细雕，主殿有道济和尚所书金字匾额“真是女子”，十分精美。

曹娥碑文为邯郸淳所作，令众人嗟叹不暇。蔡邕阅后书“黄绢幼妇外孙齑臼”八字于碑阴，隐“绝妙好辞”四字，成为中国第一个离合字谜，被看作是中国文字隐语的图腾、字谜的鼻祖。因为这个典故，灯谜专门设置了一个谜格“曹娥格”。罗贯中、曹雪芹更是把曹娥碑的故事写入了自己的作品。

传说三国时，曹操和杨修同来曹娥庙祭拜，杨修当即猜出字谜，曹操行三十里后才恍然大悟，故有曹操之才差杨修三十里之说。此碑早年散失。现存的曹娥碑系宋代元祐八年（1093）由王安石的女婿蔡卞重书。已近千年，弥足珍贵。

2　祝家庄，英台故里，位于上虞市丰惠镇祝家庄村。景区有入口、祝府、玉水河和古村四大片区，核心景区祝府由前庭、员外楼、英台楼、文心苑、书斋及戏台、假山等附属建筑组成。

3　东山，西晋南迁后，东山成为东晋士族、名士聚居地。谢安四十一岁前长期隐居此山；王羲之、孙绰、李充、支遁、许询、阮裕等名士在山中皆有居室，一时名士云集，海内瞩目。

东晋升平四年（360），谢安离开东山从政，成为东晋王朝著名政治家、一代风流人物，成语“东山再起”即出于此。谢安出仕后对故居东山念念不忘，晚年又欲率领家族回归东山。

谢氏家族在东山留下了众多的建筑和名胜景观，如国庆寺、始宁园、蔷薇洞、洗屐池、调马路、东西二眺亭等，现山中尚存谢安墓、墓碑及洗屐池、蔷薇洞遗迹，以及“东山指石”“琵琶洲”、谢安钓鱼石等自然景观。

西湖五咏

题记：只愿意静静地坐下，在碧波粼粼的湖边，静观、聆听和沉思。是一次精神的旅行，久违的一种意境。一段渐行渐远的呓语。一个为了忘却的纪念。

缘起：三生石

云舒云卷做渡船，载时光温软。捧一盏清冽，展开褶皱的心情。多少雪月风花，一一绽放。天籁抚弄心弦，绚丽倒影在天地。西湖蓬勃的莲荷，是七情六欲的旗帜。诗歌与风，以钱塘潮的名义拥抱。

天地悠悠，惆怅四顾，何人可与言说？

一夜无眠，坐听檐雨如帘，不觉泪湿罗衿。不敢相信，真能遇知己如你；不敢相信，世间真有妙缘如是。晨雾渐浓，小巷深处，一挑杏花叫卖。喃喃，都是密语：于茫茫人海中寻找今生唯一的知己，得之，我幸；不得，我命，如此而已。何幸何幸，今夕何夕兮，搴舟中流。今日何日兮，得与君同舟。

触动于惊鸿一瞥的熟悉和相看不厌的会意，埋藏多年的情思喷涌而出。恨不能揉进我的心瓣，化一缕香，举一斛酒，了却无人知晓的情怀。

以为永不会出现的那个人，居然出现。如果，幸福的人生，可以写诗，可以做梦，那我是幸福的。生活在诗与梦中，在日头下做着梦，飘然不知所以。凭最薄的那缕轻烟，揣摩心思。

相遇在西湖的三生石。笑容如此熟识，该是三生前的记忆。相望光阴的两岸，几番风雨，一江烟霞，三生石上，烙下梦的留言。

高情已逐晓云空，不与梨花同梦。突然涌出的东坡词，注解这个清晨，眼睛因为欢悦而湿润。而你，是否正在我生命涨潮的江边踯躅？哦，永无穷尽的岁月的爱人。今朝能听见我心里舞蹈的欢快的脚步声，那永不平静的期待在我体内振翼鼓翅声的，除了你，还有谁？

当春风裁出柳叶，我想让它拂过你的脸庞；当夏日荷花映日，我想托蜻蜓为你送去清凉；当秋天的银杏漫天金黄，我想让最多的收获，装满你的仓房；倘若冬天来临，我想你一定像极了阳光下的干麦垛，干净而厚实。你睿智地含笑走来，带来了人间四月天。除了你，还有谁？

清辉冉冉升起，秋夜的月光婉约。落地窗斜逸花树的疏影。树下有长袖凌风，衣袂飘飘。月光低回的两臂舞姿，妙曼而宁静。

风举枝影，摇醒了窗前的风铃，邈远飘逸。迷惘的表情仿若追忆。一次次与梦里的君子相约，又一次次光景虚度；一次次错失季节，怅然离乱的时序。声声风铃，把一个遥远的微笑带到梦的门前。

心印：西泠印社

小小的院落。似曾相识的花厅。熟悉的月桂花香。身后的木门吱呀关上，屋角黑暗中的人影徒然站起，掌起如豆的灯光，照见你胸前的一抹丘壑。

潮汐爬上千年的江岸，明月高悬天际，守望着山水，守望着岁月。胸膛盛下旷世的混沌，像一座宏阔的庙宇，等待着朝拜。

菩提其实就在心里。心有多么虔诚，菩提就有多么真实。

就那样来了，披着月光，娉娉婷婷推开虚掩的房门。带着天生丽质，带着异秉才情，带着锦绣文字。突然涌出曾经诵读的诗句，为一个从未有过的午夜，作出注释。

就那样来了，江花一样发亮，跳着魅惑的舞蹈。一座富饶的小岛，一个停靠歇息的港湾。彼此以心跳取暖，手指的温婉沿着颤动，在梦的边缘捕捉残红。

光芒穿透窗户，透明的夜，留下永生的记录。摇着爱的舟楫，吟诵诗章，万种温柔颤抖。曲径深处的林荫，庄重的灯盏，供奉爱的神明。渡过前世的劫波，与火焰一起灼热。

我们都有不愿放弃的守望。不管相拥，还是隔世。我们的血脉都流淌古老过时的诗句。采采卷耳，苍苍蒹葭，桃之夭夭，灼灼其华，落霞孤鹜，秋水长天，好一片碧云天，黄叶地。美人的彤管有炜，赠与狂狷的男子。高山流水，知音得遇，一茶一盏，风起心动，不必说禅，不必有言，凝神于佛祖拈花。除了你，还有谁？

山高海阔，放肆性情。在时间的无涯荒野，游弋三三无瑕世界。追问逝去的时空，静观无情的钟摆，坚执着落寞寂寥的脚印。慷慨悲怆的广陵散歌，傲雪凌霜的梅花三弄，高远悠扬的平沙落雁，思绪如奔的鸾凤求凰。能和我，把酒临风，浅酌低唱，除了你，还有谁？

诗人的人生总不得意，才会有上下求索的无奈，穷且益坚的傲骨，散发弄扁舟的癫狂；才会在赤壁江上，诵明月之诗，歌窈窕之章；才有那样的元夜：你问月上柳梢，我懂泪湿春衫。你说和羞走，倚门回首，却把青梅嗅，最是动人。我道新来瘦，非干病酒，不是悲秋，却是伤心。齐叹归去来兮，田园将芜胡不归？纵无三亩薄田可躬耕，也留得荡荡南山净土一片。除了你，还有谁？

抖落一地的叹息，用刻刀抒写激情。一方优雅的石印，刻下来世相认的符契。清凉如水的夜晚，吹开尘封千年的记忆。不用切磋琢磨，不用朱砂油泥，就能印出你明艳的芳心。

梦想写意工笔，结识仕女八骏，牵手桂丹秋菊。西泠昏暗的窗前，男男女女，来来往往，驻足者稀。有谁知道，刻刀在呼唤谁的名字？名字已刻在谁的身体？有谁知道，利刃扬起碎玉飞花，是涅槃的欢欣。

印，印心，以心印心，只为心心相印。

谶语：断桥

春起，一堤绿柳如烟；夏至，一湖风荷如举；秋来，一片红叶如火；冬临，一地残雪如缟。走上断桥，就走进了古典。抬腿就是千年。断桥，一句谶语。一弯蛾眉，是悲剧的封面。每一次阅读，斜风细雨就悬挂在脸上。鸿雁留声，划破钱塘空寂。油纸伞早已撑不起伤逝的雨天。寺钟气息，塔上人寒，凭栏都是涟漪。

江南雨过天青，载一船淡烟空濛。幽兰黯然了香韵，春花消散了妆容。一日之不见，远如三秋的契阔。执手的约定，写在同心永结的琼琚。沅芷澧兰的楚辞流韵，吹落了洞庭斑驳的木叶。湘夫人芳魂消逝于兰渚，痴情凝结在斑斑泪竹。长风波起的巫山，变幻着朝云暮雨。眺望在千帆过尽的楼头，眸子明暗深浅，满腹华彩的委屈。心有灵犀的牵动，生死相许的誓言，鸳鸯织就的回文，鹣鲽同生的深情，新灯朦胧的长夜，枕边温软的耳语，阶前洒落的梧桐雨滴，窗外飘摇的竹林风吟，莫非瞬间如烟？

商音响起的时分，两行清泪潸然。

思念是梦。梦里有酒，有茶，有经卷，有莲花，有相忘于江湖的背影，有偎依在断桥的晚霞。独行在世上，风雨雷暴交发而并至，龙蛇虎豹变幻而出没，平生可揽山河入怀，却再无一人可以相携许愿。把姹紫嫣红都看遍，有十方净土也不恋。你则为我葱茏少年，三世期盼；我则为你如花美眷，似水流年。

犹在昨日的奇缘，只剩了匆匆背影。足音渐远，浊流顺着干涸的沟壑流走。酝酿已久的缱绻，早已索然。花枝舞，摇曳在白日下，夹几许清寒。谜样的梦境，迷失在柳暗花明。

伊人的倩影分明，湖边的浅草浸透湖水的凝重，按捺不住的心思沿着岸线记录悲欢。波涛追溯钱塘江的潮汐，书写阳春三月垂柳的婀娜。

有翅膀的鸟，飞向天空；没有翅膀的你，飞入我心。山水只是假设，花鸟都是多余，季节无关思念。真若念起，心无逃处，无时不刻，无所不在。没有思念的天堂，乃是地狱。

不为相思，只是思念。梦里丹青，一片飞白。

情殇：苏小小墓

眉如黛，眼如盈，质若竹，心若兰。文采天赋，诗心自铸，杯盏交错间，佳词丽句随心流淌，让多少江南才俊失色。红袄绿腰在斜风中舞起，绰约换却多少青眼如炬。素面朝天，最喜山水的抚弄。张扬青春，天真忘情，如妖如仙！路过的亭台楼阁都为你垂首，吟过的花草虫鱼都为你跃动。

丝弦响在月下的松间：

妾乘油壁车，
君骑青骢马。
何处结同心，
西泠松柏下。

风为裳，水为珮，轻盈婉笑，低眉圆转，悄然一脉馨香，飘散于深林。不知是受了这方天光云影的滋养，还是这方湖山因之风生水起。

风是花神，她一来，就绽开了万紫千红；风是乐师，她一来，就奏响了琴瑟笙箫。

如果不是那天，西泠桥上的夕阳太好，你忘情流连；如果不是那匹青骢马，载来清朗少年，让你心花怒放，爱就不会在那一刻从荒芜中萌发，爬上冰封的孤山，锁住跳跃的心扉。西泠松柏下，结下了同心的结，也结下了情殇的开端。

真爱可以追求，礼教终难逾越。一江春水东流，凡夫俗子的心不配为你停留。你吐出长长的情丝，把相思作茧，缚住的，只是自己的黯然。一方丝帕，止不住潺潺细流；一夜冷雨，掩不住声声哽咽。泪落湖面，跳落浓烈的珠血。

美貌才情如斯，却也薄命如斯！自爱深情如斯，却也决绝如斯！

当湖水归于平静，慕才亭下，一抔黄土能否收你艳骨？一堆噪聒可曾扰你清高?

幽兰露，如啼眼。
无物结同心，烟花不堪剪。
草如茵，松如盖。
风为裳，水为佩。
油壁车，久相待。
冷翠烛，劳光彩。
西陵下，风吹雨。

绮丽浓艳而鬼气森森。名士慕名姬的绝唱，应该无过于此。

太史公把优伶请进列传；苏小小成就了李贺最诡异的诗篇；苏轼挽起了钱塘歌女；红拂、梁红玉、鱼玄机，是多少后世书生的梦中情人。爱倡优的名流士夫，衮衮不绝。

我来祭你，以心为飨，以文为奠。非我怜你，或有所知。你不过是一个符号，一种寄托，一个男人世界的另类文字。落魄文人借你的红颜薄命，叹他的怀才不遇；多情才子借你的痴心多舛，呻吟无聊的意淫；峨冠博带的道学家，生造徜徉花间的艳魂，编排始乱终弃的艳史。所谓慕你怜你叹你咏你，心心念念都是你的绝代风华。借“贤娼”的名号，装点名士的风流。

出众的才情和美貌，不需要虚名和怜悯。爱是你的追求，不是你的伤痛。自你之后，这方山水有了精魂，多少行者有了牵挂。

听到：净慈寺

古庙。老树。沉吟。

西湖秋色正好。拥有仪态万方的雍容，却不能拥有全部的圆满：半是甜蜜，半是辛酸；半是繁华，半是空虚；半是奢靡，半是凄楚。一抹斜阳，半堤香草，惹起无数哀愁。一种真的纯粹，一种爱的绝对，本身就是求不得的苦！

上古时代的潮声滚滚，大海的喧嚣从三叶虫古老的肢节上震颤而来。血脉的声音蔓延，鸟飞鱼翔，树碧花香。让潮水淹没自己，静静地承载所有倾听到的声响。老去的青春和爱情，走过又一个轮回。

谁在柳下吹箫，怅惘失去的梦影？清音流转，在落叶中颤抖。湖上寒光闪闪，曾经的深情款款葬于时间和距离。

月亮从梦里醒来，选择云朵的自由。以清冷的淡泊思考水性。

憔悴的衰草，叙述疲惫的田园，怀念飘渺的香消玉殒。风真的来了，水很苦，氾滥的激情如同潮汐，来去只在一夜之间。

西湖！多情的西湖，盛满了赞美艳羡也盛满了忧郁感伤的西湖。

静静享受并感激你所有的赐予。心无须设防，思想在云端远望。那个既远又近的身影，有如石像。留一些记忆给你，离别的目光沉重。在湖水拍打的岸边蜷曲身体，闭上眼睛，听水蚀风雕的声响。痛苦融进平静下面的深流。真实的人生其实是这样简单。曾经追逐的一切，在凝望湖水的一刻，变得如此漠然。在纷繁的尘世度量自己，不奢望超脱。迷途只是一个借口，为的是有一个看似理由充分的借口可以不走出来。

浪来浪去，仿佛生命的脉搏；涛生涛灭，源自苍凉的远方。水是灵魂的故乡，有血性的躁动与一生的风景。目光逐渐混浊，却更加透澈。无数的故事开花结果，无数的人群此起彼伏。月缺月圆，梦迷梦醒，谁会是永恒的爱人？

雷峰塔下的西湖，莲叶依旧接天碧。净慈寺的诵经声隐隐约约。一只被放生的龟，想要爬上四方池的石壁。曾几何时，削发披缁的颠僧道济，坐看弥勒空中戏，日向毗卢顶上眠。撒手须能欺十圣，低头端不让三贤，唯同诗酒是因缘。与花对饮，花有灵性：明年花落人何在，把酒问花花点头。

风吹散了朝拜的青烟，在晨钟暮鼓中，忘记悲喜，了却纠缠，可谓解脱？生命是一杯限量的水，还是应该珍藏的酒？既然一切都是因缘，那缘起缘灭就该任从来去，来便是去，去亦是来。痛苦时向往佛门的清静，不过是为自私作一个掩护。老去的莲瓣，滑落无声，跌入无间地狱。

天空没有鸟飞的痕迹，鸟已经飞过。梵音划过了天空的本来和归去。三千世界，婆娑琉璃，出世入世，芥子须弥，只在一念间。青青翠竹，都是真如本相；郁郁黄花，无非般若智慧。悟了，米白，无须筛。无是，无不是。

沉默中听到了远古传来的钟声，回响在千山万水。没有什么能约束行者的脚步，虽然这注定是一个孤独而痛苦的历程。现实世界是那么寥廓，当铅华洗尽，心灵便释然如沐春风。每个人都会很真，就像孩子，睁着一双天真的眼睛。有丁点儿的美好，就足够快乐。

总会有炽热的盛放，总会有深情的吟唱，总会有钱塘千年的潮汐和平湖清气朗朗的月光！

一个梦始于西湖，难以割舍。

而听到，是又一个刹那的缘起。

杭州湘湖吟

题记：今年八月，在中国作协杭州创作基地小住，应朋友约稿，写了《西湖五咏》。不意随后又有浙地散文方家陆布衣兄邀游湘湖。欣然前往，果不虚此行。喜不自禁，当夜匆匆命笔，以记其胜于万一。

杭州有双娇：西湖与湘湖。西湖天下知，湘湖腼腆、羞涩，抑或矜持，隐逸在历史的帷幕后面，千呼万唤始出来。

萧山城西，“两岸好山青嶂列，一泓新水绿罗铺”，“涵虚天镜”（清·周起莘），落在黛色群山。山秀而疏，水澄而深，景之胜若潇湘，乃名“湘湖”。绿岛掬星，古寺朝晖，村烟暧然，山光涵雪冷，水色带江秋，一汪碧水延续了八千年先民的脉息，涵养了一片远离喧嚣、遗世独立的高贵。隔钱塘江与西湖相望，为姊妹湖。

天空，有雄鹰划过，大地响起苍凉的旋律。新石器时代的遗存，八千年前的独木舟，世上最早的独木舟，在文明的晨曦中搁浅，很多地方还未抵达。云的一端，耀眼的阳光射入船边的木桩、散落的木桨，以及相关的作坊。郦道元最早记载了古海湾的演变。迷惘的书生，注视着一万二千年前的海侵，海浪直拍会稽山麓。湖相沉积为海相沉积覆盖。跨湖桥文化，额头上贴着全新世卷转虫的标签。

越王城，湘湖的灵魂。中卑四高，东风草绿，乔木苍苍，深埋了夯土的城垣。青山故国，当时明月，依依素影，何处飞来？王者四顾萧然，唯复兴的意志固若山陵。城下自南而北的千古长堤，迤逦中尽是越风吴云的神韵。

大禹的后裔，将战场作了舞台。越王城外，四围山峰如走马，几多英雄没在湖山之间。俯瞰江淮，气血干云，屯踞在虎豹雄关。豪杰聚干戈，百计吞吴地。城头的早角吹尽严霜，郭里的残潮泛着月色。山城楼接越王台，千骑雄风，霸图在望，钱江潮起撼云雷。苎罗西子，倾国倾城，妆出捧心娇媚，几多红泪泣姑苏。越王夫人，据船号哭，去我国兮心摇，情愤惋兮谁识（先秦·《乌鹊歌》）！大地作枰，将军百战。宏图伟业今犹在，子胥遗恨入江声。军门半掩，岸花凋零，吴主山河空落日，不见了愁看瘦马的渐穷老仆。惆怅兴亡，潮退水平秋色暮。无边的苍茫后面，传来鹧鸪思乡的啼鸣。

万弩竞发的争战已经消失，越甲三千不知魂归了何处；茫茫太湖淹没了范蠡的机心，森森一剑断绝了文种的执迷；当时的诗侣酒徒消散一尽，暗中的佳人将一场春梦付与琵琶。始终不变的是暮烟外的沙鸥，湖水和蓝天不改远古的颜色。

那么惊心动魄的龙腾虎跃，那么震天撼地的铁马金戈，那么壮烈的死士慷慨，那么惨痛的美人决绝，那么匪夷所思的含垢忍辱，那么撕心裂肺的饮恨泣血。七十二峰零乱，二千五百年沧桑，熔铸了湘湖的性格。多谋与坚韧，是大写湘湖的骨骼。

信念携着地理的张力，在黎明前的风中等待时间，和星星相遇。把花朵播种在心里，坚忍不拔是花语。岁月的土壤里，悄无声息地绽放，散发深远的幽香，激荡筋骨相连的亘古内涵，让未来成为裹着绸缎的黄金世纪。

湘湖与西湖，样貌相似，品性相异：

同是名胜，西湖称人间天堂，湘湖近世外桃源；同是风景，西湖风情万种，湘湖返璞归真；同是唯美，西湖阴柔，湘湖阳刚；同是诗歌，西湖婉约绚丽，湘湖豪迈奔放；同是悲剧，苏小小悲伤，浣纱女悲壮；同是爱情传说，许仙与白蛇浪漫，少伯与西施智慧；同是亡国之音，《后庭花》醉生梦死，《乌鹊歌》怆然揪心；同是历史，南宋朝廷暗淡，吴越春秋激越；同是现实，西湖精致，湘湖雄浑。

今上旷古高台，何妨长吟，且写秋怀。人不在板荡七国，浪淘尽千古风流。越宫曼舞，吴苑笙歌，一概如雨歇虹收。一湖烟水，十里斜阳，映照着金秋的辉煌。

远处的山岚连接云朵，亭台时隐时现。江潮与海潮在钱塘江交替，峰回路转的尽头，石桥百态千姿。桥上是新铺的客路，古岸边倚靠着鱼罾。几家晒渔网，酒肆野花开。窑里的山坞，是车水马龙的驿站。村口的儿童不认识大名鼎鼎的同乡，笑问白头归来的老翁。蒹葭芦荻的水中央，窈窕的村姑竞折团荷遮笑靥。

浮生但得闲，呼朋携侣，一享天赐大美，湘湖是最佳的去处：

或风和日丽，泛舟湖上，桨声欸乃，芰荷飘香，豆蔻花垂千万朵。烟痕深锁彩舫，兰桡扣着舷歌，莲船惊了鸳鸯。谁家的女儿，国色天香？罗衣湿，采菱归，扬臂遥指花深处；或午后漫步，小镇宁静，街市如洗，老字号旗幡高出竹林。深宅庭院重门开，回廊曲折，芭蕉肥硕，银甲拨古筝，素手烹新茶，邀青山入座，看白云慵起；或夤夜不寐，扁舟一叶，月下布网。客舍一夜听虫鸣，石岸明日沽早渔。待菱藕菰米新炊，匙上莼丝滑润[1]，黄酒香熟鲈鱼美，一醉方休；或曲岸小桥，水榭半隐，轻轻地，有晚钟响起。夕阳静静酡醉，面前横过雁行。谁家的洞箫，维系着久远的忧伤。松风潜入轩窗，试展斗方，应和满湖的水墨丹青，好句何须搜寻[2]。

注：

1 宋·陆游《朝中错》：湘湖烟雨长莼丝，菰米新炊滑上匙。云散后，月斜时，潮落舟横醉不知。

2 明·来集之《到杨岐寺》：扁舟如雀渡湘湖，小憩庵中午梦余。试展斗方寻好句，一天松韵落清虚。

苏州：未来之翼

暮色落下苏州城，深灰的城垣泛着浓艳的明丽。雍容典雅的贵妇，林下风致，深藏不露。青藤巷陌，绿柳石桥，护城河长长的流水，吴歌轻扬。牙板与丝弦的节拍，划出银弧。走过虎丘，想起夫差就葬其父阖闾于此；走过相城，想起伍子胥相土尝水，象天法地；走过姑苏，想起寒山寺夜半钟声到客船……想起西施垂泪于狼烟荒草；想起唐寅的风流和秋香的烂漫；想起董小宛的丹青和陈圆圆的琵琶……

苏州，一首悠远的古诗。无穷的竹简，无穷的书卷，堆积如山；无穷的旷世绝唱，无穷的百代华彩，浩若烟海。

而喧嚣奔流的现代大道，赫然伸展！

汽车风驰电掣。山峦一样连绵的楼群，扑面而来。没有过渡，没有余地，不由思索，不由分说，倏尔穿越千年，来到了世界的前沿。同一座城市，转瞬间恍如隔世。

时光隧道的两端，一端是传统，一端是现代；入口是厚重的历史，出口是灿烂的未来。

二十年前，当园区开发启动，在一片空寂的白地上打下第一根桩时，有多少人能预见，当时千千万万个中国“工业园区”中的“这一个”，会是一个如此惊人的中国神话：

森林般的城市，仿佛在一夜间拔地而起；潮水般的财富，仿佛在睡梦中从天而降。高耸云天的国际金融中心，像一个欣慰的农夫，挺直腰身，俯瞰着无垠的金鸡湖畔，密密麻麻的建筑，像沃土上的庄稼一样蓬蓬勃勃成长。三百平方公里的园区，是灯光、色彩、音乐汹涌的浩瀚海洋；是创新、时尚、活力驰骋的广阔天地。

到处是智慧的闪光：

园区从启动之初就摒弃了单一发展工业的模式，产业与城市同时推进，国际化与本土化相互渗透，建筑群间的空中连廊，随时实现从城市 CBD 到国家级 5A 景区不同生活场景的切换对接。行走在园区的商场、办公楼、公寓、酒店，时时可以感受到人、自然、建筑与城市的有机共融：CBD 建筑与周边水岸开放空间的无痕联结，为钢筋混凝土林立的城市带来了清新的气息；数万平米的空中花园，将绿化最大化。苏州特有的园林艺术，在楼群间建立起景物和人的生动对话，随着季节的更移，变换不同的景观，赋予建筑物不同季相的苏州美感；地下环路，水上巴士，空中廊桥，构成立体交通。横跨金鸡湖东西的大桥，桥身两侧悬挂着整面的巨大瀑布。蜿蜒穿行城市商贸中心的河流，在彩虹般的廊桥下流淌着千变万化的光影……站在五百公尺长的 LED 天幕下，仰看苏州的前世今生，以及无可限量的明天，你只能叹为观止。

到处是潮流的竞逐：

水雾广场、主题景观、科幻夜景，引领着苏州崭新的生活方式：国内最高的水上摩天轮，荡气回肠；月光码头的塔楼，月色迷离，拍婚纱照的男女流连忘返；欧陆风情的艺廊、餐厅、酒店及咖啡座，有历久弥新的老字号，更有极限酷炫的个性酒吧；新CBD繁华的商业中心，中国特有的苏绣苏雕，国际经典的咖啡红酒，在这里和睦相处；洁白的哈雷·戴维森苏州摩托店，展示着哈雷独特的精神特质。一个世纪以来，哈雷·戴维森一直是自由大道、原始动力和美好时光的代名词；书店是恢宏的宫殿，山一样的书籍堆满了一重又一重楼阁；3D互动体验馆的幻境迷宫颠倒空间，魔幻画廊视错觉互动；苏州文化艺术中心，临水而筑。国家大剧院的设计者保罗·安德鲁以一个巨大的半环环抱一颗巨大的出水珍珠，成为标志性国际化艺术交流的殿堂。

到处是诗意的弥漫：

信步在金鸡湖畔，心情像万顷湖水一样碧波荡漾。

金鸡湖，上承太湖，下泄淞江，水肥鱼美。机遇的垂青成就了它得天独厚的明媚，昔日的渔场华丽转身成为城市湖泊公园。

冠以“工业园区”的苏州新城成为国家商务旅游的标杆，高端商务旅游要素在这里高度聚集。

湖滨大道，文化水廊、玲珑湾、波心岛，次第显现。一个又一个巨型的雕塑引人遐思。挥舞长矛的堂吉诃德和他的邻居桑丘·潘沙惊奇地挽住坐骑的缰绳，迷惘地打量着一个古老文明的现代进程。

万里晴空，云卷霓裳，木栈道铺出心灵的长廊，一下子熨平了情绪的褶皱。纵然是垂垂老者，也会有儿童般奔跑跳跃的冲动。重温远逝的岁月，曾经坠入港湾寻芳，不见了一弯冷月，几滴星雨。李公堤的水巷邻里，一座又一座拱桥起起伏伏，古典的庭院亭台，诉说着唐诗宋词的平平仄仄。湖中的桃花岛像一个硕大的绿绣球。紫氤阁下的桃林，成人的童话落英缤纷。

国家5A级景区，就是城市本身。全域旅游，城区即是景区。

人类梦想的诗意的栖居，正在这里成为现实。

如果说苏州工业园区是一轴长卷，那么刚刚开始启用的苏州中心便是长卷最新的亮点。从前期设计到运营管理，每一个环节都汇聚了国际顶级专业团队。“国际化”基因使苏州中心成为园区国际合作的又一代表性作品，吸引世界目光的苏州地标。

苏州工业园区，古老苏州新时代的骄傲！

姑苏城与金鸡湖，是苏州的双面绣：一面是古老的斑斓，一面是现代的辉煌！

苏州，一首宏大的新曲。无穷的传说，无穷的奇迹，惊世骇俗；无穷的拼搏奋斗，无穷的心血汗水，感天动地。

苏州中心的采光顶，命名为“未来之翼”。外观是神话中振翅奋飞的巨鸟无与伦比的两翼，横跨整个街区，是世界最大的无缝连接多栋建筑的整体式自由曲面采光顶。负责商场建筑、室内设计以及总体景观顾问的是数家国际著名的建筑设计事务所。苏州中心的美丽双翼，是他们目前最为自豪的作品。

未来之翼！怀抱山河大地，背负日月长天，带着华夏民族伟大复兴的理想，抟扶摇而上者九万里。

乡村的魅力

深秋，天蓝得透明，阳光干干净净。江水澄彻似练，舟楫欸乃，沿岸翠峰如簇。田野的气息，像滤过一样清新。乡村掀开了最美的襟怀。

仿佛跟随着一千多年前的田园诗人，回到阔别已久的故乡：远远的村落朦朦胧胧，依依的炊烟飘飘渺渺。深巷里狗在叫，桑树顶鸡在啼。被田亩环绕的草房，榆树、柳树遮掩着后檐，桃树、李树罗列在堂前。门庭里没有了权势的烦扰，空房中有的是闲散的时间。生来就只爱山川田园，从没有迎合世俗的本性，却长久地困于樊笼，遇到过多少蝇营狗苟，目睹过多少作威作福，多少次违心地服从差遣，多少次强作笑颜送往迎来，仕途的忧患，官场的沉浮，行役途中的风霜雨露，而今都归于澹然。一朝归田，如释重负。饱经世态炎凉的长者，将他对往事的无限感慨，融入平易的言语，怨与恨已经杳然，写诗明白如话，“田家语”般的诗句，情至深而语至浅。在一个汲汲于“招权纳货”、争名逐利的时代，独不苟合流俗，洁身自好。（参见陶渊明《归园田居》其一）

倾听诗人平白的心曲，时时拨动自己的心弦。

然而我们脚下，是南中国滚烫的经济热土，充满了现代的奇迹和神话。这里开发区的智能化，让千百人的企业悄无声息；这里的机械臂狮舞，高难度的仿真挑战舞狮人的极限；这里的现代通讯设施，可与世界一百多个国家和地区直接通话；这里的货轮可直达世界各地，多条高速与高铁铁穿境而过，机场就在境内；即使是唱地方戏的女孩，也穿着时尚的衣裙。

只是时光，似乎遗忘了乡村。

悠悠古村落。时间打磨的家族，如同来自远古的河流，流水绵绵不止。石头斑驳的古村，家谱上的文字，浸满中原的风雨。没有繁华的竞逐，只有浑黄的泥墙和深灰的盖瓦，爬满了茂盛的藤蔓，诉说着重重叠叠的往事。

明朝乡道的卵石，早已被琢磨如玉，殷勤地上下盘桓，在幽深的巷陌时隐时现，像一位矜持而忧郁的主人，数点着曾经的辉煌。

古厝的石阶上留着喜庆炮仗的碎屑，门楣上的“双喜”泛着笑意。而门前盘根错节的大树，默默无语，在回忆那一夜的月光？在期盼新的花好月圆？

满脸皱纹的母亲，是古村真正的牌坊。一双昏花的眼睛，演绎了多少慈爱的传奇。石磨一样的等待，沉重了思念的翅膀。一年又一年，寒烟衰草凝绿。一年又一年的风，吹瘦了坎坎坷坷的村路，吹不尽远方游子的乡愁。所有不眠的夜晚，捻着衣角拭泪的母亲，总在梦里徘徊。

远近闻名的龙舟，散发着桐子油的芳香；祥和静谧的老祠堂，积厚流光。坐饮中堂，一杯清茶，沁透了百年沧桑；绿道迤迤逦逦，茂林修竹尽是金镶玉。长椅掩蔽在浓荫中，等待耳热心跳的花前月下；九曲桥下的锦鲤花团锦簇，忽而来去，相忘于江湖；夕阳西下，少年们在晒场赛球，老人们在堂屋抽烟，躬耕田地的人忘归，悠悠长长的深巷中，哪家的女人，挑着担桶，扭动腰肢，不知自己是一种淳朴的风景。

乡村的行走，是一次身体与心灵的返璞归真。古村是有脉搏的生命，触手就可以感到温度。熟悉的烟火气，是乡村最大的魅力。

高速成长的繁荣，没有抛弃生养万物的故土：

崭新的楼群与古老的村庄遥相呼应，争论着文化的高度。新与旧是两种面貌，映照在历史的镜中；古和今是两种修辞，岁月在对比中前行。

此中炊烟老，彼处日月新。

古村是一部教科书。百年的龙眼树，硬朗地立在村道边，苍翠如初；百年的柿子树，骄傲地挂着果实，蓬勃如新妇；百年的老井，依旧像最早的晨露一样清冽甘甜。满壁的青苔，无数的传奇，不一样的内容，千篇一律的形式，从改朝换代，到家长里短，都在这里传播。而主题只有一个：应该在哪里安顿漂泊的心灵。

老井是语言的出口，有一种叮嘱直抵心扉：

即使井台的青石板再也无人踏响，即使井圈的花岗石再也不会增添凹槽，一定要记住第一个无名的拓荒者，怎样捧出了天地恩赐的甘泉；一定要记住无数的后来人，怎样哺育了一代代生命，同时造福未来。

诠释大运河

目光，抚过江苏的版图，黄海的千里海岸线，响着叩击心灵的潮声。风从大海吹来，在时间的河流上，我倾听远古的图腾，在岁月里流淌的绚丽。

西部中国的崇山峻岭，万千急流奔腾而下。黄海海湾，承接着汹涌的狂野。风云际会，江海激荡，广袤坦荡的淮北平原，水流密如网，湖泊似星群。桀骜不驯的淮河，让安澜成为一种祈祷。这样的大地，注定了不甘平庸；这样的舞台，注定要演出惊世骇俗的史诗。

大运河，世界最长、最著名的运河。一重重波浪浇灌着一片片沃野嘉禾，一叶叶风帆承载着一个个厚重的期望，一层层涟漪揭开一页页历史的篇章，一代代帝王把王朝的命脉置于大好山河。不息的长歌是文明的汗水和血液，贯穿了民生的主题。

淮安，江淮流域古文化发祥的源头之一，与运河结缘两千五百年。

中国南北分界秦岭—淮河线上的淮安，古淮河南岸的淮安，长江北岸的核心淮安，襟吴带楚，扼淮牵运：

京杭运河、淮沭新河、苏北灌溉总渠、淮河入江水道、淮河入海水道、古黄河、六塘河、盐河、淮河干流，九流纵贯。古淮河和大运河在这里以立体的方式相交。以南下北上的要冲，九州贡道的转轴，漕运盐运的中枢，河道、漕运督府的驻节之地，成中国运河之都。

废黄河之南，曾经的"青莲岗……岗巅松三株"，"远近识之"（《续纂山阳县志》卷十四），不见了早年岗上的青莲寺，寺旁长满了莲花。

青莲岗文化遗址，闪烁着母性的光辉。温柔点燃的篝火，照亮了新石器时代的荒原。六千年前的莲花，一粒粒莲子鼓胀饱满。盛开的文明，顺流逆流潮起潮落，乘风破浪的旋律至今未变。面对着让人瞠目结舌的沧桑，面对一种必须的思维，为了一个令人信服的逻辑，陷入沉思。

清江浦

里运河。中洲岛上。清江浦楼。

独倚栏杆，碧绿平野的尽头，一片苍茫。玉阑干外的运河名城，是淮河与运河的会合处。汀洲覆满绿草，浸水的印痕起起伏伏。曾经的凤楼，曾经的凤凰来集，曾经的萧史和弄玉箫声和鸣，乘而仙去。庄头淮水长，浦边杨柳黄。依稀有锦衣翠袖的楚女，醉歌竹枝行玉觞。

当年胜迹，杨柳清口驿前舟。古色古香的常盈桥，晴烟暖簇人家集；天下粮仓门前路，运粮的车辙如刀刻；"牛行老街，飘散着牛羊肉的香味"（赛珍珠《大地》）；清晏园，江淮第一园，北方的开阔拥抱南方的玲珑。太湖石堆积成山，楼船石舫肃然停泊，皇帝的行宫一派威仪。

“南船北马舍舟登岸”的碑石，立于御码头。

隔岸寺庙的钟磬杳然。满耳是数百年前的喧嚣：

沙河故道，凿渠引水的河工人山人海；清江闸旁，中转漕粮的皇仓坚基广厚；漕运舟船，修造厂域二十余里；河督衙门巍然，属官公署罗列；河漕重臣，躬行图治，漕政通乎七省；夹河街市栉比，豪门巨室鳞次。

清江浦，“昔曰濒淮旷土，转瞬为漕运中枢”，由运渠之名而为通埠之称：

五方辐辏，九省通衢。扼漕运、盐运、河工、榷关、邮驿之机杼，商贾风起云涌。“晓日三岔口，连樯集万艘”。漕船帆樯衔尾，舳舫蔽水，桅幡遮天，舟车麇集，百货山积，贩夫走卒蚁聚。稠密的市井，园林与寺院相掩，茶幌与酒旗相招，车辆交驰，其毂相击，行人摩肩，衣袂遮不住汗雨。“九楼十八口”，喧喧车马欲朝天。“清淮八十里，临流半酒家”。街前楼阁，日照衫光瑞色鲜。酒浮花影，霞色斑斓，争相卷帘看神仙。夜灯点燃了河水，春风鼓荡着蓬帆，灯影迷离半临水，画船帐帷半掩，漏出纤纤玉手拨筝声。文武官员、显宦世家、富商巨贾、文人墨客、僧道名流，冠盖如云，市声鼎沸。觥筹交错，宴饮极尽五湖声色；盘盏相叠，淮菜融汇四海至味。金银挥洒如土，脂膏流于街衢。清江浦的奢靡，“虽汉口、金陵不能过也”。

清江闸，让江南漕船直入清江浦；仁义坝，让北上漕船盘驳入黄河；石码头，终点即起点：由南而北，于此舍舟登陆换乘车马，踏上通京大道；由北而南，于此弃马登舟扬帆，南入淮河去杭州。

南船北马，南腔北调，南北襟喉的关梁，日夜驶洪流。四面财富在此集聚，又由此向八方漫泛，富了淮安，肥了天下。

高台纵目，树绕淮阴天地宽。

如果淮安是一轴长卷，那么六百年清江浦，便是长卷上的浓墨重彩。

河下镇

北依河险，西握运道。两千多年的烽烟，一百零八条街巷，一百零六座园林，数十处牌坊、寺庙和桥梁，幻影漂浮在秋风中。

古朴的门楼，是古籍的封面。瓦当上刻着久远的记忆。灰白狭长的街巷看不到尽头，只是没有了当初的姹紫嫣红。不紧不慢的钟摆是季节的脚步，坚守着青砖黑瓦慢慢数着岁月。光滑的条石间落下轮回的尘土，铺开物是人非的流年。沿街的一盏盏红灯笼，照亮了所有关于古镇的想象。

低调幽静的花街，没有宣示威严的石狮，没有炫耀权力的赑屃。实实在在的花岗条石，铺陈出弯弯曲曲的街面，无声地诉说繁华压抑下的劳苦：浩浩荡荡的船帮送出了满载的淮盐，带回了压舱的石头。

我踩着斑驳，聆听数百年遗留的声响。那些“河下三鼎甲”的佳话、经学大师的高论、“扬州八怪”的花鸟、杏林妙手的辨证……那些茶食店、杂货店、车店、布店、药店……那些花坊、花船、花篮、花灯、花扇、花伞……那些脚步的杂沓、独轮车的吱扭、挑担的叮当、此起彼伏的叫卖……那些纷至沓来的文人骚客平平仄仄的吟哦，以及朝代兴亡的鼓角铮鸣，像河一样在网状的街巷涌动。

静水深流。河下镇的时光，古朴，厚重，典雅，舒适而文艺。

街上敞开的木屋，门口的火炉烟雾缭绕，茶馓的面线挽在主妇的掌上，转眼就成为难忘的美味。拐角的店堂，老人在卖木棒击打的肉丸，年轮般密集的皱纹，满是宁静祥和。文楼里满是民间烟火的气味。“小大姐”脱口而出的上联，至今没有人对出下联。难倒了君临天下的圣上，以及三百年来所有自命不凡的才子。

一介书生，在河下的街市和乡村寻寻觅觅，心心念念拜谒久已景仰的古时前贤。

枚乘父子的故园柴门紧锁，可否锁住辞赋家对蒙昧世人殷切的警诫：“纵耳目之欲，恣支体之安者，伤血脉之和”，“出舆入辇，命曰蹷痿之机；洞房清宫，命曰寒热之媒；皓齿娥眉，命曰伐性之斧；甘脆肥脓，命曰腐肠之药”（《七发》）。

浅浅的日光在深巷徘徊，竹篱边清高的菊花，一派君子之风。赵倚楼悠远的长笛云淡风轻，在追寻塞外的残星几点、雁行一横？是喟叹人生如晨星之易逝，还是因为归雁而思故乡、怀远人？

宅门数重，庭院深深，掩映在绿树的浓阴中。雕花的窗棂，暗中飘出檀香。是吴承恩，在铺展一纸宣白，轻研一痕素笔：“日观千樯通贡篚，云旌双郭引清笳”？

十字街口的茶楼上，谁在弹唱《笔生花》？楚楚动人的邱心如，“惊米贵，苦囊空，不在愁中即病中”，是在“聊博我北堂萱室一时欢”，还是在咀嚼离殇的悲苦和人世的辛酸？

远了昨日的风，念着已逝的雨，拾起寂寥的丝丝缕缕，朦胧了古巷的旧梦。

河下末口是吴邗沟的入淮处，遗址证明着吴王夫差的雄心。黄河北徙，漕运易途，有多少盛世富贵化作轻烟消失于苍穹，又有多少不老的传说活在永远的红尘。

一位诗人说出了我的问候：

风骤起，谁点亮了

第一盏古渡暖色的街灯
雨停歇，谁干尽了
最后一杯离别的老酒
水易道，谁送走了
千百年所有的帆船与过客

一切皆成往事。关于一条人工河的故事，曾经是一次次文字的邂逅。而在河下古镇，我才真正开始一场爱不释手的阅读。这是一些才华横溢的文字，是一些呢喃的亲密耳语，我看见善和悲悯，看见禅和摇滚，看见不同的眼光、道路和暮色，让人一时不知此处是故土还是他乡，愿意在深邃与澄澈的诗意中醉生梦死。

是谁说，来过，便不想离开。

诚哉斯言。

洪泽湖

我沿着大运河的脉搏来到洪泽湖。无边无际的湖面，是心灵飞翔的天空。

浩浩淼淼的洪泽湖，是中国第四大淡水湖；莽莽苍苍的洪泽湖大堤，是水上的长城。

朝阳在水平线庄重地升腾，云卷云舒朝气蓬勃。我缓缓地傍水而行。心情愉悦，化作一滴水、一缕风、一片树叶，融入大湖早晨涟漪的波光。

洪泽湖是灵动的女儿,依偎在淮安母亲的怀抱。大堤一百零八个弯道，展开洪泽湖婀娜的曲线。每一个弯曲都会留下眷念，每一块石头都记得从前的歌谣。弯道是风的写意，一百零八个弯道，是一百零八组音符。水的律动，用同一个韵律发声：高音铿锵剔透，婉转入云；低音浓烈浑厚，深沉于水。阳光明媚的日子是一种恬静，乌云密布的时分是一种提醒；在春夏是一种叮咛；在秋冬是一种喜庆。跳荡激越的交响，来自长河执着的奔流，和大湖宽广的张扬。

我想要找到花岗石的精致石斧和石锛，石犁和石镰，抚摸那些凹凸的线条，抚摸远古的希冀。

我想要找到炭化前的籼稻粒,水和泥土凝结成乡村的词汇。浑朴的形状里，藏着最老的母语。

我想要找到红、褐、紫色的陶器。精美的陶艺，是岁月凝固的音乐，让我听懂一种精致的生活。

我想要找到两汉的青铜镜，映照出战争和对峙的前沿。曾经在胯下屈膝的淮阴侯，怎样成为扫荡天下的战争统帅，变幻出楚河汉界翻天覆地的格局。

我想要找到隋炀帝的楼船，想象黄河夺淮起云烟，淮水千里过洪泽。破釜涧久旱的大地一夜间成为洪水泽国。

我想要找到花果山那块女娲补天的石头。石破天惊的崩裂,是天才想象力的绽放。演绎神怪的文学巨擘，描绘出天宫地狱出神入化的奇境。

我想要找到周桥大塘那个曾经错位的关节，无法计数的石头沉入无法计数的空缺。铁锔是一种信念，扣紧了巨石堆砌的堤墙。石墙前的新麦，在怀念林则徐的丁忧奉命。洪水卷过大堤，人格跃出水面。母亲新坟前的香火在千里之外明灭，半夜里清泪落下，笔墨纸砚静候着锥心的叹息。

久久站在湖边，任长风拂面，衣袂翻卷，听金色的树林谈古论今。

一支秋天的歌，安静地飞过。穿越千年的印记，古老变得古老。过往的日子随水沉浮，前世的盛衰与悲欢，皆被湖水淘尽。

村镇棋布，桑紫谷熟，鱼米之乡挽着大湖的胳膊。活在神话里的大湖，鲜活的鱼在网罩里欢跳，干爽的虾在船棚顶做梦。“黄柑紫蟹见江海，红稻白鱼饱儿女”，少女裙摆上的嫩芽和游鱼，是生命在岁月最美的延续。古老的疆域，此处草树茂盛，彼岸花果壮硕，精耕细作的土地，到处充满了生机。新的神话，驰骋在运河之都新的时空。

大运河从北方迤逦南来，串起天南地北的帆影，串起燕赵悲歌与江淮豪情，串起唢呐的高亢与琵琶的低回，串起京剧的紧锣密鼓与淮戏的竹板击节。

大运河是历史舞动的彩绸。

最初带着瑰丽的梦想，最终成为文明的纽带。

淮安，是对运河最充实的诠释。

追随富春江
——桐庐吊严子陵

我来追随一条江，一条富于春意的江。如此宽阔，如同历史的垂帘，从黄山向西湖次第展开。青山在绿水中流淌，绿水在青山间缠绵。

潋滟悬挂在远天。伫立江岸，在空濛的绿中看江水翻卷，舟楫纵横，“树色分扬子，潮声满富春”（唐·王维）。

“钱塘江尽到桐庐，水碧山青画不如”（唐·韦庄）。从流飘荡，任意东西。挽起垂帘的一角，去追寻一种品质。

“自富阳至桐庐，一百许里”，“风烟俱净，天山共色”，“夹岸高山，皆生寒树，负势竞上，互相轩邈，争高直指”，“水皆缥碧，千丈见底。游鱼细石，直视无碍”（南朝梁·吴均）。

还有什么样的纯净，比这里更能够写照我要追寻的品质？

群山冷叠，清涵万象，春山偏爱富春多。桐庐江上“一折青山一扇屏，一湾清水一条琴。无声诗与有声画”（清·刘嗣绾），让诗意的想象纷纷折腰。

“横柯上蔽，在昼犹昏；疏条交映，有时见日”，“泉水激石，泠泠作响；好鸟相鸣，嘤嘤成韵。蝉则千转不穷，猿则百叫无绝”，让“鸢飞戾天者，望峰息心；经纶世务者，窥谷忘反”（吴均）。

那一年，他从华丽的樊篱中走来，登上漂泊之舟，再不回头。隐者之名，无人知晓。夜与松风，抚弄着山脉，上面是一望无际的星空，群星无声地呼啸。荒野下沉，孤筏独桨，归隐于草木之间。星空之下，山谷的微风，卷走了时间。遗忘脚下未曾耕耘的山野，抵达思绪弧形的边疆。在露水与浮花过后，重新叙述一生。

不再需要深究这个你死我活的世界了，不再需要费尽心思地揣测预言，权谋争斗。

不再错过最好的年华。

在最长最长的冬天，可以不再出门。在最长最长的夏天，穿过丛林和山涧，或赤脚涉水，或和衣而眠。任随飘零的花瓣，在衣襟上写诗。

早上是云彩炽燃，白昼是河流绚烂。原野的物语，一切都未曾改变。晨光，霜露，薄雾，绿过浅坳的新茶，雏菊，紫薇与松柏，其间野花开。山下的水湾，有妇人的捣衣说笑。坡上起了炊烟，水下鱼在响动，更远处的一只水鸟，停在船头，隔着迷雾注视着隐者，注视他脸上儿时的欢喜和悲伤。

欲求与超然，从来是无可两全的纠结。这么多年，壮怀与气血，都消耗在阴谋与野心的竞逐。优渥与才华，曾使他跻身显赫的殿堂，现在却因平凡的琐事倍感快乐。日常所忽略的事物，在此刻融化升腾。无人的地方，将会有自己新的田园。推开清寒的窗户，在书案上种植文字。斑驳的院墙外，牲畜暮晚归巢。水沟里漂浮着苔藓和浮萍，静静地等待洁白的霜雪。

灰色的草屋，被百花围住，随山坡起伏。四周是无边的寂静，而七弦和鸣。兰草与竹叶披风而上，看到了远方。握住钓竿握住安详，丝纶勾勒出山居的韵律。

“桐江连天兮碧水长，富春摩空兮烟树苍。客星兮寒芒，汉宫兮苔荒”（明·李昌祺）。曾经的布衣一介，扶汉九鼎。在一个污浊成风，节廉道丧的时代，脱身势利，高蹈林泉，风节凛凛以激颓波，优游恬退以厉污俗，“因山以为台，因水以为滩，因草以为丝，因木以为竿”（明·袁宏道），独向桐江钓烟水，宁着羊裘兮垂纶沧浪。说什么“紫宸同御寝，玄象验客星”（唐·吴筠），说什么“尊莫尊于天子，贱莫贱于布衣”（唐·罗隐），对于一个“远性风疏，逸情云上”（南朝·范晔）的人，世俗的尊卑一文不值。

“云山苍苍，江水泱泱，先生之风，山高水长”（宋·范仲淹）！

“桐江月色无古今，白波苍嶂幽人心”（宋·陈鉴之）。暮林江风中，谁在叹息“回视苍生终不遇，脱身江海更何求”（宋·王安石）？谁在叹息“如闻流水引，谁听伯牙琴”（范仲淹）？谁在叹息“山间林下，几人真个幽独”（南宋·范成大）？

多少人“未离奔走途，但恐成悲翁”（唐·权德舆）？多少人“坐观垂钓者，徒有羡鱼情”（唐·孟浩然）？多少人是真的“余怀慕君子，且欲坐潭石”（唐·李德裕）？

水面上浮着一串静静的渴念，池塘衔着长笛一杆。多少人在生活的水边坐下，屏住呼吸，把心灵的鱼线放长，让自己成为鱼饵，沉浮在深深浅浅，等待未来上钩。

先生垂钓的寓意，有谁懂得？独钓寒江雪，并非空写寂寞。不在乎一无所获，只是把握着鱼竿，沉浸在自己的世界，“所钓不在鱼，挥纶以自适”（李德裕）。与鱼无关，与水无关，与一个浑浊的世界无关，只不过是一个惬意的姿态和一个完全的自己。

隐逸的意义总是那么让人怀疑。“俯见触饵鳞，仰目凌霄鸿”（权德舆）。对权力的矫情回避和对名声的刻意追求，是一枚硬币的两面。

被恩宠的故事并不值得炫耀，只有典当了自尊的庸人才会津津乐道。严子陵不是任何人的奴仆，无人可以施加恩宠。一个尊严的生命，可能被人主宰生死，却不可能交付灵魂。

严子陵让我钦敬的不是对帝王的轻慢，不是对富贵的蔑视，不是他的遁世、隐逸、独与天地精神往来，是他敬重生命热爱生活的纯粹品质。

将近两千年的桐庐，保留着淳朴的古风。苍老而又年青，与日月同行。桐庐的瑶琳洞，是国中洞冠；桐庐的琴溪，是秋桂弥漫的香谷；桐庐的玉器，黄帝以之为兵；桐庐的桐君，是中医的鼻祖；桐庐的女儿村，延续母系氏族的风情；桐庐的野生茶，汤澈芽立似银剑出鞘，茸毫隐翠而芳香清高；桐庐的洞藏酒，陈年佳酿久未启，开坛畅饮似行空；庐者，居所也；桐者，梧桐也，梧桐引凤，故桐庐凤凰来楼也。自魏晋南北朝至有清一朝，名贤成千，在这里留下名作无数。

严子陵钓台，俯瞰着富春江龙门峡。严子河的石洞，仍存着传说的石钟、石井和煎药的老灶。一束轻烟飘散的记忆，画出一个乡间老者的平凡暮年：

身披曙气，踱步阡陌，春种夏长，秋收冬藏。万物依循因果，天道自然轮回。惟有承载一切的大地，始终深厚坚实。

河流从星宇之间划过，新生的河流光芒明媚。不知名的芬芳，在空中弥漫。一年四季十二种变幻的色彩，欢聚一堂。而每一天的清晨，富春江的清流，洗涤着内心。

古树的枯叶，纷飞如雪。冬天，在雪地里埋下脚印，漫长而孤独的春天，等待它们一一醒来。恍惚之间，人已年迈。静谧的长河，穿过了喧嚣，明眸被落日模糊，素衣带水走过了岁月。月下的石桥，故事已老。没有人知道凋零时，风的谜语。不再有人在月落时，身披晨露，轻叩柴门。

白云不语。蓝天不语。青山不语。任皱纹爬上额头，任青丝换作白霜。所有的雄图伟略，所有的风流倜傥，所有震烁古今的俗念，只能维持浅薄的一生。一个完全属于自己的生命，在云烟中羽化。

无数的青山侧身站在黑夜，所有的高贵早已云散，只有他总是心如止水却又光彩夺目。繁花飘落在许多未知的地方，人格始终站在尘外的深处。淡然面对众生，令庸庸碌碌的我辈心悦诚服。

大雁塔

很多次路过西安，很多印象模糊了，唯有大雁塔，始终清晰。

没有送行的人群，只有灞桥杨柳依依，只有山川庄严温柔。所有成就一个世俗文人传世名声的故事，都开始在那一次悄然的离去。

身后是喧嚣暂歇的皇都，无尽的长路，无可预知的前途，只有星星在黑暗的天空格外明亮。一个孤独的旅人，为直探原典，“冒越宪章，私往天竺”，投身塞外的大荒，风节凛凛走向接踵来临的凶险和苦难。无我、无人、无众生、无寿者，怀抱大乘菩萨“难行能行，难忍能忍”行愿，委命求法以惠利苍生。

月黑与风高，火焰与雪水，美酒与膏粱，香艳与温柔，与一个执著的行者无干。昼伏夜行，袈裟掠过长云的黯淡。那一抹衣袂的飘忽，不屈不挠，越五烽，渡流沙，渐行渐远，在时光里点染湮开，在传说与传说之间缓缓游走。不知道一重又一重深锁的重门后面，会不会有人相信莲花的纯净；不知道会不会有那一天，欣慰地发现，走过的千里万里，都是曾经走过的路；不知道在多少年后的某一个黄昏，手上的经卷会不会在安睡中落下。

驼铃叮当。茫茫戈壁拉长了数千年的光阴。朦胧中眺望,恍惚站在云端。历史的尘烟，湮没在飘渺的时空。岁月风蚀了没有植被的沙丘和没有生机的骨骼。瓦砾和残本，遗留在绿洲风口，在大漠烽烟里沉沉入梦。

但根深蒂固的信念，不能替代。

三年跋涉，五万里孤征，抵达天竺。又五年，遍游全印众国，遍学大小乘各种学说，究竟各派理论分歧，通晓经、律、论三藏。返回那烂陀寺时，被奉为佛教最高学府的主讲。曲女城佛学辩论，十八国王、三千大小乘学者、外道两千人，论主玄奘，立“真唯识量”。任人问难，无人能破。一时名震五印，万人景仰。大乘尊之为“大乘天”，小乘尊之为“解脱天”。全印举国尊崇。

“研究中国传统佛教成就的最大学者。”

“继承印度正统佛教学说的集大成者。”

“无论怎样夸大玄奘的重要性都不为过。中世纪印度的历史漆黑一片，他是唯一的亮光。”（英・史学家史密斯）

曾经水草丰美的世界，早已进入神话。只剩下，活着千年不死、死了千年不倒、倒了千年不烂的红柳。而万里黄沙，掩埋了多少不该掩埋的细节。

雁塔握云，俯视三千世界。站在高高的楼头，我瞩望在季节嬗变中的飞雁。塔上的铜铃，在微风吹拂中日夜摇响。慈悲凝固成亘古，净化了世俗的心灵。在西安这个清凉的早上，霞光灿烂，你微笑着向我走来。

那一年，缁衣笠鞋的圣者，携着巨量的梵筴和佛经，以及无上崇高的国际声誉，风尘仆仆，筚路蓝缕，踩着离去的脚印，回到出发的中土。

来去之间，相隔着一十八个春、夏、秋、冬。

十八年的盛衰荣枯中，故土在热切地等待远行儿郎的归来，等待一颗历经千劫百难不死的灵魂。

洛阳宫仪鸾殿。二月春风似剪刀。碧玉妆成的宫柳，万条垂下绿丝绦。

属于圣者的疆土，以一种神圣的方式，奉献给跨越万水千山的赤子。

因征战而驻跸洛阳的太宗立即诏见，与之并坐。

而对于玄奘，西天归来的终点不过是另一个起点。

圣者之所以是圣者，在于他从不回顾，所有的悲欢都已成灰烬。即便为半生的坎坷，也不会流下一滴清泪。穿越岁月的苍茫，早晨与十八年前的早晨依然相似。

圣者注视的永远是前方的路途：从一种语言到另一种语言，依旧横亘着难以逾越的千山万水；而从一个心灵抵达无数心灵，是一条永无尽头的道路。

堂堂正正的大乘佛教法相宗，亦称唯识宗。乃因剖析一切事物（法）的相对真实（相）和绝对真实（性）而得我，不许有心外独立之境。

唐长安城最宏伟壮丽的皇家寺院慈恩寺建成，迎请高僧玄奘担任上座法师。首任住持方丈，主持寺务，领管佛经译场，开始了更为宏伟壮丽的译经和创立佛教宗派工程。其间历时两年，主持督造大雁塔，供奉从天竺带回的佛舍利、贝叶经及金银佛像。

煌煌大唐，万邦来朝。

外国商贾、使团、参习佛教的留学僧，纷至沓来。

站在大明宫南望，长安的天际线顶端，就是慈恩寺大雁塔。

现存最早、规模最大的唐代四方楼阁式砖塔，古印度佛寺的建筑形式随佛教融入华夏文化的典型物证。

唐长安城保留至今的标志之一。

“塔势如涌出，孤高耸天宫；登临出世界，磴道盘虚空。”（岑参《与高适、薛据同登慈恩寺浮图》）

这是当时世界佛教最高的学府。最高的学术领袖是唐玄奘。

去摩挲“二圣三绝”的碑文？去猜测贝叶真经的谜语？去礼拜释迦如来的足迹？去寻觅地宫珍宝的秘密？去想象“雁塔题名”和“曲江流饮”的春风得意？

所有这些，对于我都不重要。

我最愿意流连的，是嵌在南门券洞两侧玄奘负笈和玄奘译经的画图。

雁塔复制的是佛门常见的舍生故事，矗立的是圣者非凡的不弯曲的意志。

玉华宫恢宏的殿堂，木鱼与钟鼓穿透了阴冷与沉寂。烛光和青烟里，呈现出陌生而又熟悉的圣者轮廓：

一个谦卑无怨的工匠，孜孜矻矻，给世界留下了永不磨灭的财富，也留下了永不磨灭的身影。

两度断然拒绝帝诏，拒绝位高权重的仕途，唯愿“毕身行道”，“守戒缁门，阐扬遗法”。

信誓旦旦，源自山川大地一般的自信。

年近半百的玄奘埋首青灯黄卷，把余生的心血和智慧全部付与译经。寻常人消磨的无数日子，三藏法师种下了荫庇众生的参天大树：

经论七十五部，每卷计万言，总计一千三百三十五卷，占整个唐代译经半数以上，是另三大翻译家译经的一倍多。尤以质量远超前人，是译经史杰出典范。《大般若经》，卷帙浩繁，梵本计二十万颂。六百卷的巨著，玄奘不删一字。

《大唐西域记》，十二卷。记述所亲历一百一十个及得之传闻的二十八个城邦、地区、国家的疆域、气候、山川、风土、人情、语言、宗教、佛寺以及历史传说、神话故事，像一把火炬，照亮了“曾经一片漆黑”的印度历史的天空。一千三百年后，英国考古学者和印度学者手持英译《大唐西域记》，在古老的印度大地上按图索骥，陆续发掘出众多佛教圣地和数不清的古迹，甚至据此发掘出了现今印度的国家象征——阿育王柱的柱头，让一个没有历史记录的国度知道了自己是佛教的源头，知道了自己国土里掩埋着那么多灿烂的过去。

开创大乘佛教法相宗。依楞伽、阿毗达摩、华严、解深密、菩萨藏等六经，及瑜伽，摄大乘，译成唯识论十卷，此宗乃立。予中国哲学史以深远影响。

凡此种种，给浩若烟海的世界文化史留下无可忽略的辉煌篇章，无可争议地歆享中外文化交流以及和平使者的世界之誉。

唐麟德元年（664），译出《咒五首》一卷。

“玄奘自量气力不复办此，死期已至，势非赊远”，从此绝笔翻译，并对徒众预嘱后事。

正月初九日，病势严重。

二月五日，夜半圆寂。

朝野数万人众送葬，将其灵骨归葬白鹿原。

这是玄奘东归第十九年。

或许这是世界的尽头，你一个人的星空，你一个人的巅峰。而我有幸感受这来自永恒时空凝聚的巨大的、渺小的、深邃的、闪亮的、沉郁的、清晰或迷茫的一切，仰望“千古一人”（梁启超语）。

丈量生命价值的不是时间。回首处，莫道西风独自凉。听着咒语我看到你的方向，念着箴言我闻到你的焚香。你不曾远离，只不过在另一个轮回修行。在你盘腿坐过的地方，依旧有灵魂的吟唱，蓝天下的道路洁白而宁静。此刻，我以虔诚的膜拜，站在你的面前。心中漫过永久的柔情，融化是全部的语言。

古都缄默，雁塔肃然。渺渺香烟，弥漫来来往往的因缘。天地间传之久远的，是黄钟大吕的声音。

无论一人、一族、一国，千里万里的路程，始于坚韧不拔的跬步。而大雁塔，是历史留下的一个永远的精神路标。

图书在版编目（CIP）数据

大地文章 / 陈世旭著．—上海：上海三联书店，2019.12

（行走文丛）

ISBN 978-7-5426-6784-7

Ⅰ．①大…　Ⅱ．①陈…　Ⅲ．①散文集－中国－当代　Ⅳ．①I267

中国版本图书馆 CIP 数据核字（2019）第 203267 号

大地文章

著　　者 / 陈世旭
责任编辑 / 程　力
特约编辑 / 许　峰
装帧设计 / 鹏飞艺术　周　丹
监　　制 / 姚　军
出版发行 / 上海三联书店
（200030）中国上海市漕溪北路 331 号 A 座 6 楼
印　　刷 / 三河市中晟雅豪印务有限公司
版　　次 / 2019 年 12 月第 1 版
印　　次 / 2019 年 12 月第 1 次印刷
开　　本 / 640×960　1/16
字　　数 / 135 千字
印　　张 / 17

ISBN 978-7-5426-6784-7/I·1542

定　价：42.80元